Fischer TaschenBibliothek

Ein farbenprächtiger Roman über einen maßlosen Kaiser von China und einen englischen Uhrmacher, über die Vergänglichkeit und das Geheimnis, daß nur das Erzählen über die Zeit triumphieren kann.
Der mächtigste Mann der Welt, Qiánlóng, Kaiser von China, lädt den englischen Automatenbauer und Uhrmacher Alister Cox an seinen Hof. Der Meister aus London soll in der Verbotenen Stadt Uhren bauen, an denen die unterschiedlichen Geschwindigkeiten der Zeiten des Glücks, der Kindheit, der Liebe, auch von Krankheit und Sterben abzulesen sind. Schließlich verlangt Qiánlóng, der gemäß einem seiner zahllosen Titel auch alleiniger Herr über die Zeit ist, eine Uhr zur Messung der Ewigkeit. Cox weiß, daß er diesen ungeheuerlichen Auftrag nicht erfüllen kann, aber verweigert er sich dem Willen des Gottkaisers, droht ihm der Tod. Also macht er sich an die Arbeit.

»Der größte Gegenwartsautor deutscher Sprache.«
Melania Mazzucco in La Repubblica

»Eine bewundernswerte Meisterschaft des Schreibens.«
Le Magazine littéraire

»Was für eine Kunst! Weltliteratur, im bescheidenen wie im anmaßenden Verständnis des Begriffs.«
Andreas Platthaus, Frankfurter Allgemeine Zeitung

Christoph Ransmayr, wurde 1954 in Wels/Oberösterreich geboren und lebt nach Jahren in Irland und auf Reisen wieder in Wien. Neben seinen Romanen »Die Schrecken des Eises und der Finsternis«, »Die letzte Welt«, »Morbus Kitahara«, »Der fliegende Berg«, »Cox oder Der Lauf der Zeit« und dem »Atlas eines ängstlichen Mannes« erschienen bisher zehn Spielformen des Erzählens, darunter »Der Wolfsjäger« und »Gerede«. Für seine Bücher, die in mehr als dreißig Sprachen übersetzt wurden, erhielt er zahlreiche literarische Auszeichnungen, unter anderem die nach Friedrich Hölderlin, Franz Kafka und Bert Brecht benannten Literaturpreise, gemeinsam mit Salman Rushdie den Prix Aristeion der Europäischen Union, den Prix du Meilleur livre étranger, den Würth-Preis für Europäische Literatur sowie den Kleist-Preis. Zum Werk Christoph Ransmayrs erschien der Band »Bericht am Feuer«.

Weitere Informationen finden Sie auf www.fischerverlage.de

Christoph Ransmayr

COX

oder

Der Lauf der Zeit

Roman

FISCHER TaschenBibliothek

Die Umschrift chinesischer Ortsnamen und Begriffe entspricht der Pinyintranskription.

MIX
Papier aus verantwortungsvollen Quellen
FSC® C083411

2. Auflage: März 2022

Erschienen bei FISCHER Taschenbuch
Frankfurt am Main, November 2018

Umschlaggestaltung: Klaus Meyer
Satz: Dörlemann Satz, Lemförde
Druck und Bindung: CPI books GmbH, Leck
Printed in Germany
ISBN 978-3-596-52206-4

Ān gewidmet

Inhaltsverzeichnis

1 **Háng zhōu,**
die Ankunft

Cox erreichte das chinesische Festland unter schlaffen Segeln am Morgen jenes Oktobertages, an dem Qiánlóng, der mächtigste Mann der Welt und Kaiser von China, siebenundzwanzig Steuerbeamten und Wertpapierhändlern die Nasen abschneiden ließ.

Nebelbänke zogen an diesem milden Herbsttag über das glatte Wasser des Qiántáng, dessen sandiges, in Nebenarmen zerfließendes Bett von mehr als zweihunderttausend Zwangsarbeitern mit Schaufeln und Körben vertieft worden war, damit gemäß den Wünschen des Kaisers ein Fehler der Natur korrigiert werde und dieser Fluß, schiffbar gemacht, das Meer und die Bucht von Háng zhōu mit der Stadt verbinde.

Das Nebeltreiben verbarg das Schiff des Ankömmlings immer wieder vor den Blicken der Menschenmenge, die sich auf dem dicht am Hafen gelegenen Richtplatz versammelt hatte. Nach dem Polizeiprotokoll waren es zweitausendeinhundert Zuschauer, Zeugen der Unfehlbarkeit und Gerechtigkeit des Kaisers Qiánlóng, viele von ihnen festlich gekleidet, die den Auftritt des Scharfrichters plaudernd oder ehrfürchtig schweigend erwarteten und dabei den Dreimaster aus den Flußnebeln heranschweben, immer wieder darin verschwinden und mit jedem neuerlichen Auftauchen bedrohlichere Gestalt annehmen sahen. Was für ein Schiff!

Selbst einige der an Pfähle geketteten Verurteilten hoben den Kopf und blickten nach dem lautlos driftenden Barkschoner mit seinen tiefblauen Schrat- und Rahsegeln, während die um das Schafott Versammelten vergessen zu haben schienen, daß alle Aufmerksamkeit dieser Welt doch allein dem Kaiser und den Vollstreckern seines Willens zustand, allein dem Sohn des Himmels gehörte, der jede Zuwendung und jeden Blick nur gnadenhalber mit anderen Menschen und Dingen teilte:

Keine Flutwelle, kein Vulkanausbruch und kein Erdstoß, nicht einmal die Verfinsterung der Sonne konnten auch nur einen einzigen Gedanken rechtfertigen, der sich ohne Erlaubnis vom Glanz und der Allmacht des Kaisers ab- und den Tatsachen der gewöhnlichen Welt zuwandte.

Der Kaiser hatte mit der Vertiefung des Qiántáng gezeigt, daß sein Wille eine ganze Stadt ans Meer versetzen und das Meer bis an die Gärten und Parks von Háng zhōu heranführen konnte. Einlaufende Schiffe wurden seither vom Gezeitenschwall wie eine Opfergabe des Ozeans bis an die Kais und Speicher der Stadt herangetragen, während der mit dem Wechsel von Ebbe und Flut seine Fließrichtung umkehrende Fluß als ein Spiegel kaiserlicher Macht ganze Flotten tragen konnte.

Aber was galt ein Allmächtiger, dessen Gesetze jede Regung des Lebens, den Lauf eines Flusses, Küstenlinien, selbst das Augenspiel und die geheimsten Gedanken bestimmten, wenn ein noch nie gesehener Großsegler über das schwarze, nach der Kalkmilch der Gerber stinkende Wasser des Qiántáng herangglitt? Und der Kaiser war unsichtbar. Das Schiff dagegen war es nicht – oder war den Blicken zumindest immer nur für einige Herzschläge entzogen, bevor die Nebelschwaden es wieder in eine untrügliche Wirklichkeit entließen.

In der auf dem Richtplatz versammelten Menge hatten einige in Sänften oder unter Baldachinen ruhende Mandarine begonnen, einander Gerüchte der letzten Tage zuzuflüstern – aus den vielen Schatten des Hofstaates gedrungenes Gewisper von der bevorstehenden Ankunft eines englischen, mit kostbaren Maschinen und Uhren beladenen Seglers. Aber wer immer flüsterte, zeigte dabei niemals auf den Dreimaster und blickte nach jedem Satz verstohlen um sich, um zu prüfen, ob nicht eines der vielen Ohren des Kaisers hörte und nicht eines seiner vielen Augen sah, daß in bestickte Mäntel oder pelzverbrämte Roben gekleidete Untertanen, deren Namen für jeden Agenten der Polizei oder des Geheimdienstes leicht in Erfahrung zu bringen waren, sich verbotene Sorgen darüber machten, was an diesem Morgen gemäß dem allerhöchsten Willen geschah: Gewiß, die Verurteilten standen, wo sie standen, weil der Allerhöchste es so wollte. Aber hielt auch dieses blau beschlagene, riesige Schiff tatsächlich nach *Seinem* Willen Kurs auf eine der prächtigsten und reichsten Städte des Reiches?

Qiánlóng, unsichtbar oder schimmernd in Rotgold und Seide, war allgegenwärtig; ein Gott. Aber obwohl er in diesen Tagen seine von einem Troß aus mehr als fünftausend Höflingen begleitete Inspektionsreise durch sieben Provinzen in Háng zhōu beenden und mit einer Flotte von fünfunddreißig Schiffen auf dem *Großen Kanal*, einer allein für ihn gegrabenen Wasserstraße, nach Běijīng zurückkehren wollte, hatte ihn noch kein einziger Bewohner der Stadt und auch kein einziger von den höchsten Würdenträgern in den Tagen seines Besuchs zu Gesicht bekommen. Schließlich mußte der Kaiser weder seine Augen am Anblick der Plagen des täglichen Lebens ermüden, noch mußte er seine Stimme in Gesprächen oder Reden erschöpfen. Was zu sehen oder zu sagen war, sahen und sagten Untertanen für ihn. Und er – er sah alles, selbst bei geschlossenen Augen, hörte alles, selbst wenn er schlief.

Qiánlóng, der Himmelssohn und Herr über die Zeit, schwebte an diesem Morgen in Fieberträumen gefangen hoch über den Türmen und Dächern Háng zhōus, von Hundertschaften gepanzerter Krieger bewacht, hoch über dem Nebeltreiben irgendwo zwischen tiefgrünen Hügelketten, wo die Herbstluft von milden Aromen durchsetzt war und der kostbarste Tee des Reiches gepflückt wurde – lag wie ein Wiegenkind in einem Bett, das an vier mit Purpurfäden durchwirkten und mit Lavendel und Veilchenöl parfümierten Seidenzöpfen von den rotlackierten Balken seines Prunkzeltes pendelte. An die durchsichtigen Vorhänge des Schwebebettes genähte Nachtigallenfedern winkten manchmal träge in der Zugluft.

Der Hofstaat hatte seine Zelte und das Seidenzelt des Allerhöchsten so hoch über der Stadt aufgeschlagen und den Luxus der seit Wochen bereitstehenden, leeren Paläste Háng zhōus verschmäht, weil der Kaiser auf Reisen manchmal den Wind und die Flüchtigkeit einer Festung aus Stoffbahnen, Schnüren und Wimpeln allen Gemächern und Mauern vorzog, die versteckte Gefahren bergen oder zu von Verschwörern und Attentätern errichteten Fallen werden konnten. Aus der Höhe der Hügelkuppen betrachtet aber sah es aus, als ob Qiánlóng in diesen Tagen eine seiner eigenen Städte belagerte.

Von einer Papierflut aus Ansuchen, Urteilen, Kalligraphien und Gedichten umgeben, von Expertisen,

Aquarellen und zahllosen, noch verschnürten und versiegelten Schriften, die er an diesem wie an jedem anderen Tag auch in den Morgenstunden lesen und begutachten, bewilligen, bewundern oder verwerfen wollte, lag er in jagenden Träumen, aus denen er hochschreckte, als der erste unter seinen Kammerdienern versuchte, eine kostbare Urkunde vor den Krämpfen des Fieberkranken zu schützen und ihm mit Lotosessenz beträufeltem Batist die schweißnasse Stirn zu trocknen.

Nein. Nein! Verschwinde! Qiánlóng, ein im Prunk der Kissen und Bettücher beinahe zierlich wirkender Mann von zweiundvierzig Jahren, wandte sich ab wie ein zorniges Kind. Er wollte, daß alles, auch das raschelnde, papierene Chaos, in dem er sich wand, blieb, wo und wie es war. Eine kaum wahrnehmbare, bloß angedeutete Bewegung eines Zeigefingers hatte genügt, um die Hände des Dieners in eine starre Bereitschaft zurückzucken zu lassen.

Aber wer von den anwesenden, schweigend gebeugten Dienern und Ärzten, denen bei Todesstrafe verboten war, jemals auch nur ein Wort über das Fieber oder ein anderes Gebrechen des Allerhöchsten außerhalb seines Zeltes zu verlieren – und wer von den in ihren purpurroten Rüstungen wie versteinerten Soldaten der Leibgarde, die dieses Zelt als reglos atmender Panzer umschloß, hätte zu bezweifeln gewagt, daß der Kaiser, obwohl schweißüberströmt und fiebernd in seinem fliegenden Bett, nicht auch in diesem Augenblick, gleichzeitig!, dort unten war, gegenwärtig in der von Nebeln verhüllten Stadt und gegenwärtig selbst unter den siebenundzwanzig ihre Verstümmelung erwartenden Betrügern. Und gegenwärtig auch draußen, im schwarzen Wasser des Hafenbeckens, in dem nun ein englischer Barkschoner rasselnd die Ankerketten fallen ließ.

Als ob dieses Rasseln, in dem die Menge verstummte, das Zeichen für sein Erscheinen gewesen wäre, trat, noch bevor der Anker festen Grund erreicht hatte und die Ketten sich strafften, ein dürrer Mann mit einem gürtellangen Zopf wortlos an den ersten der siebenundzwanzig Pfähle heran, der Scharfrichter. Er verbeugte sich kurz vor dem Verurteilten, der in seiner Angst zu wimmern begann, drückte ihm mit dem Daumen seiner linken Hand die Nasenspitze nach oben, setzte mit der Rechten ein Sichelmesser an den Nasensteg und führte einen ruckartigen Schnitt noch durch das Nasenbein bis dicht unter den Stirnansatz.

In das Schmerzgebrüll, das mit der aus einem seltsam leeren, plötzlich einem Totenschädel ähnlichen Gesicht hervorsprudelnden Blutquelle einsetzte – und mit den weiteren Schritten des Scharfrichters, seinen Verbeugungen und immergleichen Schnitten von Pfahl zu Pfahl anwuchs und schließlich ohrenbetäubend wurde, mischte sich da und dort aufkommendes und lauter werdendes Gelächter:

Jetzt verloren diese gierigen Säue nach ihrem Gesicht endlich auch ihre Nasen! Und das war noch eine milde, zu milde Strafe dafür, daß sie an den Börsen in Běijīng und Shànghǎi und Háng zhōu wertlose Papiere verkauft und den Schwindel mit Steuergeldern, dem Gold des Kaisers!, zu decken versucht hatten. Auf dem Bauch sollten sie ihren Richtern danken, denn nach dem Urteil einiger am Schafott versammelten Lacher hätten ihnen dafür auch die Schwänze abgeschnitten und in den Arsch gestopft werden sollen, bis ihnen die Scheiße ins Maul stieg. Daß das Blut nur aus ihren platten Drecksvisagen schoß und nur ihre Nasen wie Fallobst über die Bretter des Schafotts davonsprangen, war ein Akt der Gnade!

Zwei struppige Hunde, die dem Scharfrichter auf dem Fuß folgten, schnupperten wohl an der hüpfenden Beute, rührten sie aber nicht an. Das tat eine Schar Krähen, die sich wenige Schreie und Atemzüge, bevor der letzte der Verurteilten seine Nase verlor, lautlos von den Dächern einer Glockenpagode herabschwangen und am Ende bloß vier oder fünf Nasen aus unerfindlichen Gründen verschmähten und in einem chaotischen Muster aus Blutspuren zurückließen. Ob der Kaiser, wo immer er in seiner Unsichtbarkeit nun sein mochte, wohl mit den lachenden Zeugen seiner Gerechtigkeit empfand und – lächelte?

Als hätte ihn das Geklirr der Ankerketten und das daraufhin einsetzende Schmerzgebrüll aus der Stadt in der Tiefe endgültig aus der Verstrickung in seine Träume befreit, richtete sich der Himmelssohn hoch oben zwischen den Hügelketten in seinem Fieberbett auf, das von den Impulsen seiner letzten Krämpfe noch sanft schaukelte. Aber nicht einmal der Kammerdiener, der an diesem schwebenden Bett kniete, verstand Qiánlóngs Gemurmel:

Ist er also angekommen? Der Engländer. Ist er angekommen?

Alister Cox, Uhrmacher und Automatenbauer aus London und Herr über mehr als neunhundert Feinmechaniker, Juweliere, Gold- und Silberschmiede, stand an der Reling des Dreimasters *Sirius* und fror trotz der strahlenden Morgensonne, die bereits hoch über die Hügel von Háng zhōu gestiegen war und die Nebel über dem schwarzen Wasser verrauchen ließ.

Kalt. Kalt. *Verflucht.*

Die Sirius war ihm in den sieben Monaten einer von Stürmen zerrissenen Seereise von Southampton entlang der malariaverseuchten afrikanischen Küste über das Kap der Guten Hoffnung und die malariaverseuchten Häfen Indiens und Südostasiens bis in diese stinkende Bucht von Háng zhōu einzige, längst verhaßte Wohnstätte und Zuflucht gewesen. Das

Schiff hatte auf dieser Fahrt zweimal Mastbruch erlitten und war beide Male – zuerst vor den Küsten des Senegal, dann in den wirren Strömungen vor Sumatra – Gefahr gelaufen, mitsamt seiner kostbaren Fracht zu sinken.

Aber wie eine von einem Allmächtigen beschützte Arche Noah voll metallener Wundertiere – aus Silber und Gold geschmiedete und mit Juwelen besetzte, radschlagende Pfaue, mechanische Leoparden, Affen und silberhaarige Polarfüchse, Eisvögel, Nachtigallen und Chamäleons aus vergoldetem Kupferblech, die ihre Farben von Rubinrot zu tiefstem Smaragdgrün wechseln konnten – war die Sirius nicht hinabgefahren zum Grund, sondern hatte nach langwierigen Reparaturarbeiten an feindseligen Küstenstrichen wieder Segel gesetzt und Kurs genommen auf ein verheißungsvolles, von einem Gottkaiser beherrschtes Land.

Cox, der vor dieser Reise noch nie zur See gefahren war, hatte in tosenden Nachtstunden, in denen selbst der Kapitän nicht mehr daran glauben wollte, daß sein Schiff den Sturzseen länger widerstehen würde, ein seltsames Symptom entwickelt, mit dem er seither auf alles Ungeheuerliche und Bedrohliche reagierte: Ihn begann bei Gefahr, selbst in der Tropenhitze Südostasiens oder Indonesiens, zu frieren. Wer in seiner Nähe war, hörte manchmal sogar seine Zähne klappern. Und daß ihn auch jetzt, in dieser sonnigen Morgenstunde, fror, rührte von einem Blick durch jenes fein ziselierte Fernrohr, das er dem Kaiser von China bei seiner ersten Audienz als Gastgeschenk überreichen wollte.

Die Mannschaft der Sirius und mit ihr auch Cox hatten das Gelächter, das Gebrüll und die Gongschläge, die vom Richtplatz mit einer aufkommenden Brise über das glatte Wasser bis an die von Bohrwürmern befallenen Bordwände der Sirius drangen, als den Lärm eines Festes gedeutet: Der Kaiser von China ließ die Ankunft des begnadetsten Automatenkonstrukteurs und Uhrmachers der abendländischen Welt feiern! Und tatsächlich stiegen auch Raketen in den Himmel, so blendend, daß selbst Rauchfahnen in den Farben des Regenbogens, die sich in rasenden Spiralen hinter emporschießenden Explosionslichtern in den Zenit wanden, gegen die Sonne nicht verblaßten. Aber Cox' Blick durch das Fernrohr zeigte kein blumenbekränztes Orchesterpodium und keine Fahnenmasten, sondern siebenundzwanzig Pfähle auf einem Schafott und bewies: Das war kein Fest.

Cox fror. Er sah die kaiserlichen Gesandten wieder vor sich, zwei in seltsam schlichtem Zuschnitt, dennoch in Seide und Glanzwolle gekleidete Männer mit langen Zöpfen, die ihm in jenem unseligen Herbst vor zwei Jahren, in dem seine Tochter Abigail, seine

Sonne, sein Stern, ein fünfjähriges Kind, am Keuchhusten gestorben war, die Einladung des Kaisers von China überbracht hatten.

Die Gesandten waren an Abigails Bahre herangetreten, weil Cox sich weigerte, seine Totenwache zu unterbrechen und den hohen Besuch im Empfangszimmer zu begrüßen. Er hatte damals seit drei Tagen nicht gegessen und auch kaum getrunken und hörte die von einem Dolmetscher der Ostindischen Handelskompanie übersetzten Worte der Gesandten wie aus großer Ferne:

Meister Alister Cox werde im Namen des Himmelssohnes und erhabenen Kaisers Qiánlóng ersucht, an den Hof in Běijīng zu kommen, um dort als erster Mensch der abendländischen Welt in einer *Verbotenen Stadt* Quartier zu beziehen und für den allerhöchsten und leidenschaftlichsten Liebhaber und Sammler von Uhren und Automaten nie gesehene Werke nach den Plänen und Träumen des Allerhöchsten zu erschaffen.

Die Gesandten hatten anfänglich wohl gedacht, in dem mit Kränzen und Girlanden aus weißen Damaszenerrosen geschmückten und vom Geflacker Dutzender weißer Kerzen erhellten Sterbezimmer Abigails läge kein totes Kind aufgebahrt, sondern ein aus feinsten Blechen gehämmerter, mechanischer Engel auf einem Katafalk – das neueste Werk des weltberühmten Automatenbauers, das sich auf einen

Knopfdruck jede Sekunde erheben und die Augen aufschlagen konnte.

Cox hatte die Augenlider seines Töchterchens mit blauen Saphiren beschwert, die für einen Rotmilan gedacht waren, den der Herzog von Marlborough in Auftrag gegeben hatte. Mit den Silberschwingen des Milans hatte er Abigails dünne Arme bedeckt. An ihrem vom Fieber und Husten ausgezehrten, in ein Totenhemd aus weißem Atlas gehüllten Körper schimmerten selbst Raubvogelschwingen wie die Flügel eines Engels.

Cox hatte damals seine Haut, seine eigenen Gesichtszüge wie aus Metall empfunden und die Temperatur und den langsamen Fluß seiner Tränen wie auf einer Statue gespürt, in deren lichtlosem Inneren er gefangensaß, als einer der beiden Gesandten seinen Irrtum erkannte und keinen Automaten, sondern ein totes Kind vor sich sah, sich tief verneigte und im Glauben, damit dem Gesetz einer fremden Kultur Genüge zu tun, vor dem kindlichen Leichnam auf die Knie sank.

In den zwei Jahren, die seither verstrichen waren, hatte Cox in jeder Stunde jedes Tages an Abigail gedacht und hatte aufgehört, Uhren zu bauen. Er wollte kein einziges Zahnrad, keine Hemmung, kein Pendel und keine Unruh mehr an seinen Werkbänken fertigen, wenn jedes dieser Teile doch nur der

Messung einer verfliegenden, um keine Kostbarkeit der Welt zu vermehrenden Zeit dienen sollte.

Fünf Jahre, nur fünf Jahre!, aus der Überfülle der Ewigkeit waren Abigail beschieden gewesen, und er hatte, nachdem ihr kleiner Sarg ins Dunkel eines Grabes auf dem Friedhof von Highgate hinabgeschwebt war, bis auf ein einziges, rätselhaftes Uhrwerk, das er anstelle eines marmornen Engels oder eines trauernden Fauns in Abigails Grabstein einsetzen ließ, alle Uhren, selbst die Sonnenuhr auf der Südseite seines Hauses an der Shoe Lane, entfernen lassen.

Die Konstruktionszeichnung dieser schon nach Monaten von Efeu und Rosen umrankten Uhr, die er nicht einmal Faye gezeigt hatte, sollte er erst auf seiner Werkbank in China wieder ausbreiten – dort auf der Suche nach einem Mechanismus, der sich weiter und weiter und schließlich aus der Zeit selbst in die Ewigkeit hinaus zu drehen vermochte wie ein Insekt aus der Fessel seines Kokons. Abigails *Lebensuhr* hatte Cox den unauffälligen, je nach Jahreszeit von Blüten, Laub oder Hagebutten getarnten Grabschmuck genannt, an dem er das Vergehen seines eigenen Lebens ablesen und an Abigails ewige Ruhe binden wollte.

Wenn nun in seinen Manufakturen in Liverpool, London und Manchester im Auftrag von Herrscherhäusern, Reedereien oder der Königlichen Admiralität Zeitmesser hergestellt wurden – von Aberhunderten Uhrmachern und Feinmechanikern, die einem

Chronometer auch die Form und die Stimme einer Amsel oder einer Nachtigall geben konnten, die je nach Mittags-, Abend- oder Nachtstunden verschiedene Gesänge anstimmten –, dann geschah dies seit Abigails Tod vor allem unter der Aufsicht seines Freundes und Gefährten Jacob Merlin, der neben ihn an die Reling getreten war. So wie jetzt war Jacob in den vergangenen sieben Monaten an Bord oft neben ihm gestanden, als fürchte er, Alister Cox, den traurigsten Mann der Welt, davon abhalten zu müssen, seinen Frieden in den schwarzen Tiefen des Ozeans zu suchen.

Wir werden doch nicht ausgerechnet am *Execution Dock* an Land gehen?, sagte Merlin. Auch er hielt ein Fernrohr in der Hand.

Cox hatte nur ein einziges Mal in seinem Leben gesehen, wie am Execution Dock an der Themse drei Seeräuber an besonders kurzen Seilen gehängt worden waren, damit ihnen die übliche Fallhöhe am Schafott nicht das Genick brach, sondern sie am eigenen Gewicht langsam erstickten. *Piratentanz* hatten die Zuschauer das Gestrampel der vergeblich um Luft Ringenden genannt; königliche Gerechtigkeit.

Cox fror. Die glanzvollsten Häuser Englands und des Kontinents hatten in den vergangenen zwei Jahrzehnten ihre Bestellungen in der Shoe Lane hinterlegt, einige, um sich selber zu beschenken, andere, um mächtigere und unbezwingbare Höfe wie jenen des russischen Zaren freundlich zu stimmen. Aber hatte je ein Beschenkter nach dem Schöpfer der Uhren und Automaten gefragt, die ihm mit der Bitte um die Freigabe eines Handelsweges, um Zollerleichterungen oder andere Privilegien überreicht worden waren?

Der Kaiser von China hatte gefragt.

Cox war, als er die Einladung Qiánlóngs nach zwei Monaten Bedenkzeit angenommen und zum Zeichen seines Einverständnisses die in Tusche ausgeführte Planzeichnung eines Eisvogels nach Bĕijīng geschickt hatte, voller Hoffnung gewesen, daß eine Reise nach China ihn vielleicht in die Lage versetzen würde, sich von der Unerbittlichkeit der Zeit abzuwenden, um wieder Automaten, vielleicht sogar Uhren zu bauen: mechanische Geschöpfe, die in Wahrheit immer nur Spielzeug sein würden – Pfaue, Nachtigallen oder Leoparden, von Saphiren und Rubinen funkelndes Spielzeug für Abigail.

Nach den Fürsten, Milliardären und Kriegsherren Europas, den reichsten und erbarmungslosesten Menschen ihrer Zeit, sollte selbst ein gottgleicher Kaiser in seinen Thronsälen und Audienzpavillons mit den Wundertieren und Puppen eines schlafenden, unter einer Tränenkiefer in Highgate seine Auferstehung erwartenden Engels *spielen* und so sein Reich mit einem Schimmer kindlicher Unschuld erhellen.

2 **Dà yùn hé,**
die Wasserstraße

Der Kaiser wollte kein Spielzeug.

Weder die Bewohner der Dörfer und privilegierten *Wasserstädte* an den Ufern des Dà yùn hé noch die Besatzungen der fünfunddreißig Dschunken, die seit neun Tagen von Háng zhōu vorüber an Reisfeldern, Maulbeerbaum- und Rosenteakholzwäldern stromaufwärts nach Běijīng segelten und ruderten, konnten sagen, auf welchem der Schiffe dieser prunkvollen Flotte sich der Allerhöchste befand.

Die Dschunken mit ihren blutroten, mit Sternbildern und goldenen Drachen bemalten, an schwarze Pfahlmasten geschlagenen Segeln waren kaum voneinander zu unterscheiden. Selbst ihre Namen mußten wochenlang, bis die Leinen an die Molen vor Běijīng klatschten, mit rotem Wachstuch verhüllt bleiben. Und für jeden Uneingeweihten unvorhersehbar, konnte sich ohne ein einziges gebrülltes Kommando die Reihenfolge der Schiffe zu jeder Tages- und Nachtzeit ändern: Dann glitt etwa die siebzehnte Dschunke an zehn vor ihr segelnden vorüber und nahm die Stelle der siebenten ein, während diese an die dreißigste Stelle zurückfiel, die dreißigste wiederum um zwanzig Positionen aufrückte und die erste oder fünfte oder neunte den neuen Schluß bildete und so fort.

Kein Feind aus einem Hinterhalt an den felsigen, überwucherten oder scheinbar friedlich grünen Ufern, kein Attentäter, kein Verschwörer sollte jemals ausspähen können, auf welches der kaiserlichen Schiffe er seine Pechgranaten, glühendheißen Steinkugeln oder lodernden Pfeile abschießen sollte, ja er sollte nicht einmal ahnen können, ob diese Flotte den Gottgleichen tatsächlich trug oder nur ein grandioses Täuschungsmanöver unter vollen Segeln an ihm vorüberzog.

Zu welchen Tages- oder Nachtzeiten die Formation der Flotte in fließendem Wechsel geändert wurde, bestimmten mit Feuerzeichen oder verschlüsselten Flaggensignalen die auf allen Dschunken postierten Offiziere der kaiserlichen Garde, von der es hieß, sie hielte ihre Augen bereits seit tausend Jahren offen: Für jeden Gardisten, der schlief, müsse ein Dutzend anderer wachen.

Cox wußte nicht, ob auch der Kaiser Nacht für Nacht von den schwarzen Wellen des Dà yùn hé, des Großen Kanals, der den Süden des Reiches mit Běijīng und dem Norden verband, in den Schlaf gewiegt wurde – oder ob Qiánlóng vielleicht längst im Schutz einer Hundertschaft gepanzerter Reiter schneller als jeder Stromsegler über seine Felder, seine Auen und Steppen sprengte.

Sieben Wochen, vielleicht länger, je nach Wind und Zwischenaufenthalten, sollte diese Wasserfahrt dauern, und Qiánlóng war seit der von Opfergaben – Geistergeld aus rotem Reispapier – umflatterten Abfahrt aus Háng zhōu unsichtbar geblieben. Unsichtbar selbst während der Passage großer Wasserstädte, an deren Ufern Tausende Menschen der Flotte zujubelten, und unsichtbar auch, wenn die Dschunken in einem dramatischen Schauspiel von Hunderten Wasserbüffeln und einem Heer von Sklaven und Knechten an Zugseilen über geflutete Gleitbahnen aus Holz zur weithin dröhnenden Musik von Regengongs, Schellen und Hörnern über eine Gefälle- oder Staustufe hochgeschleppt wurden.

Joseph Kiang, ein in Shànghăi geborener und von einem portugiesischen Missionar getaufter Han-Chinese, der den englischen Gästen als Übersetzer zugewiesen worden war, sagte, daß sich der Kaiser nicht anders zeigen würde als der erste Schneefall, nicht anders als ein Hagelsturm oder ein glühender Sommertag – jeder wußte, daß es kein Jahr ohne Schnee, keines ohne Sturm und Hitze gab, aber *wann* das immer wieder Erwartete eintreten könnte, blieb eine in Prognosen und astrologischen Zahlenkolonnen verborgene Wahrscheinlichkeit, ein Geheimnis. Manche Diener und Eunuchen, sagte Kiang, hatten den Allerhöchsten in zwei oder drei Jahrzehnten ihres Lebens am Hof kein einziges Mal zu Gesicht bekommen. Zeigen müsse sich schließlich nur einer, der seiner Welt gegenübertreten, auf sie Eindruck machen oder sich an ihr oder mit ihr messen wolle.

Qiánlóng dagegen könne jede Stromfahrt in einem Schwebebett oder in einer aus den Haaren seiner Feinde geflochtenen Hängematte an Bord eines Flußseglers in der Gewißheit verschlafen, daß ihm kein Gefälle, keine Flut, kein Gebirge – und keine noch so große Entfernung widerstand. Die erfindungsreichsten Wasserbaumeister hatten nach seinem und dem Willen seiner Dynastie über Generationen hinweg Běijīng mit dem Mündungsdelta des Lán Chāng Jiāng und Háng zhōu verbunden und dabei selbst gegenläufige Strömungen von Zuflüssen, Bächen und Quellen mit vielgestaltigen Schleusensystemen zu einer einzigen, unter der Sonne gleißenden Straße zusammenfließen lassen:

Vierzig Meter breit war der Dà yùn hé, der längste jemals von Menschenhand gegrabene Wasserweg, war an manchen Stellen zwölf Meter tief und von Háng zhōu bis Běijīng fast eintausendzweihundert Meilen lang. Wie viele Knechte, Zwangsarbeiter und Sklaven in den Jahrhunderten der Grabarbeit im Schlamm des *Kaiserkanals* an Erschöpfung gestorben waren, am Fieber, an ihren Verletzungen oder unter den Äxten, Pfeilen und Messern revoltierender Clans, war nirgendwo verzeichnet. In den Wasserstädten hieß es, tausend Tote für jede Meile des Großen Kanals.

Für die Mannschaften der Dschunken und die Scharen der in Uferdörfern und Wasserstädten rekrutierten Gehilfen war die Überwindung jeder Gefällestufe ein Fest. Ihre im Zuggeschirr zum Rhythmus der Gongs gekeuchten Gesänge vermengten sich oft mit dem Gekreisch den Himmel verfinsternder Wasservogelschwärme, Rotgänse, Kraniche, Graureiher, und wenn nach Stunden der Mühsal wieder eine Dschunke endlich ins glatte Wasser des nächsten Kanalabschnitts glitt und dort das Spiegelbild der Wolken zerriß, verloren sich alle Schlepplieder im Hurrageschrei.

An Abenden, an denen auch das letzte Schiff der Flotte eine Barriere überwunden hatte, wurden am Ufer große Feuer entfacht, über denen schwarzgekleidete Köche jene einhundertacht Gänge zubereiteten, aus denen nach den Gesetzen des Hofes das Mahl des Allerhöchsten bestehen mußte. Aber aus qualmenden, offenen Uferküchen wurden die kaiserlichen Speisen nicht allein dem Gottgleichen, sondern allen am Fortkommen seiner Flotte Beteiligten vorgelegt – dieser Mannschaft sieben Gerichte aus der großen

Speisenfolge, einer anderen neun oder zehn oder zwölf der einhundertacht Gänge –, je nach Nährwert und Schwere der geleisteten Arbeit.

Der Gottgleiche wollte, daß seine Untertanen mit ihm speisten, mit ihm, dem Unsichtbaren, an einer gemeinsamen, unsichtbaren Tafel speisten und so die Früchte und Gaben des Reiches mit seinem Segen verzehrten. Noch während die Gerichte in Kesseln, Pfannen und an Spießen garten, brüllten die Köche durch Sprachrohre aus Messing alle Zutaten und in langen Litaneien auch die Namen kostbarer Gewürze und stellten manchmal sogar in Versen Verbindungen her zwischen Garzeiten und den Eigenschaften einer Zutat – und den kaiserlichen Kräften, die aus roher Materie und ungebändigten Elementen ähnlich der Hitze eines Kochfeuers ein unbesiegbares, seine Untertanen ernährendes Reich als ein Abbild des Himmels entstehen ließen.

Auch wenn Qiánlóng niemals an einer Tafel oder den großen, über die Uferwiesen gebreiteten Planen erschien, auf denen die Gerichte zwischen Fackeln ausgelegt wurden, fielen die Gespeisten, ob prunkvoll gekleidet oder halbnackt und schweißverklebt von den Plagen im Zuggeschirr, mit Brüllchören in die Sprechgesänge der Köche ein.

Cox zog es an diesen Abenden stets vor, an Bord zu bleiben, hielt den martialisch klingenden Jubel einmal sogar für etwas wie Kriegsgeschrei und versuchte vergeblich, Vorbereitungen für eine Schlacht zu entdecken.

Er war gemeinsam mit Jacob Merlin und zwei Gehilfen, einem Uhrmacher und einem Feinmechaniker aus Dartford und Enfield, die er wegen ihres besonderen Geschicks und Erfindungsreichtums auf die größte Reise seines Lebens mitgenommen hatte, in Háng zhōu wie ein fürstlicher Besucher aus einem barbarischen Abendland empfangen worden. Man hatte die vier blassen Engländer, von denen keiner die Sprache des Reiches verstehen, reden oder schreiben konnte, mit Seidenteppichen, Prunkgewändern, weißem Tee in mit Miniaturmalereien verzierten Lackbüchsen und nahezu durchsichtigem, in England mit Gold aufgewogenem Porzellan beschenkt. Aber den Kaiser oder auch nur einen seiner Leibwächter hatte dabei keiner von ihnen gesehen.

Der Allerhöchste, hatte Kiang gesagt, würde dennoch zu jeder Stunde des Tages und der Nacht seine schützende Hand über seine Gäste halten. *Spielzeug.* Kiang hatte tatsächlich Spielzeug gesagt, der Kaiser wolle kein Spielzeug, als er Cox mitteilte, daß sämtliche Automaten, das glitzernde Kernstück der Fracht der Sirius, wohl am besten in ihren Etuis und ledernen Transportkoffern an Bord des Dreimasters verblieben. Denn niemand dürfe diese Maschinen auch nur begutachten, solange der Kaiser nicht selber einen ersten Blick darauf ruhen ließ und die Betrachtung durch andere freigab.

Der Allerhöchste habe aber andere Pläne mit seinen Gästen, hatte Kiang gesagt; größere Pläne. Er wolle weder kaufen noch tauschen und auch seinen künstlichen, mechanischen Zoo nicht mehr erweitern. Von metallenen Kreaturen habe er seit langem genug: zwei Schiffsladungen, mehr als drei Dutzend, über die Ostindienkompanie aus England gelieferte Automaten allein in den vergangenen fünf Jahren! Genug, mehr als genug. Nein, der Kaiser wolle ihren Kopf.

Unseren Kopf?, hatte Cox entgeistert gefragt und gespürt, wie ein kalter Schauer über seinen Rücken lief. Plötzlich lag wieder die scheußliche Reliquie auf einer Werkbank in Liverpool vor ihm, ein Totenschädel, den er nach langem Zögern und nur unter dem Druck fälliger Schuldverschreibungen für einen irischen Landgrafen zum Herzstück einer Pendeluhr verarbeitet hatte. Es war der Totenschädel des ehemaligen englischen Lordprotektors und Erzfeindes von Irland, Oliver Cromwell. Nachdem er Abertausende irische Kämpfer für die Unabhängigkeit mitsamt ihren Familien getötet hatte, war Cromwell, allerdings erst nach seinem Tod, selber in Ungnade gefallen und sein verwester Leichnam aus der Westminster Abbey exhumiert und in einem symbolischen Akt hingerichtet worden.

Seinen Schädel hatte man auf eine Stange gespießt und auf einer Mauerkrone der Westminster Hall zur Schau gestellt. Von schillernden Fliegen umsummt, starrte die Fratze dort über die Köpfe aller Zeugen einer über den Tod hinausreichenden königlichen Unerbittlichkeit hinweg, bis der irische Landgraf, dessen Namen Cox nie erfahren sollte, den Schädel stehlen und bleichen ließ und zur Einsetzung in ein Uhrwerk, das den unaufhaltsamen Ablauf und Niedergang der englischen Herrschaft im Minutentakt vorführen sollte, in eine geheime Werkstatt schickte.

Ja, Ihren Kopf, hatte Kiang wiederholt und sich vor dem englischen Gast verbeugt: Ihren Kopf. Ihre Erfindungsgabe, Ihr Vorstellungsvermögen, Ihre Kunst, Mühlen für den Lauf der Zeit zu erschaffen.

Mühlen?, hatte Cox gefragt.

Uhren, hatte der Übersetzer seinen Fehler korrigiert und beide Hände zu einer entschuldigenden Geste gehoben, *Uhren*, Automaten, Meßgeräte, Maschinen …

So war die Sirius nach drei Wochen auf Reede, die mit von Wolkenbrüchen und heftigen Winden aus Ost und Südost gestörten Ausbesserungsarbeiten an Takelage und Rumpf verflogen, samt ihrem glitzernden Viehbestand aus Edelmetallen, der nahezu das gesamte Vermögen von *Cox & Co.* repräsentierte, mit Kurs auf Yokohama weitergesegelt. Und

Cox war nach seiner anfänglichen Bestürzung und enttäuschten Geschäftserwartung mit Merlin und den beiden Gehilfen Aram Lockwood und Balder Bradshaw in Háng zhōu in der Hoffnung zurückgeblieben, mit der Erfüllung der immer noch rätselhaften Wünsche des Kaisers möglicherweise größeren Gewinn zu erzielen als mit dem Verkauf der Ladung der Sirius.

Die in Kissen aus Watte und Rehleder ruhenden Metallwesen mit ihrer von feinstem verborgenen Räderwerk betriebenen, jeden Betrachter bezaubernden Anmut und Beweglichkeit, konnten ihre Schwingen auch in Yokohama oder an einem anderen, von der Ostindienkompanie genehmigten Handelsplatz ausbreiten oder mit ihren silbernen Köpfen nicken – und Käufer finden. Zu der von der Königlichen Admiralität festgelegten Mission der Sirius gehörte schließlich nicht bloß die Befriedigung der Wünsche des Kaisers von China, sondern auch die weitere Erforschung der Randmeere des Pazifischen Ozeans:

Nach zwei Jahren, im übernächsten Herbst allerspätestens, sollte die Sirius wieder in Háng zhōu vor Anker gehen und Cox und seine Gefährten, als reiche Männer vielleicht, an Bord nehmen.

Wer weiß, versuchte Jacob Merlin die beiden durch den bisherigen Verlauf der Geschäftsreise verunsicherten Gehilfen aus Dartford und Enfield zu beruhigen, wer weiß, möglicherweise würde es Meister Cox ja gelingen, den lähmenden Schmerz, den er über den Tod seiner Tochter Abigail empfand, wie ein Alchimist der Trauer in Gold zu verwandeln.

Tatsächlich sah Cox in den Wochen der Flottenfahrt vieles, was ihn in helleren Zeiten dazu bewegt hätte, in seiner mit Seidentapeten ausgeschlagenen Kabine ganze Nächte mit Skizzen und Planzeichnungen für rotierende oder flügelschlagende, mit Smaragden oder grünem Bernstein besetzte Geschöpfe zu verbringen:

Wasserbüffelgespanne zogen Karren und Pflüge über Reisfelder und Äcker an den fruchtbaren, manchmal von Urwald gesäumten Ufern dieses Kanals, der sich kaum von einem ruhig dahinziehenden Strom unterschied. An einem sonnigen Tag im späten Oktober führte von den Mauern und Wehrtürmen einer Wasserstadt eine Prozession unter knallenden Fahnen mit Opfergaben beladene Elefanten ans Wasser: Diese mit Honig bestrichenen und mit Blumensamen, Melonenkernen und Weizen bestreuten Tiere, hatte Kiang gesagt, gehörten zur letzten Hundertschaft der vom Aussterben bedrohten Elefanten Chinas. Vogelschwärme, vom Honig, den Samen und süßen Kernen angelockt, ließen die Elefanten wie tausendfach geflügelte Wesen erscheinen, die sich samt ihrer Opferlast – Körben voll Früchten und Fleisch, Räucherwerk und Blumenkränzen – vielleicht schon mit dem nächsten Stampfschritt in den Himmel erheben würden.

Dann wieder säumten lange Reihen rosafarbener Flamingos die Route der Flotte oder ließ eine endlose Kolonne von Wasserträgern mit ihren an Bambusstangen pendelnden Eimern einen Uferhügel aus ziegelroter Erde aussehen, als sollte er von einer Menschenkette in Bewegung versetzt und in einer langsamen, der Jahreszeit gehorchenden Rotation zum Blühen gebracht werden …, mechanische Abläufe, programmierte Bewegungen, Zifferblattpanoramen, wohin Cox auch sah.

Aber als die Flotte an einem der ersten Frosttage des Jahres Běijīng endlich erreichte, sollte er diese und andere Bilder seiner Fahrt auf dem Dà yùn hé vergessen haben wie einen Traum, der, von keiner Schrift und keinem Wort festgehalten, wenige Minuten nach dem Erwachen verblaßt. Alles, was ihm von seinen Tagen auf dem Großen Kanal an Erinnerungen schließlich bleiben sollte, war die an einen einzigen Nachmittag, so, als hätte die Reise von Háng zhōu in das uneinnehmbare Herz des Reiches tatsächlich nur diesen einen Nachmittag gedauert. Und diese Erinnerung galt der flüchtigen Erscheinung eines Mädchens. Oder war es eine Frau?, eine mädchenhafte Frau?

Es war das einzige weibliche Wesen, das Cox auf den Dschunken je gesehen hatte. Denn auch wenn

Kiang sagte, daß sich der Kaiser sowohl von einer seiner Gemahlinnen als auch gewiß dreihundert seiner Konkubinen auf dieser Reise begleiten ließ, mußten das Antlitz einer Geliebten und erst recht das einer Kaiserin doch vor den schädlichen, den vernichtenden Lauf der Zeit beschleunigenden Sonnenstrahlen und dazu vor allen neugierigen oder gar begehrlichen Blicken bewahrt werden. Die Frauen ruhten unter Deck oder lasen, durch Paravents und Baldachine allen Blicken und der Sonne entzogen, Gedichte, lauschten der Musik von Virtuosen auf den Wolkengongs oder einer Mondgitarre oder einfach der Stille und aller darin geborgenen Vogel- und Wassermusik, machten sich wohlriechend und warteten, manche gelassen und ruhig, andere ängstlich und voll geheimen Widerwillens, daß sie an das Bett des Gottgleichen befohlen würden.

Die Bäuerinnen, Obstverkäuferinnen oder Wäscherinnen an den Uferstegen und auf den Feldern waren für Cox stets nur geschlechtslose Gestalten mit breiten Kegelhüten aus Reisstroh gewesen, Modelle, vielleicht für das Panorama einer silbernen Wasseruhr. Aber die wenigen Sekunden, die Cox dieses Mädchen sehen durfte, riefen in ihm eine so brennende Erinnerung an Abigail und ihre Mutter wach, an Faye, seine Frau, daß er für Tage überzeugt blieb, nur eine zweite Begegnung mit dieser Kindfrau an der Reling würde seinen Schmerz besänftigen.

Faye hatte seit dem Tod Abigails kein Wort mehr gesprochen. Selber fast noch ein Kind, mehr als dreißig Jahre jünger als der ihr in einer verzehrenden Leidenschaft verfallene Cox, war sie am Totenbett ihrer ersten und einzigen Tochter in einer Sprachlosigkeit versunken, als wäre sie stets nur der Schatten eines ersehnten und nun toten Kindes gewesen und gemeinsam mit ihm für alle Ewigkeit verstummt.

Faye ertrug das gemeinsame Bett nicht mehr, ertrug keine Berührung, beantwortete keine Frage und fragte auch nichts, sprach nicht einmal Abigails Namen aus, wollte allein sein, wenn sie aß, allein, wenn sie im Garten die Bourbonenrosen schnitt, und ertrug keine Begleitung, auch nicht auf ihren langen, Fluchtwegen gleichenden Spaziergängen durch eine Stadt, in der täglich Frauen spurlos verschwanden – in Bordellen, in Kellern oder einfach in den blinden Fluten der Themse.

Der Rückzug eines so schmerzhaft geliebten Wesens, an das er sich in den sechs Jahren ihres gemeinsamen Lebens Tag für Tag und Nacht für Nacht so sehr gefesselt hatte, daß er seine Geschäfte mehr und mehr Jacob Merlin überließ, war für Cox zu einer nie gekannten Qual geworden.

Auch wenn er an der Hoffnung festhielt, daß Faye im Dunkel irgendeiner Nacht der Zukunft wieder an seiner Seite, in seinen Armen, ruhig atmen würde, ruhig atmen, während er aus diesem erstickenden

Traum erwachte – nur ein Traum, es würde nur ein Traum gewesen sein –, bestärkte ihn die Einladung der chinesischen Gesandten aber auch im Glauben, Faye vielleicht für die Dauer einer Reise am besten dem zu überlassen, was sie für ihr einziges Schmerzmittel zu halten schien: dem Alleinsein; einem Leben ohne ihn.

Als er die Einladung nach den Monaten der Bedenkzeit tatsächlich annahm, mußte er sich allerdings eingestehen, daß er es in Wahrheit nicht mehr länger ertrug, das begehrenswerteste Wesen, dem er in seinem Leben begegnet war, jenseits einer unüberbrückbaren Kluft zu sehen, nur sehen zu dürfen, aber nicht umarmen, nicht berühren. Er stellte sich vor, daß jenes Band, das ihn doch unzerreißbar mit Faye verband, sich vielleicht straffen würde, wenn er sich auf den Weg nach Běijīng machte, sich immer weiter straffen und so die stumme Geliebte allmählich herausziehen konnte, hochziehen aus sprachlosen Tiefen, schwarzen Brunnen oder wo immer sie unerreichbar für ihn gefangensaß.

Zu den wichtigsten Vorbereitungen seiner Reise nach China hatten neben der Organisation langfristiger Auftragsarbeiten in seinen Manufakturen in Liverpool, Manchester und London vor allem genaue Anweisungen gehört, wie und wohin man ihm die Nachricht von Fayes Rückkehr zukommen lassen sollte, Nachrichten davon, welches Wort sie als erstes gesagt und mit welchem Satz sie nach ihm gefragt hatte. Und er hatte versiegelte Briefe in der Shoe Lane zurückgelassen. Von diesen Zeugnissen einer überwältigenden Sehnsucht, seines Begehrens und seiner unbeirrbaren Hoffnung sollte Faye empfangen werden, wann immer ein von Gebeten oder Opfergeld milder gestimmtes Schicksal sie wieder in seine Liebe entließ.

Faye und Abigail. Als die Flotte bei böigem Wind durch einen bis an den Horizont ausgespannten Raster unzähliger Reisfelder rauschte, als schleppte sie einen riesigen Pflug allein mit der Kraft ihrer Segel durch fruchtbares Land – und ein auf Fuß- und Fingerbreit exaktes Manöver eine Dschunke aus ihrer Position weit zurückführte, fast ans Ende der Schiffsprozession, stand ihm plötzlich dieses Mädchen gegenüber: stand an der Reling der vorübergleitenden, zurückfallenden Dschunke, stand einfach da, die verschränkten Arme auf einen Handlauf gestützt – und blickte ihn an. Und im gleichen Augenblick erhob sich eine Welle von Erinnerungen, Schatten, Stimmen, Klängen aus dem schwarzen Wasser und dem wogenden Reisgrün und trug Cox gegen den Uhrzeigersinn zurück in die Zeit, in ein Grau, in dem, was verloren war, wieder gegenwärtig wurde.

Sie war in einen meerblauen, mit silbrigen Bambusblättern bestickten Mantel gehüllt, hatte ihr schwarzes Haar mit Nadeln aus Glas oder Bergkristall hochgesteckt und senkte ihren Blick nicht, als Cox sie so dicht an seiner Dschunke vorüberschweben sah, daß, hätten die beiden jetzt ..., jetzt ihre Arme ausgestreckt, sich ihre Fingerspitzen berührt ..., nein: Die Entfernung mußte größer gewesen sein, war gewiß größer gewesen, aber jedesmal, wenn Cox später an diese Begegnung zurückdachte, kam ihm diese Kindfrau näher, so nahe schließlich, daß er meinte, er hätte sie über den in der Nachmittagssonne glitzernden, unter ihnen dahinlaufenden Wasserstreifen hinweg umarmen können.

Ihren Namen sollte er allerdings erst im kommenden, schneereichen Winter und über alle Barrieren lebensbedrohender Verbote, die sie und ihresgleichen vor jeder Berührung durch einen Fremden schützten, in Erfahrung bringen. Sie hieß Ān.

Ān erschien ihm bereits in diesem ersten Augenblick als eine Verkörperung von Faye *und* Abigail. Nicht, daß sie seiner Tochter oder seiner Frau äußerlich ähnlich gewesen wäre, auch wenn ihr Gesicht schmal war wie das einer Europäerin und ihre Augen von jenem hellen Grün und so aufmerksam wie die Augen Fayes und Abigails; auch ihr Haar war von gleichem Schwarz. Aber die Verbindung bestand nicht in Farben oder Formen, sondern es war ihr Blick, die unverwechselbare Art, *wie* diese Augen ihn ansahen und wie sich in ihnen ein im Wind geblähtes

Segel, das Ufer, die Weite der träge vorüberziehenden Felder zu spiegeln schienen, so, als müßte diese Frau nur ihre Augen schließen, und alle Spiegelbilder, Dinge und Lebewesen verschwänden ... Ja, das war es, das mußte es gewesen sein: als wäre dieser Blick der Ursprung, an den jede perspektivische Linie der sichtbaren Welt zurückführte.

Wer solche Augen aufschlagen konnte, der konnte damit erschaffen oder zum Verschwinden bringen, was er sah. Wenn der Kaiser von China den Anspruch erhob, gottgleich zu sein, dann war, was an diesem Nachmittag an Cox vorüberglitt, das Bild einer allein mit ihrem Blick alles ins Leben rufenden und möglicherweise auch wieder in den Untergang verstoßenden Kindfrau – ein Himmelswesen wie *Tiān Hòu*, jene Göttin des Südchinesischen Meeres, von der Cox in den letzten Wochen auf See an Bord der Sirius gehört hatte: ein unsterblich gewordenes Fischermädchen, das ganze Flotten versenken oder vor dem Untergang bewahren und selbst geteerte Schiffsmasten zum Blühen bringen konnte.

Abigail hatte ihn so angeblickt. Faye hatte ihn aus dem hellen Grün solcher Augen angeblickt und ihn, Alister Cox, den berühmtesten Automatenbauer, den England je hervorgebracht hatte, allein durch die Bodenlosigkeit dieses Blicks, in dem die Pigmente der Iris schimmerten wie Einschlüsse in jenen Smaragden, die er seinen mechanischen Kreaturen manchmal als Augen einsetzte – zu ihrem Geliebten, zu ihrem Mann und Vater ihrer einzigen Tochter, mehr noch: zu ihrer Schöpfung gemacht. Schlug sie ihre Augen nieder oder wandte ihren Blick von ihm ab, war er stets in Gefahr gewesen unterzugehen.

3 **Zǐ jìn chéng,**
die Purpurstadt

Hörig? War Alister Cox seiner Frau hörig gewesen? Faye hatte ihm niemals ihren Willen aufgezwungen und nichts von ihm gewollt, jedenfalls nichts von dem, wonach Cox Nacht für Nacht und den ganzen Tag über und wann immer er mit ihr zusammen war, gierte. Faye hatte nicht gewollt, daß er sie küßte, nicht, daß er sie in seine Arme nahm, und nicht, daß er ihr die Kleider vom Leib zerrte und sie unter sich begrub wie ein Raubtier seine Beute unter sich begräbt … Und sie hatte nicht gewollt, niemals, daß er sich stöhnend auf ihr wand, bis sie, überwältigt von Wut, Schmerz und Ekel, spürte, wie sein Samen sie tief in ihrem Inneren berührte, an ihr Innerstes schlug!, und dann wie ein gestaltloses, wässriges Ungeziefer daraus hervorkroch und ihre Schenkel und das Bettuch besudelte.

Und dennoch hatte sie diesen Mann, der sie quälte und, wie er immer wieder und um Vergebung bittend flüsterte, *anbetete*, inmitten seiner glitzernden mechanischen Kreaturen bewundert und hatte manchmal sogar etwas empfunden für ihn, wofür sie kein anderes Wort wußte als Liebe.

Faye war drei Tage nach ihrem siebzehnten Geburtstag in einer von Hunderten Kerzen flackernden und wie ein Schiff von einer Brandung aus weißen Chrysanthemen, weißen Nelken und Rosen überfluteten Kapelle die Frau des Brotherrn ihres Vaters geworden. Als ältestes von fünf Kindern einer frommen Weberin und eines einbeinigen Liverpooler Silberschmieds, der stolz war, als Krüppel in einer Manufaktur von Cox & Co. Arbeit gefunden zu haben, war sie weder von ihren Eltern noch von ihrem Bräutigam nach ihrem Willen gefragt worden, als man ihr den Hochzeitstag als größten Glückstag ihres bisherigen Lebens ankündigte.

Cox hatte Faye schon als Kind, das in seinen Strohpantinen noch unsicher auf den Beinen war, manchmal hochgehoben und sie aus der Höhe seiner gestreckten Arme fallen lassen und das in diesem lustvollen Sekundenflug jauchzende Mädchen lachend wieder aufgefangen und an sich gedrückt und auf die Stirn geküßt. Cox hatte stets nach Faye gesucht, wenn er in seiner Liverpooler Manufaktur an den Drehbänken der Feinmechaniker und Silberschmiede vorüberschritt, Fragen stellte, Anweisungen gab und da und dort mit den Kindern jener Arbeiter spielte, die das Privileg genossen, im Winter ihre Familien in die mit Kohlebecken geheizten Werkstätten mitbringen zu dürfen.

Auch wenn Faye sich später an kaum einen dieser kurzen Flüge im freien Fall erinnern konnte, blieb ihr aus diesen frühen Zeiten doch das unbestimmte Gefühl, daß dieser Mann etwas möglich machte, was doch unmöglich war: Fliegen! Fliegen, zum Beispiel. Flatternde Vögel aus Silber, zum Beispiel. Zwitscherndes, singendes Metall. Zum Leben erwecktes, totes Material.

Nach der Hochzeit hatte Faye das hellste und luxuriöseste Zimmer, das sie je betreten hatte, in der Londoner Shoe Lane bezogen, hatte im ersten Jahr ihrer Ehe ihre Eltern zweimal mit einem Geschenkkorb ihres Mannes besucht und dabei jedesmal am Mittagstisch geweint, während die Mutter ihr besänftigend die Hand auf die Faust legte, mit der Faye den Löffel umklammerte, und ihr Vater sie eine undankbare Prinzessin schimpfte. Verflucht! Konnte es für eine rotznasige Liverpooler Göre denn ein größeres Glück geben, als von einem blinden und wohl mehr als bloß gnädigen Schicksal in die Frau eines Meisters wie Alister Cox verwandelt zu werden?

Wenn es Cox gelang, die Gier nach dem Körper seiner mädchenhaften Frau zu bezähmen und er ihr etwa an einem Herbstabend, an dem von den großen Buchenscheiten im Kamin Sternschnuppen ins Dämmerlicht des Salons sprangen und in einer Karaffe Rotwein wie flüssiger Granat funkelte, den mechanischen Schwingenschlag einer Schleiereule aus

Sterlingsilber erklärte, konnte sich Faye manchmal tatsächlich in ein begeistertes Kind zurückverwandeln und diesen Mann wie damals an den Drehbänken von Liverpool bewundern. Und wenn sie kaum eine Stunde später hörte, wie Cox sich ächzend in der Finsternis entkleidete, um sich dann zu ihr ins Bett fallen zu lassen, wisperte sie wie einen Bannspruch in ihr Kissen, was sie von ihrer Mutter gehört hatte: Ein gutes Herz. Ein guter Mann. Er hat ein gutes Herz.

Abigails Geburt schon im ersten Jahr ihrer Ehe ließ sie sogar eine Weile auf ein in der Zukunft verborgenes Glück hoffen, hoffen jedenfalls, solange ein Dammriß sie vor der Geilheit ihres Mannes bewahrte und er sich ihr auch nach der Genesung, die sich irgendwann weder länger verzögern noch verbergen ließ, behutsamer als in den Nächten vor der Geburt näherte. Denn Cox begann an einer Wiege aus Kirschholz, in der dieses winzige Frühgeborene beinahe verschwand, ein überwältigendes Gefühl zu entdecken, das machtvoller schien als seine Begierde und stärker selbst als seine Begeisterung für alle Mechanik. Und so schlug Abigail, seine erste und einzige, über alles geliebte Tochter, noch bevor sie ein Wort oder auch nur die Namen ihrer Eltern aussprechen konnte, eine Brücke zwischen Cox und Faye, die über fünf Jahre eines neuen gemeinsamen Lebens einen Abgrund überspannte – bis der Keuchhusten diese Verbindung sprengte und Cox sich in Trauer,

Begierde und Verzweiflung verirrte, während Faye wie für immer verstummte.

Als die Flotte Běijīng an einem eiskalten, wolkenlosen Tag Ende November erreichte, glitzerten die entlaubten Bäume am Weg von der mit goldgelbem Brokat ausgelegten Mole ins Innere der größten Stadt der Welt unter Reifpelzen. In einer endlosen Sänftenprozession, aus der Hunderte seidene Fahnen und Lanzen aufragten, wurde der Allerhöchste zu seiner Residenz getragen. Seltsamerweise sollte Cox an diesem Tag den geheimnisvollsten und für die allermeisten Untertanen unzugänglichsten Ort des Reiches so beruhigend, ja fast vertraut empfinden wie kein anderes Etappenziel seiner bisherigen Reise: *Zǐ jìn chéng*, des Kaisers purpurne Stadt. Die Verbotene Stadt.

Denn diese himmelweiten Flächen zwischen Palästen und Pavillons mit ihren goldenen, geschwänzten Dächern, Bauten in vollendeter Symmetrie, die so klingende, von Kiang übersetzte Namen trugen wie *Palast der irdischen Ruhe, Halle der Berührung von Himmel und Erde, Halle der Pflege des Herzens* oder *Pavillon der heiteren Klänge …*, diese genauestens abgezirkelten und wie mit dem Lineal gezogenen Wege, die jeder Bewohner gemäß seinem Rang so streng einzuhalten hatte, als bewegte er sich auf einem über alle diese weiten Höfe gebreiteten, riesigen Schnittmusterbogen – wehe!, wer die ihm zugedachte Linie auch nur um einen Schritt verließ –, die von Sonnen- und Sand- und Wasseruhren angezeigten Tages- und Nachtstunden, zu denen ein Palast, ein Hof, ein Garten betreten oder verlassen werden mußte, und alle diese unzähligen, nach astronomischen Tabellen festgelegten Rituale, Exerzitien und rätselhaften Manöver der Palastwache, schienen selbst einem in seinen Gefühlen und Leidenschaften Verirrten wie Cox dabei zu helfen, aus seinem Chaos in eine Welt der unumstößlichen Ordnungen zurückzufinden und darüber vielleicht in eine Art von Frieden.

Auch wenn in dieser purpurnen Stadt ein Heer von Sklaven und Dienern, unter ihnen allein mehr als dreitausend mit ihrem Schicksal hadernde Eunuchen, als Zeugen dafür gelten konnten, daß sich dem englischen Gast hier weder ein Ort des himmlischen Friedens noch einer der irdischen Harmonie öffnete, erlebte Cox den Tag seiner Ankunft doch wie einer, der sein Ziel erreicht hat.

Die qualvolle Unruhe, die ihn noch einmal befallen hatte, als er seine Dschunke und den Wald der Masten endlich verließ und in einer Sänfte der Verbotenen Stadt entgegenschaukelte, legte sich ausgerechnet, als er sich auf dem wie eine Steinwüste erscheinenden, vom städtischen Leben und selbst dem Staub leergefegten Tiān'ānmén, dem Platz des himmlischen Friedens, von Merlin und den beiden Gehilfen verabschieden mußte:

Nur der Meister sollte ein Gästehaus in der Purpurstadt beziehen. Für seine Gehilfen dagegen stand vor den turmhohen, wie mit Blut gefärbten Wehrmauern ein Haus bereit. Nur Meister Cox, sagte Kiang, sollte den Gedanken des Allerhöchsten so nahe wie möglich sein und bleiben und auch seine Nächte unter dem gleichen Himmelsgeviert verbringen wie der Erhabene. Die Gehilfen würden Morgen für Morgen von der Garde durch das Westtor zum Arbeitsplatz ihres Meisters eskortiert und am Abend von den Werkbänken wieder zurückgeleitet werden an ihr Nachtlager.

Wie Gefangene?, fragte Merlin.

Wie umsorgte, behütete, hochgeschätzte Gäste, sagte Kiang und verbeugte sich.

Und du?, wandte sich Merlin an Cox.

Ich warte hier auf euch, sagte Cox, jeden Tag. Wie in Liverpool. Wie in London. Wie immer.

Als seine Sänfte durch das Tor des Himmlischen Friedens und vorüber an einem in drei Reihen gestaffelten Spalier der Palastwache in den Vorhof und dort in eine weiße hallende Leere getragen wurde, dachte Cox daran, ob er wohl der glaszarten Kindfrau, die er an der Reling hatte vorüberschweben sehen, irgendwo in diesen uneinnehmbaren Mauern wiederbegegnen würde. Er hatte weder mit seinen Gefährten noch mit Kiang über die Begegnung auf dem Wasser des Kaiserkanals gesprochen, weil eine Ahnung ihn warnte, daß es gefährlich sein konnte, sich nach einer Frau aus dem Schatten des Kaisers auch nur zu sehnen. Aber ausgerechnet während die steinernen Gesichter der Palastwache an seiner Sänfte vorüberhuschten, wurde die Erinnerung an diese Erscheinung an der Reling unabweisbar und verband sich mit einer flüchtigen Empfindung von Glück, enthielt dieses Bild doch auch etwas von der Schönheit von Fayes Antlitz und dem Liebreiz Abigails – bis Cox' Blick auf die Waffen der Garde fiel, auf die schwarzen Scheiden ihrer Schwerter, ihre Streitäxte und Lanzen, an denen Leopardenschwänze pendelten, und die mit Flammen und Blitzen aus Jade und Rotgold verzierten Brustpanzer – und ihn zu frieren begann.

Mehr noch als die imperiale Pracht der purpurnen Residenz, die wie eine Insel umgeben von menschenleeren, gepflasterten Weiten, einem Glacis der Furcht und Ehrfurcht, inmitten einer brausenden Metropole lag, begeisterte Cox, als Kiang ihn an diesem Novembertag durch jenes luxuriöse Gästehaus führte, das ihm allein zur Verfügung stehen sollte, und er die angebaute Werkstatt sah: Es war eine Kopie seines Londoner Ateliers!, ein Raum ganz ähnlich seinem Arbeitsplatz in der Shoe Lane. Qiánlóngs Gesandte mußten wohl, während er an Abigails Katafalk gekniet und die beiden in seiner Verzweiflung hatte warten und warten lassen, Skizzen gemacht, vielleicht sogar Maß genommen haben. Dieser Raum konnte nur nach ihren Zeichnungen gebaut und ausgestattet worden sein. Würde er auch sein und Fayes Bett hier finden? Abigails Katafalk?

Nachgebaut? Davon wisse er nichts, sagte Kiang. Und tatsächlich war der Rest dieses Hauses mit seinem Bambusgarten und einem von bemoosten Steinen gefaßten Lotosteich so fremd und zauberisch schön, wie sich ein englischer Besucher seine Unterkunft als Gast des Kaisers von China nur vorstellen konnte.

Und die Gefährten?, fragte Cox, wie wohnten die Gefährten außerhalb der Palastmauern? Und wie weit entfernt?

In der Nähe, sagte Kiang, nicht in Rufweite, aber nahe. Und ihrem Haus fehlte nur der Lotos, nur der Teich.

Aber das hörte Cox schon nicht mehr. Er war aus einem tiefrot tapezierten Salon durch eine breite, mit den Szenen einer Tigerjagd bemalte Tür in die Werkstatt zurückgegangen, stand an einer Drehbank, die wohl aus England stammte, und dachte an Abigail. Wenn es nicht etwas ganz, ganz anderes war, was von ihm an dieser Werkbank erwartet wurde, dann wollte er hier einen nie gesehenen Automaten für Abigail fertigen, einen Drachen, der Silbernebel und Feuer spie, oder eine Weinbergschnecke wie jene, die er hier als meterhohe, vergoldete Bronze auf einem Sockel des äußeren Hofes gesehen hatte.

Abigail hatte Schneckenhäuser unter den Rosenbüschen an der Shoe Lane aufgesammelt und bemalt und in einer Schatulle verwahrt, die Faye ihr als Schatztruhe geschenkt hatte. Ja, er würde eine riesige Schnecke über die Fliesen und Wände des Palastes kriechen lassen, und sie würde eine Spur aus reinem Silber hinter sich herziehen und diesen Hofstaat nicht weniger in Erstaunen setzen als ihn die Tatsache erstaunte, daß der Kaiser von China unsichtbar war.

Aber als Kiang den englischen Gast am nächsten Tag, begleitet von vier Gardisten und einem Eunuchen, durch die wenigen Gassen und Vorplätze der Verbotenen Stadt führte, die einem Gast zugänglich waren – dies vor allem, um ihm die zahllosen Linien zu zeigen, die niemals, niemals übertreten werden durften –, und Cox erfuhr, daß der einzige Mensch, der sich in diesem Gewirr unsichtbarer Linien frei bewegen konnte, allein der Kaiser war, dachte er nicht mehr an Schnecken und nicht an Drachen, nicht mehr an Automaten. Der Kaiser wollte doch kein Spielzeug. Aber eine Uhr. Vielleicht eine Uhr. Wozu sonst hätte er einen Meister aus England in seine Purpurstadt gerufen?

Cox glaubte zu begreifen, daß diese Fluchten aus himmelweiten Höfen und eng verzahnter Architektur, aus künstlichen Wasserläufen, flachen Steinbrücken und nahezu fliegenden Terrassen, alles nach den Gesetzen und Proportionen des Sternenhimmels vermessen und gebaut, ein bis auf Herzschläge, Atemzüge und Kniefälle geregeltes, höfisches Leben nicht anders umfaßten als ein ziseliertes Gehäuse das Räderwerk einer Uhr. Und am Ende des Rundgangs erschien ihm, was er gesehen hatte, tatsächlich als riesiges steinernes Uhrwerk, das nicht von Federn und Gewichten, sondern von einem unsichtbaren Herzen in Bewegung gehalten wurde, einer allgegenwärtigen Kraft, ohne die nicht nur dieses Werk, sondern die Zeit selbst stillstand: Qiánlóng.

Eine Uhr. Er würde also dem Kaiser eine Uhr anbieten, die er mit Merlin und den beiden Gehilfen im Inneren dieses Palastes bauen und deren Räderwerk er in ein Schnecken- oder Drachen- oder Tigergehäuse setzen würde, dessen Baumaterial dauerhafter als die Jahrtausende sein mußte; ein unzerstörbares Tier aus Platin, Glas, Gold und Damaszenerstahl, das die Zeit nicht bloß maß, sondern fraß.

So beklommen, ja ängstlich sich Merlin und die Gehilfen am Tag der Trennung vor dem Tor des Himmlischen Friedens von Cox verabschiedet hatten, so begeistert kehrten sie schon am darauffolgenden Vormittag mit einer Eskorte in Lederpanzern zu ihrem Meister und in seine von einem großen Kamin und emaillierten Glutbecken gewärmte Werkstatt zurück. Das Haus, das ihnen zugewiesen worden war, schien tatsächlich ebenso bequem wie das ihres Meisters ausgestattet zu sein. Seit das Jahr eisig zu werden begann, standen auch dort von zwei Eunuchen versorgte Kohlebecken in jedem der fünf Wohnräume, und auch die Werkstatt hier war durch eine rauchlos glimmende und mit einem namenlosen Duft parfümierte Holzkohle behaglicher, als es an den Drehbänken der Manufakturen in Liverpool oder London im Winter jemals gewesen war.

Ach ja, der Meister hatte einen Lotosteich und Rosensträucher in einem Hof, in dem Vögel sangen, aber das Haus der Gefährten umschloß einen mit Schnitzwerk verzierten Lichtschacht, in dem ein Brunnen plätscherte. Keiner von ihnen, auch nicht Merlin, hatte je in einem solchen Prunk gelebt.

Hier müsse man höchstens darauf achten, sagte Lockwood, der Silberschmied, daß die Zeit nicht allzu schnell verflog und der selige Traum gleich wieder vorüber war. Und Bradshaw, der Feinmechaniker und zweite Gehilfe, pflichtete seinem Freund bei: Verglichen mit England sei das hier ein Paradies.

Hat Cox & Co. so schlecht für euch gesorgt?, fragte Merlin und reichte Cox eine Art Stadtplan, auf dem der tägliche Weg zur Arbeit, vom Haus der Gehilfen durch das Westtor zur Werkstatt, als gewundene rote Linie erschien.

Also? Hat Cox & Co. euch so schlecht behandelt?

Aber die Begeisterung des Silberschmieds Aram Lockwood und des Feinmechanikers Balder Bradshaw schien bereits verflogen. Die beiden lachten nicht mehr und sahen beschämt zu Boden, wo eine Kolonne Ameisen unter großen Mühen versuchte, einen bleigrauen Nachtfalter, der nur noch erschöpfte, hoffnungslose Gegenwehr leistete, in ihren Bau zu zerren und in Nahrung zu verwandeln.

Die Ameisenkolonne mußte noch einen langen Weg vor sich haben, denn der lackierte Boden war spiegelblank und zeigte nirgendwo einen Eingang in die Unterwelt.

4 **Wàn suì yé,**
ein Herr über zehntausend Jahre

Der Schnee kam früh in diesem Jahr und fiel zum Entsetzen einiger Priester der Purpurstadt, die darin ein böses Omen sahen, in daunengroßen Flocken aus einem blauen Himmel. Obwohl die Hofastrologen dem Kaiser für die Freiluftaufführung einer Oper, die ein erst zwölfjähriger Prinz komponiert hatte, sonnige, milde Tage vorausgesagt hatten und in den Palastgärten noch Rosen blühten, drehte eines Morgens der Wind von West nach Nord. Dann begann dieser unheimliche Schnee zu fallen. Anfangs taumelten die Flocken nur vereinzelt, wie Verirrte aus einer fernen Jahreszeit, später immer dichter aus dem Himmelsblau und schlossen sich schließlich zu einem, von keinem Blick mehr zu durchdringenden Gestöber, in dem Gassen, Plätze, Pavillons und Paläste verschwanden.

Als der Schneefall nach kaum einer Stunde so unerwartet wieder nachließ, wie er eingesetzt hatte, lag die Verbotene Stadt in einem kalten Weiß, in dem nicht nur alle Farben verblaßt waren, sondern auch

Stimmen und Geräusche erstickt schienen. Was für eine Stille, in der die Sonne nun wieder über beschneiten Palastdächern stand und Schneekristalle und das von Schmelzwasser überspülte Gold der Dächer zum Glitzern brachte.

Erst Wochen später, und nur als ein von vielen Widersprüchen durchzogenes Gerücht, sollte in der Purpurstadt und am Ende selbst in den Gassen von Běijīng geflüstert werden, daß es die Astrologen gewesen waren, die Astrologen!, die eine drohende Widerlegung ihrer günstigen Wetterprognose abwehren wollten, indem sie Feuerwerksraketen mit Silbersalz befüllt und damit eine tagelang vor den Höhenzügen des Shān-Gebirges gestaute Wolkenwand beschossen hatten. Das hoch über den Gipfeln am Himmel ausgesäte Silbersalz sollte die Wolkenfäuste öffnen und Regen, Hagel, Schnee oder was immer sie enthielten, weit vor der Stadt und vor allem: weit vor den Augen des Erhabenen, herabrauschen, hageln oder schneien lassen.

Aber wie von den krachenden, im Tageslicht blaß wie Wasserzeichen an den Himmel gekritzelten Feuerwerksgarben angezogen, hatte sich zu den von Felswänden und aus den Schluchten des Shān-Gebirges schlagenden Echos der Explosionen ein böiger Wind erhoben, der die Schneeschauer noch hoch über dem Erdboden verdichtete und davontrug, bis in die Himmelsareale über der Verbotenen Stadt –

und seine kristalline Fracht erst dort endlich los und fallen ließ.

Bevor das Gestöber einsetzte, hatte Cox sogar einen zweifachen Regenbogen über den Dächern der Purpurstadt gesehen und gedacht, mit diesem Farbenspiel an einem wolkenlosen Himmel eine klimatische, auf die geographische Breite von Běijīng beschränkte Erscheinung zu beobachten, hatte sich dann aber vor einer Welle eisiger Luft, die den Schneewirbeln voranrollte, an den Kamin seines Hauses zurückgezogen. Als es wieder aufklarte und eine kalte Sonne schien, war er ins Freie gegangen und hatte eine glitzernde Stadt bewundert, glitzernde Dächer und glitzernde, blendendweiße Höfe, die keinerlei Spuren trugen.

In den folgenden Tagen erschienen Jacob Merlin, Aram Lockwood und Balder Bradshaw eskortiert von schweigenden Gardisten Morgen für Morgen im Haus ihres Meisters zur Arbeit und wurden am Abend wieder zurückbegleitet, ohne daß Cox ihre Fragen je beantwortet hätte, was genau sie in der wohligen Wärme an ihren Werkbänken denn fertigen sollten. Die Schätze und schimmernden Automaten, die über so viele Tausend Seemeilen von England für den Kaiser von China herangeschafft worden waren, drifteten ja längst zurückgewiesen und unbesehen an Bord der Sirius im Südchinesischen Meer und konnten frühestens in Yokohama Käufer finden.

Die Tage blieben sonnig, wurden aber windig und eiskalt. Der Kaiser, hieß es, habe den Schnee als Zeichen gedeutet, daß der komponierende Prinz sein absolutes Gehör nützen, seine Oper weiter verbessern und ihre Aufführung bis zum Erreichen der höchsten Perfektionsgrade verschieben sollte – und verzichtete vielleicht auch deshalb vorerst auf eine Bestrafung der Astrologen. Die wagten keine weiteren Prognosen und baten einen Mandarin, der als Zeichen seines hohen Ranges zwei in Gold gestickte Leoparden auf seiner Robe trug, auf Knien um Geduld: An einem bedeckten Himmel und im herbstlichen Nachtnebel ließen sich keine Sterne deuten.

In den schattigen Höfen zog sich der Schnee nur langsam zurück. Aus den Mäulern der drachenköpfigen Wasserspeier auf den Dächern tropfte nur in den Mittagsstunden Schmelzwasser, dessen Glucksen schon am frühen Nachmittag wieder verstummte.

Das in Seemannskoffern, Kisten und Truhen mitgebrachte Material und Werkzeug der Automaten- und Uhrmacherei wurde nach Jacob Merlins Anweisungen in einem weißen, fast heiteren Winterlicht, das durch die Werkstattfenster fiel, verstaut, geordnet und bereitgemacht für einen kaiserlichen Auftrag, von dem selbst Kiang nur vermuten konnte, worin er bestehen würde. Denn aus der Umgebung des Erhabenen kam immer noch kein Zeichen. Die tiefe Stille, die den Kaiser umgab, schien durch die Angst der Astrologen sogar noch undurchdringlicher geworden zu sein, die befürchteten, sie würden für ihre falsche Vorhersage irgendwann doch noch büßen.

Der Kaiser liebte windstilles, trockenes und heiteres Wetter, weil er Gesang, Chöre und das Geklirr der Orchester in Gärten, jedenfalls aber unter freiem Himmel hören wollte. Nur dort konnte er gleichzeitig mit den Sensationen einer Oper auch den Wolkenzug betrachten und konnte, wenn Orchester und Singstimmen für einige Takte verstummten, das Geräusch des Windes im Rosenlaub hören, das Flüstern der Bambusblätter, die symphonische Musik einer dem menschlichen Gestaltungswillen unterworfenen Wildnis.

Aber über dem langen Warten auf die seinen Vorlieben entsprechenden Wetterverhältnisse verlor der Kaiser vielleicht seine Geduld und schrieb die lästigen Umstände den Sterndeutern zu. War es nicht empörend, daß ein Allmächtiger, der die Windstille und den heiteren Zug der Wolken liebte, den über seiner Residenz lastenden geschlossenen Himmel nicht einfach zerreißen und seine Fetzen in alle Winde zerstreuten konnte? Empörung verlangte aber nach Verantwortlichen, Schuldigen. Die Sterndeuter fürchteten sich.

Mehr und mehr von dem, was der Erhabene liebte, verschmähte oder verachtete, wurde den englischen Gästen von Joseph Kiang zugetragen, der das Getuschel der Höflinge weitertrug und übersetzte. Aber was vom Meister aus England wirklich erwartet wurde, schien selbst den geschwätzigsten Zuträgern ein Geheimnis zu sein. Hatte Qiánlóng das Interesse an den Fähigkeiten seiner englischen Gäste verloren? Oder sie einfach vergessen? Schließlich mußte der Herr über Himmel und Erde das Gewicht der Welt durch die Zeiten tragen und endlose Listen von Fragen gleichzeitig bedenken und konnte so ganze Armeen aus seinem Gedächtnis verlieren.

Aber Cox schien in keiner Weise beunruhigt, ja, er wirkte in den Augen seiner Gefährten so sicher und frei von allen Zweifeln, als wüßte er genau, was Qiánlóng von ihm, von ihnen allen wollte, und er warte nur auf die Erlaubnis, auch mit jemandem anderen und nicht nur mit sich selber darüber zu sprechen: Er sprach tatsächlich, flüsterte tatsächlich manchmal mit sich selbst. Aber wenn Merlin fragte: Sprichst du mit mir?, sprichst du mit uns?, gab Cox keine Antwort. Wenn die beiden Gehilfen sich unbeobachtet glaubten und ihre Blicke sich trafen, tippte sich der eine oder der andere gegen die Stirn: Der spinnt.

Auch Joseph Kiang wurde nicht müde, den englischen Gast auf die bevorstehende Audienz beim Kaiser vorzubereiten, ihm die Art und die Zahl der gebotenen Kniefälle und die Berührung des Bodens mit der Stirn vorzuführen und ihm, für den Fall, daß die Audienz im Palast der himmlischen Harmonie stattfinden sollte, einem von sieben Pavillons, in denen der Kaiser Untertanen empfing, Filzlappen zum Schutz gegen die Kälte und gegen die eisige Härte des Bodens mit ledernen Riemen an die Knie zu binden.

Cox sollte in diesen Stunden eine lange rote Robe wie ein Mandarin tragen, und so würde auch nichts von den Filzlappen zu sehen sein, der üblichen Erleichterung für jeden kniefälligen Untertanen von gehobenem Rang. Und ja nichts Gelbes!, sagte Kiang, nichts Goldenes, nichts, nichts am Leib tragen, was an die allein dem Kaiser gebührende Farbe auch nur erinnern konnte. Schließlich leuchtete ja auch die Sonne allein in dieser Farbe und kein einziger ihrer Planeten.

Und der Mond?

Ach, selbst wenn der Mond manchmal in einem goldenen Schimmer am Nachthimmel stand, schmückte ihn doch allein der Widerschein der Sonne, die ihm, wie der Erhabene seinen Untertanen, in den dunkelsten Stunden etwas von ihrem Glanz lieh.

Wàn suì yé, sagte Kiang, sei die Anrede, die Cox auf Knien zu verwenden habe, wenn der Kaiser ihm eine Frage stellen sollte. So habe das für Audienzen zuständige Erste Kabinett des Hofes entschieden.

Wàn suì yé: Herr der zehntausend Jahre. So nannten auch die dreitausend Eunuchen der Purpurstadt ihren Herrn: Wàn suì yé, selbst wenn sie ihn niemals zu Gesicht bekamen, Wàn suì yé, selbst wenn sie nur von ihm sprachen oder von seiner Gnade träumten.

Cox ließ seine Gehilfen Zahnräder, Hemmungen und Platinen aus in England gewalzten Blechen in allen Größen und Stärken zuschneiden, ließ feilen, sägen und polieren …, was die bevorstehende Audienz auch ergeben sollte, ihn würde kein Auftrag überraschen. Aber die Gehilfen deuteten das wachsende Arsenal von Bestandteilen verschiedenster Uhrwerke in allen Größen insgeheim doch nur als ein Zeichen, daß auch der Meister selber nicht recht wußte, welche Aufgabe er sich und den Seinen stellen sollte. Kiang mahnte zur Geduld: Die Wünsche und Gedanken des Erhabenen seien auch für seine engsten Vertrauten nicht zu entschlüsseln, denn wie leicht konnte ein berechenbarer Herrscher zur Spielfigur einer Intrige oder Verschwörung werden.

… auch für seine engsten Vertrauten nicht zu entschlüsseln? Er hat Vertraute?, fragte Merlin, während Cox seinen Blick über eine Schneeinsel im Hof vor dem südlichen Werkstattfenster schweifen ließ. Der Schnee trug keine Spuren.

Berater, verbesserte sich Kiang, seine Berater. Auf dem Gipfel der Welt war für Vertraute kein Platz.

Cox trat näher ans Fenster. Aus dem Schatten jener Mauer, hinter der nach einer der Erklärungen Kiangs der *Palast der Frauen* lag, löste sich ein Zug von Sänften, von denen jede die Form eines Bootes, einer prunkvollen Gondel hatte:

Zwölf, vierzehn, sechzehn Sänften zählte Cox, eine goldschimmernde Flotte, die an den Händen von Trägern durch das unberührte Weiß der Schneeinsel schaukelten. Die Träger waren an ihren erdbraunen Kitteln als Eunuchen zu erkennen. Obwohl der Zug sich im Laufschritt über den Hof und die Schneeinsel auf eines jener mit goldenen Dornen bewehrten Tore zubewegte, das in die inneren Bezirke der Purpurstadt führte, nahm er nicht die direkte und kürzeste Route, sondern beschrieb nach einer vielleicht nur dem vorauslaufenden Eunuchen bekannten Regel einen Bogen durch das blendende Licht.

Möglicherweise war dieser Bogen, den die Eunuchen in den Schnee traten, ein von den Sterndeutern vorgeschriebener Umweg, mit dem die Fallen eines unsichtbaren Dämons umgangen werden mußten. Vielleicht war dieser Bogen aber auch nur ein Zeichen dafür, daß der gerade, der direkteste und scheinbar kürzeste Weg in der Verbotenen Stadt zumeist einer in den Untergang war.

Der hintere Teil des Sänftenzuges schwankte noch im Schlagschatten der Mauer, während der vordere sich bereits über die Schneeinsel bewegte, als die Prozession nach einem gellenden Schrei zum Stillstand kam. Ein Träger der vierten Sänfte war gestürzt. Er kniete nun gekrümmt im Schnee und umklammerte seinen Brustkorb mit den Armen, als wollte er seine Lungen oder sein Herz vor dem Zerspringen bewahren, während die Sänfte wie ein gestrandetes Boot in eine leichte Schräglage kippte.

Cox dachte zuerst, daß der Mann sich wohl vor Anstrengung erbrechen mußte, der schimmernde Prunk der Sänfte wog gewiß schwerer als jeder Passagier, sah dann aber, daß der Mann einen Schwall Blut und noch einen hustete und hörte, wenn auch fern und undeutlich, selbst durch das geschlossene Fenster der Werkstatt das keuchende, bellende Geräusch, während der Schnee vor dem Knienden sich rot färbte, tiefrot.

Dann fiel der Gestürzte vornüber und auf das Gesicht, mittenhinein in das Mal seines Blutes, ohne die Klammer seiner Arme zu lösen, und blieb bewegungslos liegen, wie er gefallen war. Auch der Zug der Gondeln verharrte in einem lautlosen Stillstand. Die Träger der ersten drei Sänften und der wegweisende Eunuch waren noch einige Schritte weitergelaufen, bis das Hustengebell und ein Blick zurück auch sie hatten erstarren lassen.

Die entstandene Lücke zwischen dem kurzen vorderen und dem langen restlichen Teil des Zuges schien durch das Blutmuster im Schnee zu einem

Schreckensraum geworden zu sein, unbetretbar für alle Nachkommenden. Denn wer von den Sänftenträgern und wer von den unsichtbaren Passagieren wollte den Frevel wagen, eine bis auf Fingerbreiten vermessene und vorgeschriebene Route zu verlassen, um einem Sterbenden beizustehen?

Obwohl Merlin, Kiang und die beiden Gehilfen, in ihr Gespräch vertieft, weder gehört noch gesehen hatten, was in der Weite des Hofes vor dem Werkstattfenster geschah, hatte zumindest Kiang etwas davon wohl in der Miene des englischen Meisters gespiegelt gesehen. Einer nach dem anderen, Kiang zuerst, waren sie neben Cox an das Fenster getreten, schweigende Zeugen, die den im Schnee erstarrten Sänftenzug sahen, den in das Muster seines Blutes gestürzten Träger sahen, die ratlose Erstarrung der Gondelflotte.

Nur Cox war mit seinen Blicken schon weiter, viel weiter: Er war gebannt vom Anblick einer schlanken, fast kindlichen Hand, die zwischen den Falten eines purpurroten Sänftenvorhangs erschien und eben dabei war, diesen Vorhang zurückzuschieben; eine Frauenhand. Es war die zweite Sänfte hinter dem Blutmuster. Vielleicht wollte die Getragene aus der parfümierten, dämmrigen Bequemlichkeit einen Blick hinaus tun in das von blendendem Licht umgebene Leben eines Dieners – und sah nun seinen Tod. Vielleicht aber lag ihre andere, noch unsichtbare Hand bereits an einem elfenbeinernen Knauf, um die Gondel zu öffnen. Und vielleicht würde sie in den harschigen Schnee hinaustreten und dem reglos Daliegenden beistehen oder wenigstens den Bann des Zuges brechen und Hilfe herbeirufen.

Cox hatte das Geschehen vor dem Fenster seltsam ungerührt verfolgt, nicht anders als ein Schauspiel, das den Tod eines Sänftenträgers bloß darstellte. Erst was ihn jetzt traf, hatte die Macht der Wirklichkeit. Diese Hand ... Diese Hand und die beiden Steine, die den Knöcheln eines zierlichen Mittel- und Ringfingers weiße Lichter von unterschiedlicher Strahlkraft und Klarheit aufsetzen: Das eine war vielleicht ein weißer, von silbernen Rutilnadeln schraffierter Topas, das andere ein ungeschliffener Diamant, der wie ein in Weißgold gefaßtes Zuckerstück schimmerte. Was für eine seltsame und unverwechselbare Zierde. Cox, über dessen Werkbänke ganze Halden von Schmucksteinen gekollert waren, hatte dieses unterschiedliche Leuchten schon auf dem Kaiserkanal, schon an der Reling der Dschunke erkannt und war sicher, daß diese Hand nur der Frau, nur dem Mädchen gehören konnte, das auf dem Wasser des Dà yùn hé an ihm vorübergeglitten war und ihn wie ein janusköpfiges Wesen an seine verstummte Frau und seine verlorene Tochter erinnert hatte. Würde dieses Wesen, halb Tochter, halb begehrenswerte Frau, nun tatsächlich aus der Sänfte steigen und sich über den Reglosen beugen? Und würde sie dabei vielleicht den Blick aus dem Werkstattfenster spüren, seinen Blick, und sich ihm zuwenden, während sie ihren Fuß in den Schnee setzte?

Und dann, als wäre nun tatsächlich bloß der Akt eines Schauspiels zu Ende, rollte eine mit Lotosblättern bemalte Jalousie raschelnd vor das Fenster und ersetzte das winterliche Bild dort draußen durch gestickte Blüten, einen Eisvogel, Schilf und ziehende Wolken: Joseph Kiang hatte das Band der Jalousie gelöst und, was immer vor dem Fenster noch zu sehen sein würde, allen Blicken aus der Werkstatt entzogen:

In der Verbotenen Stadt, sagte Kiang, in der Stadt des Erhabenen, dürfe nur das zu sehen sein, ja nur das sichtbar werden, was die Gesetze des Hofes den Augen gnädig überließen. Aber alles Unerwartete, alles Unvorhergesehene müsse den Blicken eines Unbeteiligten, schon gar denen eines Fremden, so lange entzogen bleiben, bis ihm die Sichtbarkeit von den entsprechenden Räten nach dem Willen des Allerhöchsten zugesprochen werde.

Und Vorsicht! Vorsicht. Es sei geschehen, daß verbotene Blicke noch am Tag des Frevels mit der Blendung bestraft worden seien: Mit einer geöffneten, in beide Augäpfel gestoßenen *Gafferschere*, deren Klingen den Gesichtszügen jedes Untertanen des Reiches angepaßt werden konnten. Oder mit einer dicht an den Pupillen vorübergezogenen weißglühenden Dolchklinge, die den Augapfel zum Kochen brachte. Oder mit einem Rinnsal geschmolzenen Bleis, das der Henker einem Gaffer in die Augenhöhlen goß.

Menschen stürzen im Schnee, fallen unter ihren Lasten, sagte Cox, Menschen sterben. Ist der Anblick des Lebens in dieser Stadt verboten? Ein gestürzter Diener soll ein verbotener Anblick sein?

Er habe nicht erkennen können, ob jemand gestürzt, was dort draußen geschehen und wer in diesen Sänften getragen worden sei, sagte Kiang, aber was immer es war, die englischen Gäste sollten ihm glauben: Es konnte ihren Augen nur schaden.

Als Cox in der Dämmerung dieses Tages die Jalousie hochzog, die Gehilfen und auch Kiang hatten ihn bereits verlassen, lag der Hof wieder weit und leer vor ihm. Selbst die Schneeinsel war verschwunden, als wäre das Geschehene entweder nie geschehen oder bloß jede Spur und Erinnerung daran getilgt und unsichtbar geworden. Als er spätnachts, nach dem vergeblichen Versuch, an einem Journal weiterzuschreiben, das er Faye eines Tages vorlesen wollte, schlaflos in seinen von Sternbildern gemusterten Kissen lag, sah er mit geschlossenen Augen wieder und wieder die Gesichter von Faye und Abigail und das Antlitz des Mädchens, der Frau an der Reling, ineinanderfließen, ineinanderwehen.

Wàn suì yé: Herr der zehntausend Jahre. Wie einen Bannspruch gegen die dahintreibenden, flüchtigen Gesichter begann Cox, die gebotene Anrede zu wiederholen. Kiang hatte ihm diese Übung empfohlen und ihm dazu in einer Art langsamem Tanz vorgeführt, wie Cox und selbst die mächtigsten Mandarine vor dem Erhabenen niederknien mußten, mit der Stirn den Boden berühren mußten, sich erheben und – in dreimaliger Folge – erneut hinknien, um an ihrer Stirn drei Atemzüge lang die Kühle des Bodens zu spüren, den Staub, zu dem der Erhabene alles und jeden zermahlen konnte, der nicht seinem Bild entsprach.

Wàn suì yé. Cox hatte den Namen des Herrn der zehntausend Jahre zuerst geflüstert, dann, müder und müder werdend, nur noch gedacht, nicht anders, wie er als Kind, wenn er nicht schlafen konnte, stumm Rauchschwalben gezählt hatte, die in rasenden Spiralen an einem schon beinah geträumten Himmel dahinjagten ... Und er glaubte hoch, hoch oben an einem grellweißen Schwalbenhimmel zu sein, als er eine Hand an seiner Schulter spürte. Es war Kiang. Es war dunkel und kalt. Das Glutbecken war erloschen. In den Fenstern seines Schlafzimmers blinkten Sterne, die er noch nie gesehen hatte. Es war frühester, nachtschwarzer Morgen.

Wàn suì yé.

Wacht auf, Meister, sagte Kiang und wiederholte,

als der Schlaftrunkene sich von ihm wegdrehte und in einen Traum zurückzusinken drohte: Wacht auf, Meister Cox, der Herr der zehntausend Jahre will Euch sehen.

5 **Shí jiān,**
ein Mensch

Nun schaukelte er selber in einer Sänfte durch die Finsternis. Als wäre ihm der Gondelzug des vergangenen Tages auf einem langen Bogen durch den Schnee und leere Höfe bis in seine Träume gefolgt, um ihn dort endlich einzuholen, aufzunehmen und in die Wirklichkeit dieses schwarzen Morgens zurückzutragen, saß Cox neben Kiang in einer mit Seide ausgeschlagenen Enge. Fröstelnd spürte er, wie sich etwas in ihm ausbreitete, unaufhaltsam größer wurde, das wohl Angst war. Schließlich war es eine Sache, von der Macht eines Menschen, der über Leben und Tod bestimmen konnte, ohne jemals von einem Einspruch behindert werden zu können, nur zu wissen – und eine andere, diesem Menschen gegenüberzutreten und vor ihm auf die Knie zu sinken.

Seltsam, in London, in den von Verbeugungen und eleganten Gesten begleiteten Reden der Gesandten war der *Kaiser von China* ein strahlendes, ja magnetisches und am Ende verlockendes Bild gewesen. Jetzt stand dieses Bild für einen unsichtbaren Allmächtigen, dessen Willen und Launen er ausgeliefert war; für einen von Uhren und Automaten begeisterten Despoten, der ihn mit einem einzigen Wort, ja mit einem bloßen Wink, dessen Bedeutung Cox wohl erst im Vollzug verstehen würde, töten konnte.

Es hatte eine Weile gedauert, bis Cox nach Kiangs Weckruf aus seiner Schlaftrunkenheit in das nur von einem safrangelben Lampion erleuchtete Schlafzimmer und ins Bewußtsein zurückgekehrt war, daß nun tatsächlich geschehen sollte, wofür er um die halbe Welt gesegelt war und worauf er und seine Gefährten selbst am Ziel ihrer Reise noch lange vergeblich gewartet hatten:

Ein Mann, der sich als als *Herr der Welt, Der Erhabene, Der Allerhöchste* und *Herr der zehntausend Jahre* und mit so vielen, unzähligen, anderen Titeln und Namen himmelhoch über den Rest der Menschheit hinausheben ließ, würde ihm einen Wunsch vortragen, den er entweder erfüllen oder an dem er scheitern – und vielleicht sterben konnte. Denn was ein Herr der Welt und Herr der Horizonte wünschte, konnte nur ein Befehl sein, der weder Zögern noch Scheitern duldete.

Cox versuchte, den Vorhang der Sänfte zur Seite zu schieben. Kiang ließ ihn gewähren. Aber der mit Silberfäden durchwirkte Stoff war dick wie ein Teppich und mit Tapezierernägeln, deren Köpfe Tiger oder Leoparden darstellten, an den Türrahmen geheftet.

Dieser Sichtschutz, der unmöglich machte, daß der Getragene gesehen wurde, aber auch, daß er sah, wohin der Weg führte, hätte sich vielleicht mit einiger Mühe abreißen oder zerschneiden lassen, war aber ohne Gewalt nicht zu öffnen.

Wohin werden wir gebracht?, fragte Cox und erwartete, den Namen eines jener Audienzpavillons zu hören, deren Pracht ihm Kiang bereits mit ehrfürchtiger Begeisterung beschrieben hatte.

Wohin?, sagte Kiang, das wißt Ihr doch. Man bringt uns zu Ihm.

Kiang hatte gemeinsam mit einem Begleiter, den Cox noch nie zuvor gesehen hatte, das Schlafzimmer des englischen Gastes in eine Garderobe verwandelt und den Gast des Kaisers in einen Mandarin: Hier, diese kostbare rote Robe mit dem weißen Pelzbesatz und weiten, fallenden Ärmeln mußte Cox anziehen und Stiefel aus mit Mondsteinen besetzter Seide. Sein Haar wurde mit einem duftenden Öl streng nach hinten gekämmt – so ließ sich, saß oder stand man ihm gegenüber, ein über seinen Rücken fallender Zopf zumindest vermuten. Sein Hals, seine Hände wurden parfümiert und seine Knie mit Filzlappen und Lederriemen gegen die Kälte und Härte des steinernen Bodens einer Audienzhalle gerüstet, deren Namen auch die Sänftenträger erst erfahren sollten, wenn er ihnen von einem Offizier der begleitenden Eskorte als ihr Ziel zugeflüstert wurde. Auf Brust und

Rücken von Cox' Robe waren kunstvoll bestickte Tücher genäht, die zwei auffliegende Silberfasane zeigten.

Der Kaiser, hatte Kiang gesagt, wollte seine Augen nicht mit dem Anblick europäischer Kleidung langweilen, die, so modisch und teuer sie auch sein mochte, doch nur die lächerliche Blöße eines weißhäutigen Nackten bedeckte und bestenfalls die Vermögensverhältnisse eines ansonsten bedeutungslos Kostümierten anzeigte.

Die Robe eines Mandarins dagegen spiegelte, nicht anders als der braune Kittel eines Eunuchen, einen Rang und eine Rolle, die einem Menschen nicht nur in seiner Gesellschaft und Zeit oder in der Verbotenen Stadt, sondern im Universum zugewiesen worden war. Und daß er, Cox, in die Silberfasanrobe eines hohen Beamten bei Hofe gekleidet werden sollte, um dem Kaiser als Würdenträger unter die Augen zu treten, sei ein Zeichen von Nachsicht und Gnade. Denn der Herr der zehntausend Jahre erhebe ihn dadurch und ziehe den Gast näher an seinen Thron.

Lag es bloß an der morgendlichen Kühle oder an der mit jedem Schritt der Sänftenträger schrumpfenden Entfernung zu einem Allmächtigen, der einen Untertanen mit einer einzigen Handbewegung hundert gesellschaftliche Ränge hochschleudern, ihn aber auch von den Stiefeln seiner Garde zertrampeln oder von ihren Streitäxten in Stücke schlagen lassen konnte? Cox begann jedenfalls zu zittern, als er seine Hand vom festgenagelten Vorhang der Doppelsänfte zurückzog: Wenn stimmte, was Kiang gestern vor dem Werkstattfenster gesagt hatte, dann hatten er und seine Gefährten im Hof vor diesem Fenster etwas gesehen, das ihren Augen nicht zustand und wofür jeder Bewohner der Purpurstadt geblendet werden konnte. Sollte er hier vielleicht nicht zu einer Audienz, sondern zu Gericht getragen werden, das, wie an so vielen Orten dieser Welt, an denen schwerste Strafen verhängt wurden, seine Urteile stets am frühen und frühesten Morgen vollzog, zu einer dem täglichen Leben der Menschen weit entrückten Tageszeit, die von der Nacht noch kaum zu unterscheiden war? Hatte Kiang das Verbrechen eines verbotenen Blicks verraten, um damit dem Licht des Throns selber einen Schritt näher zu kommen?

Cox wußte nicht, ob vor und hinter ihm noch weitere Sänften durch die Dunkelheit getragen wurden. Der Kordon von Gardisten, der ihn und Kiang umstellt und vom Hausflur bis zur Sänfte mehr gedrängt als geleitet hatte und nun wohl auch neben der Sänfte herlief, war so dicht gewesen, daß hinter gepanzerten Schultern und über gefiederten Helmen nichts als die Schwärze dieses Morgens zu sehen gewesen war. Die Sänfte hatte sie verschluckt wie ein schimmerndes, stummes Tier, das nun satt von seiner Beute durch die Nacht lief. Draußen waren über den Schritten der Träger nur die Stiefel der Garde zu hören und manchmal das seltsam melodische Klirren ihrer Waffen oder Panzer.

Eine große Gnade, wiederholte Kiang, klang dabei aber selber auf eine Art fahrig, ja ängstlich, wie Cox diesen Mann, der bisher in keiner Situation um einen Rat oder eine Erklärung verlegen gewesen war, noch nicht kannte.

Hatte Joseph Kiang den Kaiser schon einmal von Angesicht zu Angesicht gesehen, aus nächster Nähe gesehen?

Kiang schien mit etwas anderem beschäftigt oder wollte Cox' Frage einfach überhören.

Kiang. Hatte er den Kaiser schon einmal von Angesicht zu Angesicht gesehen?

Aber Kiang schwieg.

Auf die Knie! Auf die Knie, Meister Cox, um Himmels willen, auf die Knie!, waren die ersten Worte, die Cox Minuten später von seinem Begleiter zu hören bekam.

Die Sänfte war vor einem schwach erleuchteten, tiefrot lackierten Portal, in das zwei mannshohe Schriftzeichen in Gold eingelegt waren, auf den geflüsterten Befehl eines Gardisten abgestellt worden. Als müßten an diesem Ort alle Bewegungen genau aufeinander abgestimmt werden, begannen die beschrifteten Torflügel mit einem leisen Seufzen exakt in der Sekunde nach innen zu schwingen, in der ein Eunuch den Sänftenschlag öffnete und sich dabei gleichzeitig, die Hand noch am Knauf des Schlags und den Arm ausgestreckt, tief vor Kiang verbeugte, der daraufhin unter das Vordach des Pavillons trat und Cox zu sich winkte.

Die von Gold, Lackglanz und Seide in flackerndem Licht schimmernde, dabei aber seltsam leer erscheinende Halle, die sich jenseits der Schwelle des offenen Portals vor ihnen ausdehnte, ihre Ausmaße erschienen Cox riesig, konnte offensichtlich nur einem einzigen Zweck dienen:

Der Thron, der nicht am Ende, aber irgendwo jenseits der Hallenmitte stand, sollte mit einem geradezu furchterregend tiefen Raum umgeben werden, einer metallisch glänzenden Weite, die jeder durchmessen mußte, der sich diesem Sitz nähern wollte. Den gepanzerten Kriegern, die als behelmte, gefiederte Schatten, reglos wie Statuen entlang der mit beschrifteten Gobelins geschmückten Wände standen, konnte so viel Raum und viel, viel Zeit bleiben, um jeden, der sich dem Allmächtigen näherte, noch im letzten Augenblick von einem selbstmörderischen Angriff, einer falschen Bewegung oder auch nur einem einzigen falschen Wort abzuhalten und ihn unter ihren Panzern zu begraben.

Auf die Knie! Auf die Knie, Meister Cox!

Kiang flüsterte, ja hauchte seinen Befehl beinahe flehentlich, während er selber bereits auf die Knie sank. Bevor Cox es ihm nachtat und ebenfalls niedersank, sich tief, tief verneigte, mit seiner Stirn den Boden berührte, auf Knien wieder aufrichtete und, in der vorgeschriebenen dreimaligen Folge, wieder erhob und neuerlich niedersank, um endlich und auf Knien der leisen, kaum vernehmlichen Stimme des mächtigsten Mannes der Welt, eines Gottes, zu lauschen, blickte er nach dem immer noch fernen Thron. Ein breiter nachtblauer Seidenteppich, der mit einem fein geknüpften Muster aus Wellen, Schaumkronen und Lichtreflexen wohl einen Strom oder den Wassergraben einer uneinnehmbaren Festung darstellen sollte, trennte den Ort der Kniefälle vom Ort des Allerhöchsten. Aber der Thron war leer:

Seltsam niedrig, nur um drei flache Stufen erhoben, stand er in strahlendem Gold inmitten des geknüpften Teppichstroms. Die breiten gepolsterten Armlehnen trugen an den Enden jeweils Drachenköpfe, die aus aufgerissenen Rachen Licht zu speien schienen. Die Rückenlehne bildeten jadegrüne ineinander verschlungene Drachenkörper. Dennoch auf eine rätselhafte Art bescheiden, vielleicht, weil nur drei Stufen über jenem Boden, den auch ein Untertan beschritt, ragte dieses Zeichen absoluter Macht nicht auf, sondern stand einfach da.

Auf die Knie! Schweigend und mit rasendem Herzen kniete Cox nun neben Kiang in auf Schritt und Fuß bemessenem Abstand vor dem leeren Thron. Die Schatten der Garde an den Wänden fielen lang in die Leere des Saals. Gemeinsam mit den duftenden Schwaden des Räucherwerks, die aus den Kapitellen von vier den Thron umgebenden Säulen aufstiegen und in den langsamen Strömen der Zugluft verwehten, waren die unruhigen Schatten der Krieger alles, was sich in dieser Stille bewegte.

Und jetzt hörte Cox eine Stimme, von der er vom ersten Augenblick an überzeugt war, daß so die Stimme des Kaisers klang. Und er konnte trotz seines rasenden Herzens ein ungläubiges Lächeln – und im krampfhaften Bemühen, dieses Lächeln vor dem leeren Thron zu verbergen –, eine Grimasse kaum unterdrücken, als Kiang ihm in diesem rätselhaften Schimmer und inmitten der raffinierten Pracht, die vor allem aus sanften Lichtreflexen bestand und Cox so fremd wie der Glanz einer Kultstätte auf einem fernen Planeten erschien, die Worte des Kaisers übersetzte:

Eine Banalität von einer Seichtheit, wie man sie ebensogut an der Theke einer Hafenkneipe an der Themse hätte hören können, ein hohles Wort, das aber unbezweifelbar von dieser Stimme im entrückten, fernen Dämmerlicht jenseits eines Wandschirms, den ein Kalligraph in meisterhafter Eleganz ebenfalls mit Schriftzeichen bemalt hatte, gesagt worden war: *Wie schnell die Zeit vergeht.*

Wie schnell die Zeit vergeht!

War der berühmteste Uhrmacher und Automatenbauer des Abendlandes um die halbe Welt und dann einen künstlichen, von Millionen Sklaven in ein neues Bett gelegten Strom aufwärts bis nach Běijīng gesegelt und hatte an einem Hof, der für die allermeisten Bewohner des Westens bloß ein märchenhaftes Gerücht war, einen ganzen Herbst lang auf ein Wort des Kaisers von China gewartet, um nun auf Knien vor einem leeren Thron eine solche Plattheit zu hören?

Aber die Stimme hinter dem Wandschirm sprach zwischen unterschiedlich langen Pausen, die Kiang kaum Zeit zur Übersetzung ließen, leise weiter und weiter, während Joseph Kiang angestrengt lauschte und dabei nach Begriffen suchte, mit denen die Worte des Erhabenen in die Sprache eines Barbaren überführt werden konnten. Wie schnell die Zeit vergeht, übersetzte Kiang hastig zwischen scheinbar regellosen Intervallen des Schweigens, die ihm der Kaiser für seine Verwandlungsarbeit beließ:

Wie schnell die Zeit vergeht, sagte, ja, flüsterte der Kaiser in manchen Passagen seiner Rede im Dämmerlicht, und ob sie kriecht, stillsteht, fliegt oder uns in einer anderen ihrer ungezählten Geschwindigkeiten überwältigt – es liegt an uns, an den wie Kettenglieder miteinander verschlungenen Augenblicken unseres Lebens:

Könnte der zum Tod Verurteilte, dem die letzten Stunden seines Lebens verfliegen, ebendiese Stunden nicht auch in Muße oder einschläfernder Langeweile und von Libellen umschwirrt in einem Garten an einem sommerlichen Flußufer verprassen, wenn er sich nicht schuldig gemacht hätte?

Und das Kind, dem sich schon ein einziges seiner ersten Jahre zur Ewigkeit dehnen kann und das von einem schnelleren Zeitenlauf träumt, der es den vermeintlichen Freiheiten seiner Eltern näherbringt, muß erleben, wie die Minuten eines Nachmittags plötzlich zu rasen beginnen, weil ihm in der Abenddämmerung eine Strafe droht, die ein heimkehrender Vater an ihm vollstrecken wird.

Dann wieder hoffen zwei Liebende an den Rändern der Nacht, daß es nur der Gesang der Nachtigall gewesen sein möge, der sie nach aller Lust aus ihrem leichten Schlaf geweckt hat – nur die Nachtigall und nicht der Morgenruf der Lerche. Dabei scheint doch gerade die Liebe zwei Menschen weit hinauszuheben über alle Stunden, in ein Reich, in dem Zeit nicht verrinnt, sondern versiegt.

Und wer sich ganz seiner Phantasie, seinen eigenen Schöpfungen, seiner Begeisterung ergibt, dem kann die Sonne auf- und wieder untergehen, ohne daß er ihren Lauf bemerkt.

Aber selbst wenn ein Mensch sich im maßlosen Glauben wiegt ... – an dieser Stelle war es Kiang, der eine lange Pause machte, so, als fürchtete er sich, die Worte des Kaisers bloß nachzusprechen – ... selbst wenn ein Mensch sich im Glauben wiegt, Herr über die Zeit zu sein, beginnt sie doch mit jedem verstrichenen Jahr seines Lebens, während so vieles an ihm träger und langsamer wird, rascher zu fließen. Kaum hat er seine Liebsten um sich versammelt, um mit ihnen einen Festtag zu begehen, ist ein weiteres Jahr verflogen, und er beginnt allmählich, dem Verurteilten ähnlich zu werden, der den Tag seiner Hinrichtung erwartet.

Shí jiān, Shí jiān oder ein ähnlich klingendes Wort glaubte Cox in dieser monotonen, an eine Predigt erinnernden Rede wieder und wieder zu hören. Shí jiān, sagte die Stimme hinter dem Wandschirm. *Zeit*, sagte, übersetzte, Kiang, die Zeit, der Lauf der Zeit, meßbare Zeit: Shí jiān.

Aber Cox hörte jetzt dem einen und dem anderen kaum noch zu. Er war in der unsichtbaren Gegenwart des mächtigsten Mannes der Welt schläfrig vom Klang zweier Sprachen und doch ganz bei sich:

Zeit. Zeit! Du lieber Himmel. Dieser Sermon nahm kein Ende. Morgengrauen. Den Blick unverwandt auf den leeren Thron gerichtet, spürte Cox mehr, als er sah, den ersten Schimmer des Morgenlichtes, der die eben noch in ein grenzenloses Dunkel fließende Weite der Halle langsam schrumpfen ließ. Zunächst kaum merklich, hatte über der zunehmenden Helligkeit seine Aufmerksamkeit nachgelassen. Seine Aufmerksamkeit! Der Kaiser von China sprach zu ihm, und Kiang übersetzte mit ehrfurchtsvoller, ja angstvoller Mühe, aber für Cox waren sowohl die Stimme hinter dem Wandschirm als auch Kiangs Worte und das Morgengrauen nur noch etwas, das am Rande geschah, denn der englische Gast war gebannt von einem Gefühl des Triumphs:

Er *wußte*, was Qiánlóng dachte, wußte, was Qiánlóng sagen würde, wußte!, was der Kaiser von China von ihm wollte, noch bevor der es aussprechen und Kiang seinen Wunsch übersetzen konnte. Es war, als ob Cox in seinen Händen die Straffung der Fäden spürte, mit denen die Bewegungen einer Marionette, die sich hinter dem Wandschirm und hinter dem Anspruch der Allmacht versteckte, dirigiert wurde. Und, wer weiß, vielleicht saß hinter diesem prunkvollen Schirm voller Schriftzeichen ja tatsächlich bloß ein Automat, in dessen Mechanik und in deren Bewegungsabläufe sich Alister Cox, der größte Automatenbauer der Welt, nach Belieben versetzen konnte.

Über Kiangs stockenden Übersetzungen wurde es nun tatsächlich hell in der Thronhalle. Cox spürte die Kälte des Bodens trotz der Filzlappen, die er, von den breiten Falten der Mandarinrobe verborgen, um seine Knie trug.

Kiang sprach immer noch, als Cox an den Schatten und Geräuschen hinter dem Wandschirm merkte, daß der Erhabene sich zurückzog und den Übersetzer seinen Willen, einen Auftrag an den englischen Gast, allein formulieren ließ.

Cox war versucht, Kiang zu sagen, daß er sich keine große Mühe mehr zu geben brauchte, daß er bereits wußte, was der Kaiser von ihm wollte, und Kiang ihm den Rest auch in der Werkstatt erzählen konnte, aber die beiden Knienden mußten auf ein Zeichen warten, das ihnen erlaubte, sich zu erheben und, immer noch in tiefer Verbeugung vor dem leeren Thron, rückwärts schreitend durch die nun morgenhelle Weite den Saal zu verlassen. Und dieses Zeichen, es waren drei oder vier Worte eines hinter den Schatten der Garde ebenfalls unsichtbaren Zeremonienmeisters, die Kiang nicht übersetzte, erlöste die längst unter Qualen Knienden erst nach einer minutenlangen Stille.

So einfach war das. War alles tatsächlich so einfach? Der Kaiser wollte, daß Cox ihm für die fliegenden, kriechenden oder erstarrten Zeiten eines menschlichen Lebens Uhren baute, Maschinen, die gemäß dem Zeitempfinden eines Liebenden, eines Kindes, eines Verurteilten und anderer, an den Abgründen oder in den Käfigen ihrer Existenz gefangenen oder über den Wolken ihres Glücks schwebenden Menschen den Stunden- oder Tageskreis anzeigen sollten – das wechselnde Tempo der Zeit.

Dabei war dieses Tempo, das wußte mit Cox doch jeder Lehrling der Uhrmacherei, war ein langsamer oder schneller Stundenlauf bloß eine Frage von einigen Zahnrädern mehr oder weniger, von Pendellängen, Hemmungen, mechanischen Bauteilen, die jeder bessere Mechaniker zu einem Uhrwerk zusammenfügen konnte.

Mit verschieden großen und einer wechselnden Anzahl von Messingrädern ließ sich jede Zeit, zumindest im Inneren eines Uhrwerks, zum Fliegen bringen – oder in den Kriechgang versetzen. Und wer immer ein solches Werk zusammensetzte, das sich den verschiedensten Lebenslagen entsprechenden Geschwindigkeiten nachdrehen sollte, konnte sich mit seinem Räderwerk – ja, wie ein Marionettenspieler mit seinen Fäden über das scheinbare Leben der Puppen – zum Herrn über die Zeit aufschwingen und sie verfliegen oder stillstehen lassen.

Aber waren die Wünsche eines Kaisers wirklich so einfach zu erfüllen?, seine Gedanken so leicht zu lesen, selbst wenn er seine äußere Erscheinung hinter einem Wandschirm voll aufgemalter Worte verbarg?

Obwohl Cox an seiner Vermutung schon zu zweifeln begann, als er an Kiangs Seite von Sänftenträgern in sein Quartier und an seine Werkbank zurückgetragen wurde und Kiang ihm nur bestätigte, was er schon während der Audienz begriffen hatte, blieb er am Ende doch überzeugt, daß er, Alister Cox, die Gedanken des Kaisers von China als die Gedanken eines einfachen Mannes lesen konnte – zumindest, solange dieser Mann vom Lauf der Zeit und von Uhren sprach.

Aber Cox wußte auch, daß diese Erkenntnis die größte Kostbarkeit war, über die er jemals verfügt hatte, und daß er sie als unaussprechliches Geheimnis vor Kiang und selbst vor seinen Gefährten hüten mußte, wenn er jemals nach London zurückkehren wollte, um dort Faye, seiner vergeblich geliebten, verstummten Frau zu offenbaren, daß auch der gottgleiche Kaiser von China – ein Mensch war.

6 **Hái zi,**
das Silberschiff

Wenn der allmächtige Qiánlóng das Tempo der Zeit über verschiedene Episoden eines menschlichen Lebens messen und dafür geeignete Uhren wollte, ohne seinem englischen Gast zu befehlen, mit welcher Zeit und welcher Uhr er seine Arbeit beginnen sollte – der für Liebende?, Sterbende? oder für ein Kind? –, brauchte Cox nicht nachzudenken, welches Werk in seinem ersten Winter in der Purpurstadt unter seinen und den Händen seiner Gehilfen entstehen sollte.

Das erste chinesische Schriftzeichen, das Cox vor zahllosen weiteren zu hören, zu schreiben und auszusprechen lernte und schließlich selbst aus einem Traum hochschreckend jederzeit hätte an eine Tafel pinseln oder als sanfte Gravur mit seinem Finger auf ein Kopfkissen, in den Schnee oder in den Sand schreiben können, war *Hái zi.*

Obwohl noch etwas ungelenk, aber am Ende anerkennend geprüft von Kiang, schrieb Cox schon nach zwei Lehrstunden das Zeichen mit Tusche auf einen großen Bogen Reispapier, den er später an die Wand über der Werkbank heftete: *Hái zi.* Das bedeutete *Kind.* Das Kind.

Hái zi. Der Allmächtige hatte ihm die Wahl gelassen.

Daß der Kaiser eine Wahl nicht selber traf, sondern einem anderen überließ, noch dazu einem ausländischen Gast bei Hof, sagte Kiang, einem Gast, der eines Tages wieder verschwinden und sich damit jeder Verantwortung entziehen konnte, sei etwas, von dem weder er noch irgendeiner, der je einen Fuß in die Verbotene Stadt hatte setzen dürfen, gehört habe.

Aber wenn einer ohnedies alles will, sagte Cox, *alles*, ist es dann nicht klug von ihm, den Anfang von allem demjenigen zu überlassen, der ihm irgendwann das Ganze zu Füßen legen soll?

Wenn Ihr diesen Hof und seine Zeichen und Sprachen verstehen könntet, Meister Cox, sagte Kiang, würdet Ihr erkennen, daß Ihr irrt. Daß Euch der Herr der zehntausend Jahre und Herr aller Entscheidungen eine Wahl, irgendeine Wahl, gelassen hat, ist ein Rätsel, das nur ein Gott lösen kann.

Aber Cox sagte schon nichts mehr.

Das Kind; die Zeit eines Kindes: Cox würde also als erstes Beispiel für den vielfältigen Lauf der Zeit seinem Auftraggeber eine Uhr bauen, die das wellenförmige Gleiten, das an- und abschwellende Rauschen, die Sprünge, Stürze, Gleitflüge und selbst den Stillstand der Lebenszeit eines Kindes spürbar machen und messen konnte. Aber daß er dabei nur an ein einziges, jenseits aller Räume und Zeiten ruhendes Kind denken und damit die Erinnerung an seine Tochter Abigail selbst über einen Herrn, der über zehntausend Jahre befahl, erheben würde, sollte zu einem der vielen Geheimnisse werden, die Alister Cox während seiner Zeit in der Verbotenen Stadt bewahren mußte.

Seit dem ersten Wintereinbruch und dem Zug der Sänften, in dem die Kindfrau zum zweiten Mal an Cox vorübergeschwebt war, hatte es nicht wieder geschneit. Die Höfe lagen kahl, da und dort gefleckt von wenigen Schneeresten, unter einem oft wolkenlosen Himmel. Die Fratzen der Wasserspeier an den Dächern waren an manchen Morgen borstig vom Reif.

An den Werkbänken der Engländer wurde es dagegen manchmal so einschläfernd warm, daß Cox nur eines von drei Glutbecken speisen ließ. So bequem hatten weder der Meister noch seine Gehilfen jemals an einem Auftrag gearbeitet: Weißgold, Platin, Silber, Blei, blaue Saphire, Granate, Rubine ... Was immer Cox für seine Phantasie an Edelsteinen, Metallen und anderen Materialien benötigte, in nicht näher begründeter Menge auf eine Liste setzte und Kiang zur Besorgung übergab – es wurde manchmal nach

Stunden, spätestens aber an einem der folgenden Tage unter Verbeugungen gebracht.

Als lägen in dieser Stadt selbst die kostbarsten Werkstoffe in unerschöpflichen Halden für Uhrmacher und Automatenbauer bereit, wurde jeder Wunsch des englischen Meisters erfüllt, ohne daß er je auch nur mit einer einzigen Frage nach dem Grund einer Bestellung bedrängt wurde. Auch wenn es das Wort des Kaisers war, das jede Wunscherfüllung so unverzüglich gebot, verhielten sich die Lieferanten, als ob es dazu auch die Macht des englischen Meisters wäre, die jedes beliebige Kleinod aus dem Nichts zaubern konnte. Qiánlóng ließ den Engländern aber weder Grüße noch Botschaften übermitteln und deutete mit keiner Geste auch nur die Möglichkeit eines Besuchs an.

Dieser Kaiser will nur vollendete Schöpfungen sehen, vermutete Jacob Merlin an einem strahlenden Morgen, an dem der von der Wärme des Glutbekkens bewegte Staub im einfallenden Licht thermische Spiralen beschrieb …, nur vollendete Schöpfungen, keine Rohbauten, keine Zwischenstufen, keine Arbeitsvorgänge.

Nichts, kein Werk und kein Ding, sagte Kiang, sollte vor seiner Vollendung den Blick des Allerhöchsten auf sich ziehen. Denn dieser Blick veredelte, vergoldete. Und Vergoldung stand nur dem Vollendeten zu.

In den nächsten Wochen, nach vielen verworfenen und neu begonnenen Konstruktionszeichnungen und Gesprächen, wurde in der Werkstatt der englischen Gäste mit dem Bau einer weißen, mit zwei Segeln aus gewachster Seide beschlagenen Dschunke begonnen.

Merlin, Lockwood und Bradshaw, alle drei seit Jahren an außerordentliche Entwürfe ihres Meisters gewöhnt, hatten nur genickt, als Cox ihnen seine Pläne unterbreitete. Bis zum Ende des Winters, allerspätestens zum nächsten Frühjahr, sollte dieses in Weißgold, Platin, Sterlingsilber und gebürstetem Stahl ausgeführte Modell einer Dschunke mit Pfahlmasten und Seitenschwertern zu einer *Winduhr* werden, die den Lauf der Zeit eines Kindes anzeigte: ein von Wellen aus geflochtenem Silberdraht und Blei umspieltes Gefährt, dessen Metallfarben an die Schattierungen des Schnees, des Eises, des Nebels, der Federwolken, Daunen und des unbeschriebenen Papiers oder einfach der Unschuld erinnern sollten. Ein nahezu monochromes Gefährt, mitsamt seiner Takelage nicht größer als ein Kopfkissen und in seiner Bauart ähnlich jenen Lastkähnen, wie Cox sie auf ihrer gemeinsamen Reise auf den Flüssen und Seen Chinas in manchmal nahezu schwebenden Gleitfahrten gesehen hatte.

Auch in Abigails verfliegendem Leben hatte es schließlich nichts gegeben, woran sich ihre Aufmerksamkeit und Begeisterung leichter entzündet hatte als an den von Möwen umschwärmten Seglern auf der Themse.

Sie machen es vor! Sie machen es vor!, hatte Abigail über die Möwenschwärme gejubelt, die ein Schiff kreischend und gierig nach Fischabfällen umkreisten. Abigail, seine Abigail, war überzeugt gewesen, diese Vögel wollten den Bootsleuten beharrlich vorführen, wie das ging: mit im Wind schlagenden Segeln wie auf Flügeln voranzukommen, übers schwarze Wasser zu gleiten, ja, sich zu erheben, zu fliegen.

Und die Ladung dieses Modells sollte aus schimmernden Körben und winzigen Kisten bestehen, funkelnden Paketen, Seemannskoffern und Bündeln. Wurde denn in der Erwartung oder Hoffnung eines Kindes nicht jeder Tag zu einem Tag der Bescherung? Was für ein Reichtum, welche Überraschungen und durch gute oder bedrohliche Märchengestalten und Geister bewirkte Wunder konnten im Lauf eines einzigen solchen Tages und einer einzigen Nacht im Universum eines Kindes erscheinen.

Diese Zeit der Überraschungen und Wunder und guter, böser oder unheimlicher Entdeckungen sollte nun durch die Ladung eines Schiffsmodells in allen Schattierungen von Weiß und Silber dargestellt werden. Denn die Frachtpakete, Fässer und Kisten würden sich in der Abfolge sowohl der abendländischen wie der chinesischen Zeitrechnung, deren Stunden in unterschiedlichen Sommer- und Winterlängen vergingen, durch Türchen und Deckel an filigranen Angeln und Federn öffnen und für einen Augenblick die Sensationen des Stundenlaufs offenbaren: winzige, inmitten aller Monochromie vielfarbige Skulpturen aus lackierten Hölzern, farbstarken Edelsteinen, Leder oder Reispapiermaché – Pfaue, Drachen und Trolle, rotierende Tänzerinnen und Krieger, Dämonen, Faune und Engel, allesamt durch eine komplexe Mechanik miteinander verbunden und allein vom Rhythmus des Windes, der Zugluft oder einfach des Atems betrieben.

Denn als einzige Energiequelle, die das unter Deck verborgene Räderwerk in Bewegung versetzen, Pakete, Körbe und Fässer öffnen und wieder schließen sollte, würden die beiden seidenen Segel dienen, eine Takelung, die schon den sanftesten Luftzug und die leichteste Brise in ihrer gewachsten Segelfläche fangen, in Bewegungsenergie verwandeln und über eine Welle auf das Uhrwerk der Dschunke übertragen konnte. Regte sich kein Hauch und blies kein Bewunderer dieses Automaten seine Backen auf, um die Segel zu füllen, stand das Werk, ja, stand die Zeit still.

Der unberechenbare Wechsel von Stillstand und einem gemächlichen oder auch rasenden Lauf sollte allein vom Spiel der Luftströme und Windwirbel verursacht werden und sich in seinen Tempovarianten und Stärken dem kindlichen Zeitlauf nachbewegen:

Wie schnell verrann doch diese Zeit, wenn von

einem heimkehrenden Vater eine Bestrafung zu erwarten war und die Stunden, bis der Vater in der Tür erschien, verflogen. (Cox erinnerte sich immer noch mit Verwunderung daran, daß der Kaiser selbst es gewesen war, der dieses Beispiel erwähnt hatte. Von wem sollte dieser Allmächtige je bestraft worden sein? Selbst sein eigener Vater hätte schließlich im Glauben an die zeitlose Gültigkeit der Gesetze der Dynastie nicht gewagt, seine Hand gegen einen Thronfolger zu erheben.) Wie langsam, bis zum Stillstand langsam, kroch die Zeit während einer Schulstunde dahin und wie schnell, wie der Fall eines geworfenen Kiesels, war die Minute vergangen, in der eine Süßigkeit auf der Zunge zerschmolz …

Diese und ähnliche Vergleiche waren alles, was Cox seinen Gefährten zur Idee einer Winduhr sagte, bevor er sich abwandte und durch das Fenster wieder in den leeren Hof hinausblickte, der ohne Spuren war.

Merlin lächelte: Ein mit dem Chaos verknüpftes Uhrwerk als Kinderspielzeug …, das war der Meister, wie er ihn aus England kannte. Das war Cox. Und das war, wie fast jeder der Automaten, die Cox in der Vergangenheit erdacht hatte, auch ein bißchen verrückt, schließlich mußte diese Kostbarkeit entweder unter freiem Himmel stehen, wo der Wind sie mit seinen Brisen oder Böen erreichte, oder im Kreis von Dienern und Sklaven, die mit ihrem Atem die Segel der

Dschunke blähten und so auch daran erinnerten, daß einem Kind das Leben nicht bloß geschenkt, sondern bewahrt werden mußte.

Auch wenn Bradshaw und Lockwood in den ersten Wochen der Arbeit am *Silberschiff* (wie sie das Werkstück mit der Zustimmung ihres Meisters an den Drehbänken nannten) die meisten Bemühungen ihres bisherigen Uhrmacherlebens auf den Kopf gestellt sahen, in dem es doch stets darum gegangen war, die Intervalle der Zeitmessung so präzise wie möglich in sekundengenaue, gleichmäßige mechanische Schritte umzusetzen, wurde ihnen nach und nach zum Vergnügen, was sich nun unter ihren Händen im Zwielicht der Wintertage erhob und zu wachsen begann. Dabei dachte aber nicht nur Cox an seine Tochter, wenn er etwa keramische winzige Fabelwesen, Krönchen und in Lack getauchte Schlangenköpfe in silbernen Kisten und Körben entwarf, mit denen das Silberschiff beladen werden sollte, sondern auch seine Gefährten schlugen nun oft lange, manchmal wehmütige und von der Sehnsucht gespannte Brücken in ihre Heimat und sägten, hämmerten und feilten, als ob sie eine Überraschung zum bevorstehenden Weihnachtsfest, für das es in der Verbotenen Stadt kein Wort gab, vorbereiten wollten.

Lockwood erzählte von seinen beiden Söhnen Samuel und David, die sich oft darum prügelten, wer von ihnen den Glockenstrang in einer Kapelle der Nachbarschaft zum Abendgeläute ziehen durfte, um später doch wieder engumschlungen in einem gemeinsamen Bett zu schlafen.

Bradshaw schwärmte von seinen drei Töchtern und ihren betörenden Stimmen, wenn sie gemeinsam Lieder von Tallis und Purcell sangen, und von einem begnadeten Sohn, der schon im Alter von fünf Jahren mit Hilfe einer Balancestange, an deren Enden zwei leere Holzeimer pendelten, auf einem Seil gehen konnte; *tanzen*, sagte Bradshaw, tanzen.

Nur Jacob Merlin beteiligte sich nicht an solchen Beschwörungen. Seine Frau Sarah war im Kindbett gestorben, und Zoe, die ihre Geburt mit großer Not überlebende einzige Tochter, hatte, noch bevor sie lesen und schreiben lernte, aufgehört zu wachsen, so, als hätte die Liebe und Kraft ihrer toten Mutter gerade noch ausgereicht, sie über die ersten Jahre in eine finstere Welt hinauszutragen. Zoe lebte nun auf einem Bauernhof versteckt als Zwergin mit der Familie von Merlins Bruder zwei Tagesreisen von Manchester entfernt.

Vom Geräusch der Arbeit an den Werkbänken wie von einer Art Gedanken- oder Erinnerungslärm begleitet, der ihn zurückversetzte in die stillen Räume seines Hauses an der Shoe Lane oder in die Hallen seiner Manufakturen, stand Cox in den ersten Wochen der Bauzeit immer wieder an jenem Fenster, an dem er die Sänftenprozession beobachtet und den Blut hustenden Träger sterben gesehen hatte und ... und die Hand jener Kindfrau, die ihn mit einer rätselhaften Sehnsucht erfüllte.

Aber so sehr er sich auch wünschte, die Leere des vor ihm liegenden Hofes möge sich beleben, gleichgültig, ob mit dem Schauspiel einer höfischen Zeremonie oder einer des Todes – der Hof blieb verlassen und verschwand, als endlich Schnee und Schnee und Schnee fiel, der nicht wieder schmolz, in einem Weiß, das wie zum Hohn auf die Monochromie des Silberschiffs im Lauf eines Wintertags die Farbe des unzerreißbaren Himmels, die Farbe der Wolken und selbst des eisengrauen Rauchs annehmen konnte, der in Schleiern von den geschnäbelten Dächern der Pavillons und Paläste durch die Leere wehte.

Die englischen Gäste wurden von einer ständig wechselnden, stummen Dienerschaft versorgt und mit allem ausgestattet, wonach sie verlangten. Ihre Wohnungen und Werkräume wurden geheizt, die Böden gefegt und wöchentlich mit Reisbürsten und nach Lavendel duftenden Laugen geschrubbt und alle Wäsche in so kurzen Abständen gewaschen, wie sie in England unbekannt waren. Das von unzähligen Regeln und Gesetzen bestimmte Leben der Purpurstadt blieb ihnen aber trotz ihrer räumlichen Nähe zur Allmacht unbegreiflich, fremd, manchmal bedrohlich.

Sie hatten zu keinen anderen Orten Zutritt als jenen, an denen sie arbeiteten, aßen und schliefen. Sie wurden zu keinem der Feste und Zeremonien geladen, deren vielstimmiger Lärm – Schellen, Pauken, Bambusflöten und seltsam jammernde, schrille Gesänge – über Dächer, Höfe und Mauern hinweg und immer wieder auch unter dem Spinnenlicht von Feuerwerksgarben bis in ihre isolierten Lebensräume drang. Wohin sie auch gingen, wurden sie von schweigenden, aus den Reihen der Garde rekrutierten Leibwächtern begleitet, und Kiang übersetzte seinen Schutzbefohlenen von allem, was sie hörten oder ihnen auf dem Markt oder in den Gassen zugerufen, manchmal zugeflüstert wurde, nur, was sie nach für sie nicht zu entschlüsselnden Geboten hören durften.

Selbst wenn auf ihren gelegentlichen Expeditionen ins Innere von Bĕijīng die oft menschenleeren Weiten des Palastbezirkes in einem bunten Gewirr von Häuserzeilen, engen Gassen und von Stimmen und Gesichtern erfüllten Plätzen hinter ihnen zurückblieben, war es, als ob die sie begleitenden Wachen der Garde einen undurchdringlichen Raum umschließen würden, eine aus der kaiserlichen Unberührbarkeit herausgelöste Blase, in die eingeschlossen sie sich zwar dahin und dorthin bewegen konnten, die in Wahrheit aber von keinem Blick, keiner Geste, keinem Wort zu durchdringen war.

Fuck, sagte Jacob Merlin, ein bißchen sei ihr Leben hier doch wohl, als strampelten sie allesamt nun selber wie die mechanischen, von unsichtbaren Zahnrädern angetriebenen Figuren eines Automaten dahin, als atmende Verzierungen einer Maschine, die von Mechanikern kontrolliert und gesteuert wurde, deren Bräuche denen eines anderen Sterns entsprachen; unbegreiflich.

Was sagst du da?, fragte Balder Bradshaw, Mechaniker?, ein anderer Stern?

Er hat zu viel Reiswein getrunken, sagte Lockwood, bald ist Weihnachten. Er spricht von Sternen. Er phantasiert.

Fuck you, sagte Merlin.

Cox schwieg. Sein allmächtiger Auftraggeber schien mit jedem Arbeitsschritt, der das Silberschiff sichtbarer und greifbarer werden ließ, in größere Fernen entrückt, als hätte er die Kunst der englischen Uhrmacher, ihren Ideenreichtum und ihre technischen Fertigkeiten bloß prüfen wollen und wäre nun weder am Fortgang noch am Resultat ihrer Bemühungen weiter interessiert.

War nicht auch Abigail der Tanz ihres dahinschnurrenden Elfenbeinkreisels manchmal zu lang geworden? Sie hatte ihn mit einem sanften Fingerstoß ins Trudeln gebracht und sich dann einfach ab- und einem anderen Spielzeug zugewandt und war schon im nächsten Spiel, wenn der Kreisel sich irgendwo jenseits ihrer Aufmerksamkeit überschlagen hatte oder, von der Katze gejagt, in einem dämmrigen Winkel verschwunden war.

Auch Kiang wußte nicht, ob der Kaiser den Fortschritt der Arbeiten am Silberschiff verfolgte. Er durfte seine Berichte schließlich auch nur einem Mandarin vortragen, der das Gehörte aufzeichnete und nach oben weiterreichte, wo es noch einmal weiter- und weitergereicht, vielleicht archiviert und schließlich vergessen wurde.

Wie bedrängend, ja aufdringlich waren dagegen in London und Manchester die Boten von hocharistokratischen Auftraggebern, manchmal sogar die Auftraggeber selber gewesen, wenn sie wöchentlich, in besonderen Fällen sogar täglich in den Werkstätten aufgetaucht waren, um sich zu vergewissern, daß Cox nicht etwa einem einflußreicheren Rivalen den Vorzug gab und dessen Bestellung vorrangig bearbeitete.

Aber hier: Stille. Keine Nachfrage. Keine Boten. Keine eifersüchtigen Besuche. Gar keine Besuche.

Weder Cox noch Kiang, dem die englischen Gäste zu mißtrauen begannen und ihn insgeheim verdächtigten, trotz seiner freundlichen Beflissenheit kein Vertrauter, sondern in Wahrheit ein Spitzel in geheimdienstlichem Auftrag zu sein, erhielten Nachrichten oder auch nur ein Zeichen aus der Umgebung des Kaisers.

Und so schien es zunächst wie eine Erklärung für sein Schweigen und seine Gleichgültigkeit, als die erste Botschaft, die aus den Tabuzonen der Purpurstadt an die Werkbänke drang, ein alarmierendes Gerücht war:

Der Allmächtige liege auf dem Krankenbett und lasse sich gegen den Rat seiner Leibärzte von tibetischen Heilern behandeln, von rußigen Schamanen, deren Zaubersprüche, Rasseln und bittere Tränke ein Leiden vielleicht zu einem gespenstischen Theater machen, aber niemals lindern oder gar heilen konnten.

Ein Gerücht, sagte Kiang, nur ein Gerücht aus dem Pavillon des himmlischen Friedens. Aber wie zögerlich und in welchem Tonfall Kiang das Wort *Krankenbett* aussprach und auf die besorgte Nachfrage Merlins das Wort beinahe stotternd wiederholte, vermutete Cox, daß die wahre Übersetzung lautete: Sterbebett.

Der Herr der zehntausend Jahre, der allmächtige Qiánlóng, der den Lauf eines menschlichen Lebens in seinen wechselnden Geschwindigkeiten, vom Wochenbett bis zur Bahre, vom Liebesnest bis zum Schafott messen wollte, hatte seine Gewalt über die Jahrtausende vielleicht im Fieber verloren, vielleicht auch in einer Verschwörung, und würde die von ihm beherrschte Welt schon in den kommenden Tagen, vielleicht Stunden, verlassen, ja kämpfte möglicherweise in diesem Augenblick auf einem prunkvollen Lager und im Schatten seiner Garde, die ihn nicht halten und nicht mehr beschützen konnte, auf verlorenem Posten gegen die Zeit.

7 Líng chí,
eine Bestrafung

Nur ein Gerücht ..., es war tatsächlich nur ein Gerücht gewesen, eine Lüge!, daß der Unangreifbare, der Unbesiegbare, am Fieber oder einer anderen Schwäche litt oder gar um sein Leben kämpfte.

Der Gebieter über die Zeit, hieß es in einem von seinen Mandarinen verfaßten Rundbrief, der vor seiner Verteilung den in langen Reihen angetretenen Höflingen von den Stufen des Pavillons der irdischen Harmonie herab vorgelesen und in Kiangs Übersetzung auch den englischen Gästen überbracht wurde, der Herr der zehntausend Jahre habe in einer allergischen Anwandlung auf Pilzsporen aus dem tibetischen Hochland mit Tränenfluß und brennenden Augen reagiert. Er habe deswegen Dokumente weder lesen noch verfassen können, auch keines seiner beglückenden Gedichte, mit deren Rezitation er die Stille der frühesten Morgenstunden schmückte. Zwei tibetische Heiler hatten den Herrn der Horizonte innerhalb eines einzigen Nachmittags von seinen lästigen, aber harmlosen Beschwerden mit einem Absud aus Aloebeeren, gemahlenen Wildrosensamen und Regenkraut befreit – mit einem Trank, dessen Rezeptur zum Wohl des Volkes in den nächsten Tagen an das Nordtor der Purpurstadt geschlagen würde.

Der Kaiser war also gesund. Er schrieb, las, lachte und flüsterte oder sang in den Morgenstunden seine Gedichte in die Stille, und seine unfehlbaren Richter hatten die Urheber des Gerüchtes, zwei eifersüchtige Hofmediziner, zum Tode verurteilt. Sie hatten gewagt, an der Entscheidung ihres obersten Herrn zu zweifeln, der ein aus Tibet stammendes Übel auch von Tibetern behandeln lassen wollte.

Den beiden Ärzten, Chirurg der eine, Augenspezialist der andere, war durch die Befragung von neun Zeugen nachgewiesen worden, daß sie in zumindest zwei Konferenzen behauptet hatten, diese Schamanen aus Lhasa würden selbst einen Unsterblichen ins Grab trommeln und den Kaiser mit ihrem trüben Sud und fauligen Extrakten entweder blenden oder ihm anderen, unheilbaren Schaden zufügen; ja, behauptet hatten: Der Allerhöchste habe sich von barbarischen Quacksalbern beschwatzen lassen. Als ob man den Erhabenen täuschen, betrügen könnte wie Laufkundschaft auf dem nächsten Jahrmarkt.

Das Hofgericht war bereits nach drei Verhandlungsstunden zu einem Urteil und der Festlegung des Strafmaßes gekommen: Die Lügner sollten am ersten

Tag nach dem Fest des Großen Schnees das *Língchí* erleiden, den *Kriechenden Tod.* Jeder an einen Pfahl gefesselt, sollten die beiden einander von Angesicht zu Angesicht gegenüberstehen und Schritt für Schritt zusehen müssen, wie dem einen zugefügt wurde, was dem anderen im nächsten Augenblick bevorstand:

Zuerst würde ihnen der Henker die linke, dann die rechte Brustwarze mit einer Schere abschneiden, dann mit einem Messer die ganze Brust, dann die Muskelstränge der Beine, zuerst die des Oberschenkels, dann des Unterschenkels, jedes Schnittstück in schmalen Streifen, bis die Knochen durch das strömende Blut schimmerten. Dann sollte auch das Fleisch der Ober- und Unterarme in blutgetränktes Sägemehl fallen, bis die Lügner tropfenden, brüllenden Skeletten glichen, Gespenstern, zu denen sie nicht durch den Henker, sondern allein durch ihre Lügen geworden waren.

Und erst, wenn jeder der beiden Verurteilten die Qualen des anderen gesehen und gleich darauf selber erlitten hatte, ja, alles gesehen und erlitten hatte, was gesehen und erlitten werden konnte, ohne daran zu sterben …, erst dann sollten ihnen die Augen mit einem in Salzsäure getunkten Eisendorn ausgestochen werden, damit der erbärmliche Rest ihres Lebens in tiefster Finsternis verflog.

Nach Ablauf einer vom Gesetz bestimmten und durch die Tropfen einer Wasseruhr gemessenen Stundenfrist würde der Henker die Köpfe der Verfluchten nicht mit einem Schwert, sondern mit dem Messer seiner bisherigen Arbeit vom Rumpf trennen und die Schädel auf zwei Lanzen spießen. Für einundzwanzig Tage und Nächte sollten diese Lanzen am Hochstrahlbrunnen vor den Toren der Börse aufgepflanzt werden, allen Lügnern, aber auch jenen Wertpapierhändlern zur Warnung, die bereits auf einen Machtwechsel spekuliert und durch Hamsterkäufe die Preise für Reis, Tee und Getreide in die Höhe getrieben hatten.

Die von Aasvögeln umflatterten und aus dem Winterschlaf erwachten Fliegen umsummten Schädel sollten jeden, der in der Börse, in Banken und Handelshäusern volksfeindlichen Luftgeschäften nachging, daran erinnern, daß der nächste Landeplatz für eine Krähe, die ihren Schnabel in eine leere Augenhöhle schlug, der eigene Kopf sein konnte.

Damit das Schmerzgebrüll der Verurteilten die sanfte, vom Schnee vertiefte Ruhe der Purpurstadt nicht störe, auch das wurde den Höflingen wie den englischen Gästen verkündet, solle die Strafe weit vor den Palästen der Purpurstadt auf einer als *Dämonenbarrikade* berüchtigten Plattform vollstreckt werden. Auf dieser Plattform brannten in unruhigen Zeiten Opfer- und Signalfeuer, deren flackernder Schein böse Geister und zerstörerische Schatten vom Mittelpunkt der Welt fernhalten sollte.

Dem Hofstaat und allen ihn umgebenden Kreisen von Beamten, Militärs und Aristokraten sei zwar empfohlen, dem Schauspiel der Gerechtigkeit beizuwohnen, dies aber in der Überzeugung, daß ihnen nicht erst durch Schmerzgebrüll die absolute Gehorsamspflicht und die qualvollen Folgen jeden Widerspruchs in Erinnerung gerufen werden mußten. Jedem in nächster Nähe der Allmacht Lebenden sollte die bloße Verlesung des Urteils genügen, um ihn vor der Wachsamkeit und Allgegenwart des Kaisers auf der Hut sein zu lassen. Schließlich erstarben selbst die durchdringendsten Schmerzensschreie mit den letzten Herzschlägen eines Verurteilten. Aber der Text eines kaiserlichen Urteils blieb. Jedes seiner Schriftzeichen war eine Offenbarung.

Als das Dokument, das einem kalligraphischen Meisterstück glich, die Werkstatt der Engländer erreichte und von Kiang zuerst im Original und auf Knien laut vorgelesen und den ratlosen Zuhörern erst danach ins Englische übertragen wurde, schien für eine Weile der ohnedies gedämpfte, allein von feinmechanischem Handwerk rührende Arbeitslärm noch leiser zu werden, und es bestand kein Zweifel, daß der Grund für die jähe Abnahme aller Geräusche auch hier wie an jedem Ort des Reiches, an dem Wille und Gesetz des Unbesiegbaren verkündet wurden, Schrecken war.

Von dieser Stunde an sprachen die Erbauer der

Dschunke über den Fall der beiden verzweifelten Ärzte nur noch, wenn Kiang nicht in ihrer Nähe war – und selbst dann und ohne sich je darüber verständigt zu haben, in einem undeutlichen, zerkauten Dialekt, von dem sie annahmen, daß ihr Übersetzer ihn nur mit Zweifeln an jedem Wort, das er hörte, oder gar nicht verstehen konnte.

Nur weil einer das Maul nicht halten kann, fragte Lockwood, soll er geschlachtet werden?

Sind die Strafen für ein loses Maul bei uns gnädiger?, fragte Bradshaw. Was, wenn unsere schöne Winduhr die Erwartungen nicht erfüllt und das Silberschiffchen auf Grund läuft? Finden wir uns dann auch an Pfählen wieder?, einem Metzger ausgeliefert?

Wem sonst, sagte Merlin kichernd, und aus unseren Totenschädeln werden Kuckucksuhren gemacht. Aus unseren Augenhöhlen springen zu jeder vollen Stunde Knallfrösche, zu den Essenszeiten spucken wir Sterne aus Puffreis und um Mitternacht Lametta.

Sei still, sagte Cox, Jacob, sei still.

Die Dschunke war bereits weit gediehen. Aus einigen der silbernen Körbe, Kisten und Fässer ihrer Spielzeugfracht erhoben sich schon von Zahnrädern zum Leben erweckte Geister, flogen aus Silberblech gehämmerte Rauchschwalben und Fabeltiere aus Jade auf, und die Segel blähten sich unter dem von Reiswein getränkten Atem Aram Lockwoods, des trinkfestesten und stärksten der englischen Gäste, als Kiang mit einer Botschaft aus dem Großsekretariat des Erhabenen die Werkstatt betrat:

Die Arbeit an der Winduhr sei zu unterbrechen, nur zu unterbrechen, sie solle nicht eingestellt werden, aber zugunsten eines weiteren Uhrwerks vorerst ruhen.

Qiánlóng hatte das Wunder dieser Dschunke und ihres Räderwerks noch kein einziges Mal gesehen, jedenfalls nicht mit eigenen Augen, war aber wohl durch die Berichte Kiangs oder eines anderen genauen Beobachters unter den Gardisten über jedes Detail gewiß besser informiert, als ein einfacher Werkstattbesucher es je hätte sein können. Vielleicht folgte Qiánlóng auch den Empfehlungen unsichtbarer Berater, einer Eingebung oder bloß Hinweisen aus einem Traum …, aus welchen Gründen auch immer: Der Herr der zehntausend Jahre schien mit einem Mal dringender als an den Kinderzeiten des Lebens an der Geschwindigkeit des Tages- und Stundenlaufes am Lebensende interessiert:

Eine Uhr für Todgeweihte, für Sterbende, sagte Kiang, solle Cox nun entwerfen und bauen, einen Zeitmesser für zum Tode Verurteilte und alle, die das Datum ihres Todes kannten, das Ende ihres Lebens unabweisbar kommen sahen und sich nicht mehr mit der Hoffnung auf eine Art dehnbarer, vorläufiger Unsterblichkeit besänftigen durften, mit der doch die meisten Lebenden sich über die Endlichkeit ihrer Existenz täuschten.

Konnte sich denn nicht selbst ein Todkranker belügen und auf ein Wunder hoffen, das ihn noch einmal in die Welt und in die Verlängerung eines vertrauten Lebens entlassen würde? Wen aber ein vom Kaiser ermächtigter Richter zum Sterben verurteilt hatte, den konnten keine Zweifel an seiner letzten Stunde mehr besänftigen. Der sah das Ende und damit die Zukunft so untrüglich wie sonst nur ein Gott.

Meister Alister Cox, sagte Kiang, solle das Privileg genießen, Anschauungsmaterial für sein neues Werk im Vorhof des Todes zu sammeln, in jenem Gefängnis, in dem die verantwortungslosen Ärzte ihre Henker erwarteten. Ihm sei erlaubt, mit den beiden zu sprechen, ihnen zuzuhören, sie nach ihrem Leben und ihrer Schuld zu fragen und daraus die notwendigen Schlüsse für den Bauplan eines Uhrwerks zu ziehen. Zwei jeweils dreistündige Besuche im Verlies an der Dämonenbarriere würden ihm dafür gewährt.

Er brauche solche Besuche nicht, sagte Cox, schließlich würden auch in London Menschen gehängt, geköpft, verbrannt und ertränkt und müßten erdulden, wie die Zeit bis zu ihrer letzten Qual zerrann. Er kenne die Unerbittlichkeit der Gesetze gut genug, um sich auch ohne eine Plauderei mit einem Verzweifelten die verfliegende Lebenszeit vor der Vollstreckung eines Todesurteils vorzustellen.

Cox habe etwas mißverstanden, sagte Kiang, und Mißverständnisse könnten zu jeder Lebenszeit gefährlich werden, dieser Besuch, das sei kein Vorschlag des Erhabenen gewesen, kein bloßer Wunsch, sondern sein Wille.

Zwei Tage vor dem für die Morgenstunden festgesetzten Beginn der Hinrichtung (das Schauspiel der Verstümmelung konnte dann bis zum Abend dauern und so den am Ort der Gerechtigkeit versammelten Zeugen und Gaffern mit einfallender Dämmerung vorführen, ja am Himmel selbst vorführen, wie das Lebenslicht eines Schuldigen schwand), wurden Cox und Kiang von vier klirrend neben ihrer Sänfte laufenden Gardisten zum Gefängnis an der Dämonenbarrikade eskortiert.

In diesem zinnenbewehrten, im Purpurrot der Verbotenen Stadt prangenden Bau schien es eine Armee von Soldaten und Wärtern, aber keine Gefangenen außer den beiden Verurteilten zu geben. In einem langen, auch an diesem kalten, sonnigen Tag dunklen Gang, der zu jenem fensterlosen Verlies führte, in dem die beiden Verurteilten an Steinwände gekettet worden waren, herrschte Totenstille.

Trotz dreier Fackeln, die von einem unterwürfigen Wärter samt einigen Räucherstäben gegen den Gestank entzündet wurden, brauchte Cox eine Weile, um die Angeketteten voneinander unterscheiden zu können: das von Blut und Schmutz oder Erbrochenem verkrustete Gesicht des jüngeren der beiden vom blut- und schmutzverkrusteten Gesicht des anderen, um vieles älteren.

Der Jüngere schluchzte, als der Wärter die Finsternis mit seinen Fackeln erhellte, weil er Cox und Kiang und die sie begleitenden Gardisten schon für seine Henker hielt, die ihn auf den Richtplatz schleifen wollten. Der Ältere starrte schweigend auf das schwarze Stroh, auf dem er bewegungslos hockte.

Der Wärter steckte zwei der Fackeln in Löcher im Steinboden, in die bei dichterer Belegung wohl Kettenanker versenkt wurden, und sagte etwas in einem überraschend freundlichen Ton zu den Gefangenen. Es waren zwei, drei kurze Sätze, die nur bedeuten konnten, daß ihnen nun Fragen gestellt würden, die sie zu beantworten hatten. Kiang übersetzte nicht, was der Wärter sagte.

Cox war überwältigt von Gefühlen des Mitleids, des Ekels und der Empörung. Bring ihnen Wasser, sagte er zu dem Wärter, sie sollen ihr Gesicht waschen, ich will ihre Gesichter sehen.

Er fühlte sich hilflos, als würden die Ketten seine eigenen Fußgelenke umschließen, und war den Tränen nahe.

Kiang übersetzte.

Der Wärter gehorchte.

Aber die Gefangenen, anstatt sich zu waschen, wie

es ihnen befohlen war, tranken aus den Schüsseln, die ihnen gereicht wurden, gierig wie Verdurstende. Als der Wärter sie in einem jähen Wechsel des Tonfalls zurechtwies und dem Jüngeren die Schüssel aus der Hand schlagen wollte, sagte Cox zu Kiang, lauter, als er je zu ihm gesprochen hatte: Dieses Arschloch soll sie in Frieden lassen, er soll sie trinken lassen!

Kiang übersetzte.

Der Wärter gehorchte.

Allein die Schalen voll Reis, die Cox den Wärter bringen ließ, rührte keiner der beiden an. Der Jüngere versuchte zwar, seine Hand danach auszustrekken, mußte aber offensichtlich schon bei dem Gedanken, seinen von Folterwerkzeugen oder Schlägen zerrissenen Mund mit Reis zu füllen, gegen die Übelkeit ankämpfen und brauchte eine Weile, um das Würgen, das ihn schüttelte, zu unterdrücken.

Was sind Eure Fragen? Kiang lehnte sich an die offenstehende Zellentür, um den von Rauch durchzogenen Gestank mit einem Hauch Zugluft zu mildern. Aber Cox dachte an den metallischen Glanz und die gewachsten, daunenleichten Seidensegel der Dschunke, Abigails Schiffchen, an dem nun nicht mehr weitergebaut werden durfte – zugunsten einer Uhr, die den letzten, qualvollen Abschnitt eines elenden Lebens messen sollte, und schwieg. Er hatte keine Fragen.

Ihr müßt sie etwas fragen, sagte Kiang.

Aber Cox hatte keine Fragen.

Also sprach Kiang zu den Verurteilten und übersetzte Cox Satz für Satz, daß er von den beiden habe wissen wollen, ob die Tage in dieser Dunkelheit, die letzten Tage ihres Lebens, schneller vergingen als die ihrer schuldbeladenen Vergangenheit. Begann die Zeit in diesem Verlies und in Erwartung des Vollzugs eines kaiserlichen Richtspruchs tatsächlich schneller zu laufen? Was galt hier unten als das Tempo der Zeit?

Und?, sagte Cox und betrachtete die Gesichter der Gefangenen, das nun wieder gefaßte, gesäuberte des Jüngeren; das unverändert wie versteinerte des Älteren. Und?, was haben sie gesagt? Gesprochen hatten beide.

Der Alte sagt, hier gibt es keine Zeit mehr oder wenn, dann steht sie still. Und der Junge, daß die Tage dahinrasen, ohne daß davon etwas zu spüren sei.

Wie kann etwas rasen, sagte Kiang, wie kann etwas rasen, habe ich ihn gefragt, ohne daß davon etwas zu spüren ist? Und er sagt, das sei wie für einen, der im Inneren einer zugenagelten Kiste ins Bodenlose fällt, fällt und fällt, ohne je aufzuschlagen und den Eingenagelten glauben läßt, es gäbe gar keinen Boden mehr, ja es habe nie einen Boden gegeben und auch kein Fallen, sondern immer nur eine stinkende, erstickende Enge und die brausende Finsternis.

Der zweite der beiden, vom Kaiser gebotenen Besuche am nächsten Tag, einem Tag, an dem dichter Schnee in wäßrigen Flocken fiel und der den langen, hallenden Gang zum Verlies noch dunkler und beklemmender machte, verlief – zumindest für den Wärter und die Gardisten – nicht viel anders als der erste: Kiang und der Engländer fragten, die Gefangenen antworteten.

Aber in Wahrheit stellte Cox auch diesmal keine Fragen, sondern begann nach einem langen Schweigen, von Kiang ermahnt und wie in einem Selbstgespräch, den beiden von seiner stummen Frau und seiner Tochter zu erzählen, erzählte ihnen vom Glitzern der Themse, die trotz allen Unrats, aller auf ihr dahinschaukelnder Kadaver, allen Bruchholzes, verrotteten Treibguts und aller Scheiße, die der größte Strom Englands an den Mauern und Palästen Londons wie zum Hohn und zur Erinnerung an die Dummheit der Macht vorübertrug – glitzerte; im Sonnen- und Mondlicht glitzerte.

Und erzählte von der Grausamkeit der Könige von England, die sogar ihre Verwandten und Geliebten erdolchen oder enthaupten ließen, erzählte von der barbarischen Eitelkeit des Hochadels, der in schimmernden Höhen zu schweben glaubte, während er in Wahrheit bloß durch eine Kloake stampfte … und erzählte und erzählte, um auf diese Weise gegen den Willen eines Kaisers zu protestieren, der ihm befehlen wollte, befehlen!, zu fragen.

Er, Alister Cox, würde diesen Unglücklichen keine Fragen stellen, um ihre Antworten für den Bauplan einer Uhr zu verwenden, niemals. Uhren, Automaten waren helle, funkelnde Gleichnisse und Vorahnungen der Ewigkeit, aber weder Maßstäbe der Verzweiflung noch lächerliche Spieldosen des Verschwindens.

Kiang, der einzige, der begriff, daß der Engländer mit seinem Leben spielte, übersetzte kein Wort dieser Erzählungen, sondern stellte, wenn Cox eine Pause machte, den Gefangenen Fragen, die in ihrer Länge und ihrem Tonfall Cox' Nachrichten aus England entsprachen: fragte nach der Dauer schlafloser Stunden, nach der Endlosigkeit einer an Ketten durchwachten Nacht, nach der Geschwindigkeit, mit der das durch ein Todesurteil verlorene, einstige Leben in Ehre und Würden weiter, immer weiter in die Unerreichbarkeit zurücktrieb und entschwand.

Die Gefangenen begannen auf manche seiner Fragen tatsächlich zu flüstern, verfielen sogar in eintönige Monologe, bis Kiang sie unterbrach, aber kein Wort übersetzte, sondern den beiden seinen eigenen Text in den Mund legte, um die für diesen Besuch befohlene Folge von Fragen und Antworten nicht zu verletzen. Denn in Wahrheit gaben auch die beiden Todgeweihten keine Antworten, ebensowenig wie Cox Fragen stellte, sondern sie stammelten Bitten um Gnade und, ermutigt durch die von Cox geforderten, vom Wärter widerwillig gebrachten Gaben von Reis und Wasser, auch Bitten um Verbandszeug für die ihnen unter der Folter zugefügten Wunden, und flehten um Hilfe für ihre der Ernährer beraubten Familien.

Der ältere der beiden flüsterte irgendwann bloß noch Namen, keine Worte, keine Sätze, nur Namen, von denen Kiang verstand, daß es die Namen seiner Liebsten waren, seiner Frau, seiner Kinder und auch die Namen gnädiger Geister, die ihm am Tag der Qualen beistehen sollten. Cox verstand von allem kein Wort.

An diesem stinkenden, auch an einem Sonnentag nur von Fackeln erhellten Ort, an dem Datum und Stunde des Todes so unbezweifelbar feststanden wie ein von Astronomen berechnetes Himmelsereignis und an dem es keine Hoffnung auf eine noch so winzige Dehnung der Zeit mehr gab, erschienen Menschen, ob in Ketten wie die Verurteilten, ob unter schimmernden Panzern wie die Gardisten oder in feinem Tuch wie Kiang und der Engländer – von allem verlassen und war jeder, was immer er sagte oder zu verstehen glaubte, allein.

8 **Wàn lǐ cháng chéng,**
die Mauer

Am Tag der Hinrichtung der beiden Hofärzte lag eine friedliche Stille über der Verbotenen Stadt. Kein Gongschlag, kein Laut der Qual und keine einzige von Abertausend Stimmen aus der unübersehbaren, das Schafott umdrängenden, frierenden Menge, die jeden Handgriff des Henkers mit einem langgezogenen Ächzen im Chor, manchmal auch anfeuerndem Gebrüll und sogar Gelächter begleitete, erreichte die Residenz des Unsterblichen. Was immer auf dem Schafott oder in der Zuschauermenge geschah, über deren erhobenen Köpfen das Blutgerüst zu schweben, ja dahinzutreiben schien wie ein Floß über den Meerestiefen – die Halle der höchsten Harmonie, der Palast der irdischen Ruhe und mit ihnen die prunkvollsten Wohnstätten kaiserlicher Allmacht blieben während des ganzen Tages eingebettet in eine kalte, allein von gelegentlichen Vogelrufen durchbrochene Stille.

Als ob das langsame, über Morgenstunden, Mittagsstunden, Nachmittagsstunden gedehnte Sterben der verurteilten Zweifler an der Unsterblichkeit des Kaisers und alle auf dem Schafott erlittenen, an die Grenzen menschlicher Vorstellungskraft rührenden Qualen bloß ein harmloses Schauspiel wäre, begann es gegen Mittag zu schneien.

Der Schnee wirbelte durch die leeren Prozessionsstraßen der Purpurstadt und über die verlassenen, allein den höchsten Würdenträgern vorbehaltenen Plätze der Residenz, ersetzte die eben erst abgefallenen oder zu Wasser gewordenen Polster auf den Mauerkronen und in den Zweigen uralter Schirmföhren, tarnte die Helme und Panzer der Garde erneut weiß, ebnete die Reliefs der goldenen Ziegelreihen auf den Pagodendächern ein und verwandelte die von ihren Gärtnern mit Seidenschleiern gegen den Frost umhüllten Blüten der letzten Rosen in kristalline, gesichtslose Köpfe.

Als im Lauf des Nachmittags der Wind zunahm, verbanden sich die Schneewirbel zu langen, wirren Fahnen, die an Firsten und vereisten Wasserspeiern lautlos flatterten und auch dort Besitz ergriffen von allen Farben und Formen, als ob nicht nur die Richtstätte, sondern noch die verstecktesten Winkel und Gassen einer Stadt verhüllt werden sollten, die in diesen Stunden gegen alle Gebote der Barmherzigkeit verstieß.

Viele freiwillige Zuschauer der Hinrichtung, selbst einige Mandarine und amtliche Zeugen der Tortur waren nach den Feuerwerken und dem Jubel der am Vorabend zelebrierten Tänze des Großen Schneefestes gar nicht erst zu Bett gegangen, sondern hatten sich aus ihren über sämtliche Distrikte Běijīngs verstreuten Festgesellschaften bereits am frühen Morgen zum Richtplatz begeben, um dort, manche von ihnen noch betrunken und geblendet vom Glanz unzähliger vom Nachthimmel herabregnender Funkensträuße und Lichtschleier, zu erleben, welche entsetzlichen Gestalten das andere, bis ins Todesdunkel hinabführende Ende aller Festlichkeit und Begeisterung annehmen konnte.

Abhauen?, fragte Balder Bradshaw kurz vor der Mittagspause in der von Flockenwirbeln verdunkelten Werkstatt, sollten wir nicht einfach abhauen, bevor man uns hier auch an Pfähle kettet, in Streifen schneidet und uns Eisendornen in die Augen schlägt, weil unsere Uhren nicht nach dem Takt irgendeines Hofschranzen schlagen?

Abhauen wohin?, sagte Lockwood, bei Nacht und Nebel querfeldein nach Shànghǎi?, als Hofdamen verkleidet in einer Sänfte bis zum nächsten Kontrollposten oder vielleicht auf unserem Silberschiffchen den Großen Kanal stromabwärts?

Hast du Heimweh nach der Londoner Justiz, Balder?, fragte Merlin, sind dir die Landemanöver der Krähen auf dem Kopf eines an der Themse im Wind pendelnden Gehängten lieber als die Galgenvögel von Běijīng? Hat man denn nicht einen deiner Cousins wegen Meuterei gehängt? Und hier? Hier verbeugen sich Eunuchen, ja gepanzerte Krieger vor dir. Hier poliert man dir die Schuhe, stärkt deine Hemden, heizt deine Werkstatt und sogar dein Schlafzimmer und legt dir gegen die Gänsehaut heiße Steine ins Bett!

Cox' Gefährten unterhielten sich an diesem Tag der Schneestille lauter als sonst, aber Kiang hörte kein Wort davon. Er war – ob von seiner Behörde oder einem über ihr thronenden Amt, wollte er auch später nicht sagen – zum Richtplatz befohlen worden, um den englischen Gästen später von der Unerbittlichkeit berichten zu können, mit der jeder, der den Frieden des Kaisers störte, nicht nur aus der größten und prunkvollsten Stadt des Erdkreises, sondern aus der Welt verbannt wurde.

Die Wochen des Hochwinters verstrichen, ohne daß Qiánlóngs Reich auch nur die geringste Notiz von der Geburt eines Gottes in einem staubigen, heiligen Land oder dem Anbruch eines neuen Jahres in einem grauen Irgendwo nahm. Merlin versuchte mit Kiangs Hilfe, die Köche des Gästehauses mit der Rezeptur eines Plumpuddings vertraut zu machen; ohne Erfolg. Keiner von den Köchen wollte glauben, daß das beschriebene Verfahren zu einem genießbaren Ergebnis führen würde. Sie boten den Engländern stattdessen Schaumgebäck aus Lychees, getrockneten und geriebenen Mangos und dem zu Schnee geschlagenen Klar von Wachteleiern an.

Cox begann, am Entwurf einer Uhr zu zeichnen, die nach dem kaiserlichen Wunsch den gleitenden, rasenden oder erstarrenden Flug der Zeit während der letzten Abschnitte, Tage, Stunden eines menschlichen Lebens vorführen und meßbar machen sollte.

Das Ding sehe ja aus wie eine weihnachtliche Landschaft vor den Mauern von Bethlehem, wie eine Krippe, sagte Bradshaw, als Cox den Gefährten einen mit Kohle gezeichneten ersten Aufriß des Uhrengehäuses zeigte ..., da fehlten nur noch der Stern, die Hirten und die drei Weisen aus dem Morgenland.

Das ist nicht Bethlehem, sagte Merlin, das ist die Große Mauer Qiánlóngs; die Chinesische Mauer.

Der Aufriß zeigte das Modell eines über fünf Signalfeuertürme verlaufenden Abschnitts jenes fast fünftausend nautische Meilen langen, Gebirge, Wüsten, Seen und andere Barrieren miteinander verbindenden Verteidigungswalls, an dem Herrscherdynastien über Jahrhunderte weiter und weiter gebaut hatten, um die schrumpfenden und wieder expandierenden Umrisse ihrer Reiche immer neu zu fassen und ihre Macht vor dem Ansturm barbarischer Horden zu schützen:

Das Modell der Großen Mauer, das zum kostbaren

Gehäuse der neuen Uhr werden sollte, dessen Details, Wehrgänge und Pechnasen, in Cox' Zeichnungen mit jedem Tag anschaulichere Form annahmen, glich in Kiangs Augen, des ersten kritischen Betrachters, allerdings nicht nur einem bruchstückhaften Abbild des größten Bauwerks der Menschheit, das keiner der englischen Gäste bisher anders als auf Bildern, Aquarellen und Wandteppichen gesehen hatte, sondern eine Uhr in diesem Gehäuse, sagte Kiang, könnte von einem mißtrauischen Beamten ebensogut als eine Verspottung des großen Walls gedeutet – und entsprechend bestraft werden.

Wàn lǐ cháng chéng – Unvorstellbar lange Mauer nannte Kiang den Wall der Kaiser, denn Wàn lǐ bedeute nicht nur zehntausend Li, sondern Li stehe als Zeichen auch für die Unendlichkeit. Eine zehntausend Li lange Mauer sei also zehntausendmal unvorstellbar lang. Die Dynastien der Qín und der Hàn, der Wèi, der Zhōu, der Táng, der Liáo und der Míng hatten nach allen Himmelsrichtungen an diesem Wall gebaut, ohne je an ein Ende zu kommen. Denn *Der Große Drache*, als der sich die Mauer durch die Vorstellungen des Volkes wand, schlug mit seiner Feuerzunge Dampfschwaden und Wolkentürme aus dem Wasser des Gelben Meeres, während er Tausende Meilen entfernt mit seinem Schwanz die Dünen der Wüste Gobi zu Sandstürmen hochpeitschte …

Und ein rotgoldenes Modell dieses Weltwunders,

sagte Kiang, sollte nun das Werk einer Uhr bergen, die nicht die Dauer, nicht die Unendlichkeit der kaiserlichen Macht vermaß, zu deren Schutz dieser Wall ja in den Himmel ragte, sondern das Tempo der verrauchenden, verfliegenden Zeit, die einem zum Tode Verurteilten oder einem Sterbenden noch blieb?, einem Ausgelieferten, der diese Welt nicht beherrschte, sondern im Begriff war, sie für immer zu verlassen?

Wieviel, fragte Kiang, fehlte denn von einer solchen Deutung noch zur Anschuldigung, daß die englischen Gäste diesen Wall mit einem tickenden Spielzeug verhöhnen wollten, einem Spielzeug!, dessen Baumaterial dazu auch noch in einer allein dem Kaiser gebührenden Farbe glänzte?

Das ist deine Deutung, sagte Merlin – und eine Verleumdung: Ein klügerer Mann als der Herr Übersetzer würde doch ohne Mühe erkennen, daß sich Master Cox mit diesem Werk vor seinem Gastgeber verbeuge. Und was die Goldfarbe anbelangte – war diese Uhr denn nicht für den Kaiser bestimmt? Welcher Glanz stünde ihr also besser als der des Goldes, selbst wenn sie einem Sterbenden oder zum Tode Verurteilten die Stunde schlug?

Zum Erstaunen seiner Gefährten schickte Cox sie Anfang Februar, nachdem er die Baupläne in Tusche ausgeführt und eigenhändig kopiert hatte, nicht an ihre Werkbänke, damit sie kostbares Material für den

Bau einer zur Tischuhr geschrumpften chinesischen Mauer vermaßen, sägten, schliffen, sondern ließ sie Ingwer, Nelken und Galgantpulver in Porzellanschüsseln zermahlen, Kardamom, rotes Sandelholz, Safran, Sternanis, Lavendel und Zedernholzlocken, Rosenharz und immer neue Gewürze, die Kiang in von Kalligraphen beschrifteten Leinensäcken und Spanholzschachteln herbeischaffte, getrocknete oder zu grotesken Formen gepreßte Pflanzen, für die es keine englischen Namen gab.

Sind wir nun Feinmechaniker oder Apotheker, fragte Bradshaw und versuchte, einen heiteren Ton anzuschlagen, Kräutersammler oder Automatenbauer?

Ohne unseren Auftrag sind wir in dieser Stadt und in diesem Land nichts, sagte Cox: Zu Asche verglühte Kräuter sollten zum Herz, zur Seele des neuen Uhrwerks werden, die Schlacke einer Glut, die sich unaufhaltsam durch die letzten Stunden eines Lebens fraß und dabei alles Stoffliche, ja die Zeit selbst, in Staub verwandelte.

Kiangs Schriftzeichen, mit denen er einen Bericht an seine Behörde überschrieb, der sie über die neuesten Fortschritte des englischen Meisters unterrichten sollte, standen vor allem für das Ergebnis, das sich über den Zinnen und Wehrtürmen der Miniaturmauer kräuseln würde: *Xūnkăo* und *Yānyún* und *Méiyān* – Rauch, Kohlerauch, Rauchschwaden … Der Meister aus England wolle eine Feueruhr bauen, um in ihrem Räderwerk die Zeit verglühen zu lassen.

Aber zunächst – und solange er noch über den Materialberechnungen für seine Große Mauer saß, über Auflistungen jeder Feinunze Gold und jedes Rubins und Brillanten, der an diesem Werk Tageslicht und Kerzenlicht hundertfach brechen und in den Augen eines Betrachters funkeln lassen sollte – wollte Cox, daß seine Gefährten gemäß den jahrhundertealten Rezepturen für das Räucherwerk, das hier an manchen Tagen ganze Paläste in blaue Schwaden hüllte, einen Teig kneteten aus den zerstoßenen Kräutern, Gummi arabicum und dem Mahlstaub aus der Kohle tropischer Hölzer und daraus Kugeln und Kügelchen verschiedenster Größen formten.

Dieser Brennstoff sollte in wechselnder Dichte aus im Inneren der Uhr verborgenen Trichtern über die verschiedenen Neigungen und Wehrgänge der Mauerkrone in Glutpfannen fallen und dort unter Freisetzung der unterschiedlichsten Aromen – vom Gestank des Alters und dem Geruch des Angstschweißes bis zu Blütendüften und den vielen Parfüms der Erinnerung – zu jener Asche verglühen, deren Masse diese Uhr schließlich bewegen sollte.

Fünf Glutpfannen sollte es gemäß der Anzahl der Signalfeuertürme geben, und die Asche, die durch Löcher im Pfannenboden auf Feinwaagen fiel, die selbst das Gewicht eines Haares messen konnten, ließ die mit Antriebswellen verbundenen Waagschalen kippen und versetzte dadurch einem größeren oder kleineren Zahnrad des Uhrwerks den entscheidenden Anstoß.

Gemäß dem unterschiedlich schnell ablaufenden, manchmal rasenden, manchmal kriechenden Prozeß der Verbrennung, dem die Produktion von Asche, Rauch und allen duftenden, schalen oder beißenden Aromen unterlag, würde diese Uhr auch ihre Gangarten wechseln und in unvorhersehbarer Folge einmal langsamer und wieder schneller gehen und manchmal sogar für eine Weile stillstehen, während der Rauch aus den Wehrtürmen ihre Stundenkreise in weiße Nebel hüllte …

Denn wer auf dem Sterbebett lag, sagte Cox – es war an einem Morgen, an dem Licht und Wärme das nahe Ende des Winters spüren ließen und aus dem Hof vor der Werkstatt eine Amsel zu hören war –, wer seinen Henker erwartete oder irgendwo auf einem Schlachtfeld oder unendlich weit von allem Beistand entfernt in der Verlassenheit einer Wüste gegen seine Todesangst kämpfte, für den gab es keinen Lauf der Zeit mehr, sondern nur noch Sprünge, Stürze von einer Ebene des Vergehens auf eine andere, Sprünge, Stürze, auch Gleitflüge, die einen Sekundenzeiger zum Stundenzeiger werden lassen konnten, während zwanzig oder hundert Atemzüge später über einer Bewegung des Stundenzeigers wiederum als Tage und

Wochen empfundene Fristen verstrichen – oder alle Zeiger auf allen Ebenen plötzlich erstarrten in einer Ahnung der Ewigkeit.

Eine Uhr soll das sein?, fragte Bradshaw.

Noch ein Spielzeug, sagte Lockwood.

Und wodurch, fragte Merlin, soll sich eine von rieselnder Asche betriebene Uhr von unserem atem- oder windgetriebenen Silberschiffchen unterscheiden?, wodurch eine schimmernde Kinderuhr von diesem rotgoldenen Todesräucherwerk?

Wodurch sich jede Uhr von einer anderen unterscheidet, sagte Cox: durch den Betrachter, durch den, der seine Zeit und den Rest seines Lebens von ihr abzulesen sucht.

Dann könnten wir unser Silberschiffchen doch ebensogut durch eine Todeszelle oder durch den Mief eines Sterbezimmers segeln lassen – und dieses goldene Mäuerchen hier einem Neugeborenen an die Wiege stellen, sagte Merlin. Der Lauf der Zeit zeige sich auf den Skalen solcher Automaten für einen Sterbenden doch nicht anders als für ein Neugeborenes, für das dieser Lauf eben erst begonnen hatte.

Nicht nur Mütter, auch ihre Neugeborenen sterben manchmal im Wochenbett, sagte Cox. Was immer wir bauen – ein Uhrwerk, eine Maschine –, kann nur den Inhalt unseres eigenen Kopfes, bestenfalls noch die Wünsche ihres Besitzers oder eines Auftraggebers sichtbar machen.

Und das soll alles sein?, fragte Merlin.

Das ist alles, sagte Cox.

Als Cox am nächsten Tag Kiang den Bauplan noch einmal in allen Details beschrieb, damit der Übersetzer und Mittelsmann Maße und Listen an seine Behörde und ihre Lieferanten weiterreichen konnte, sah es für die Gefährten manchmal aus, als ob Kiang nicht die erforderlichen Materialien, sondern allein die Dinge aufzeichnete, die ihm während Cox' Erklärungen durch den Kopf gingen. Er schien wie ein Unbeteiligter zuzuhören, wenn er seine Pinselstriche aufs Papier setzte, ohne erkennbaren Zusammenhang mit dem, was Cox ihm über die Funktionsweise der Glutuhr sagte. Einen aufmerksamen, ja erschreckten Ausdruck nahm sein Gesicht erst an, als Cox forderte, er wolle so bald wie möglich gemeinsam mit Merlin an die Große Mauer bei Jīnshānlǐng, um diesen Wall, der selbst der Zeit widerstehen sollte, endlich mit eigenen Augen zu sehen und zu zeichnen, bevor er Gestalt und Form der Glutuhr endgültig festlegte.

Das Yān-Gebirge, durch das dieser Mauerabschnitt verläuft, ist militärisches Sperrgebiet, sagte Kiang.

Bin ich ein Spion?, fragte Cox.

Das ist jeder, der sieht, was nicht für seine Augen bestimmt ist, sagte Kiang, denn wenn nicht mit Absicht, wird er doch in irgendeiner unbedachten

Stunde vor Unberufenen über das sprechen, was er gehört oder gesehen hat.

Ein Spion, sagte Cox, und wie nennt man einen Mann, der mich davon abhalten will, den Wunsch des Kaisers zu erfüllen? Meine Arbeit erfordert eine Betrachtung der Großen Mauer. Die Uhr sollte doch in jedem Detail jenem Mauerabschnitt gleichen, der auf einem Seidenteppich im Teezimmer des Gästehauses zu sehen war, dem Abschnitt, so habe ihm Kiang doch selbst vor Wochen die Darstellung auf dem Teppich erklärt, dem Abschnitt zwischen Sīmătái und Jīnshānlĭng. Dort kroch die Mauer über Steilhänge zu Bergrücken und Gipfeln empor und aus den Höhen, oft aus den Wolken, ebenso steil wieder hinab in eine tiefgrüne, felsige Wildnis.

Nach Cox' Forderung erschien Kiang zwei Tage lang nicht in der Werkstatt. Als er am Morgen des dritten Tages in der Begleitung von sechs schwerbewaffneten Reitern an die Tür klopfte, dachte Cox an seine Verhaftung.

Die Reiter glichen eher Kriegern, die in eine Schlacht zogen, als jenen Gardisten, von denen die Engländer täglich eskortiert wurden, und trugen schwer an ihren Lanzen, Bögen, prall mit Pfeilen gefüllten und mit Muscheln geschmückten Lederköchern, Dolchen, Schwertern und wuchtigen, mit Schildpattmustern verzierten Musketen. (Ein Bogenschütze, sollte Merlin wenige Stunden später die Erklärung eines dieser Reiter hören, ein Bogenschütze war im Gefecht zwar immer noch schneller und tödlicher als ein Musketier, der seinen Vorderlader mit Pulver und Ladestock stopfen, die Bleikugel im Mund bereithalten und sie in den Lauf der Waffe spucken mußte, bevor er schießen konnte. Aber der Schrekken eines aus nächster Nähe abgefeuerten Schusses und das Entsetzen über die Wunde, die ein Bleigeschoß in Brust und Kopf eines Feindes schlagen konnte, waren größer als die Wirkung selbst eines tödlichen, lautlosen Pfeils.)

Umringt von diesen stummen Kriegern sagte Kiang beinahe feierlich, daß der Wunsch des Meisters erfüllt werden sollte. Hier, er hatte gesattelte, mit Pelzdecken behängte Pferde für Merlin und Cox mitgebracht; Bradshaw und Lockwood sollten in der Stadt bleiben und an ihren Werkbänken die Rückkehr der beiden erwarten.

Nein, für einen Wagen gab es bei diesem nassen Frühjahrsschnee in den nur von Saumpfaden der Grenzpatrouillen durchzogenen Wäldern an der Mauer bei Jīnshānlǐng keine Fahrspur. Deswegen würden sie reiten, siebzig, achtzig Meilen bis ins Yān-Gebirge. Vier oder fünf Reisetage durfte die Erkundung der Großen Mauer in Anspruch nehmen, je nachdem, wie lange und aus wie vielen Blickwinkeln Cox das Wunder dieses so tief in die Vergangenheit und so weit in Zukunft reichenden Bauwerks betrachten wollte. Die zurückbleibenden Gefährten sollten dagegen in diesen Tagen und nach Cox' Anweisungen Kugeln, Aberhunderte Kugeln aller Größen aus dem in Wachstücher eingeschlagenen Gewürzteig rollen und so einen für Jahrzehnte reichenden Brennstoff herstellen zum Betrieb einer das verrauchende Leben anzeigenden Uhr.

Für weitere Vorbereitungen blieb keine Zeit. Es war doch Cox' Wunsch gewesen, den Großen Drachen mit eigenen Augen zu sehen, um nach diesem Vorbild einen Automaten zu gestalten. Und der Hof hatte diesem Plan zugestimmt. Also mußten sie aufbrechen. In dieser Stunde. Denn was immer ein Mensch am Hof des Erhabenen erbat – wurde ihm gewährt, was er wollte, verwandelte sich sein Wunsch in einen Befehl, der unverzüglich zu befolgen war.

Nur eine Stunde später zogen neun Reiter durch das Nordtor der Purpurstadt hinaus ins Gassenlabyrinth Bĕijīngs und weiter, in tiefverschneites Land. Cox sah keinen der vielen Blicke, die ihren Auszug, von Vorhängen und Fensterläden gedeckt, verfolgten. Er war lange nicht mehr im Sattel gesessen und hatte Mühe, sich an die Rückgrat und Becken schonende Körperhaltung eines über Tage dahintrabenden Reiters zu erinnern. Das Tier brach in windgepreßten Schneeverwehungen wiederholt ein und hätte seinen das Gleichgewicht gefährdenden Reiter am liebsten abgeworfen. Merlin erging es kaum besser. Gibt es hier keine Straße?, fragte er Kiang.

Das ist die Straße, sagte Kiang.

Schweifende Blicke in das weiße Land, aus dem klappernde Bambuswälder mit Schneefahnen winkten, auf flache Hügelketten und verstreute Gehöfte und Weiler ließ der Ritt nicht zu. Ein Kurier, der ein dampfendes Ersatzpferd mit sich führte und ihren Weg kreuzte, hielt die beiden, von sechs Kriegern und einem vermummten Zivilisten flankierten Fremden für Gefangene und fragte nach ihrem Verbrechen. Auch wenn Cox und Merlin in Pelzmäntel und Decken gehüllt waren und lederne Gesichtsmasken gegen den stürmischen Wind trugen, hatte er sie an ihrer Größe und unsicheren Haltung als *Cháng Bízi*, Langnasen, erkannt; sie waren vielleicht in verbotenem Land gefaßt worden.

Ihr Verbrechen?, ein Bogenschütze gab grinsend Auskunft – Blödheit, ihr einziges Verbrechen war Blödheit: Die wollen durch den Tiefschnee an die Große Mauer, anstatt bei Suppe und Wein am Feuer zu sitzen.

Was sagt er?, fragte Merlin.

Nichts, sagte Kiang, er grüßt.

Am späten Nachmittag hatten sie kaum ein Drittel jener Strecke zurückgelegt, die zwischen der Verbotenen Stadt und dem ersten Anblick der Mauer lag. Ein

Köhler, der in einer Kiefernschonung Winterholz schlug und beim Anblick der bewaffneten Reiter, die in der einsetzenden Dämmerung auf ihn zukamen, einen erfolglosen Fluchtversuch unternahm, bot ihnen nach einigen besänftigenden Worten Kiangs widerwillig sein Haus als Quartier und bezog mit seiner siebenköpfigen Familie für die Nacht einen rußgeschwärzten Lagerraum.

Als ihn jener Reiter, der ihn mit einer Wurfleine an der Flucht gehindert hatte, nach dem Absatteln der Pferde drängte, wieder und wieder aus einer mit Reisschnaps gefüllten Lederflasche zu trinken, begann der Köhler, trotz der beängstigenden Umstände mit hoher Stimme zu singen. Aber am nächsten Morgen, nach einem wortlosen Abschied, sank er weinend und mit erhobenen Armen in den Schnee: Einer der Bogenschützen tat, als ob er die halbwüchsige Tochter des Gastgebers entführen wollte, zog das Mädchen, das ihm einen Brotbeutel emporreichte, zu sich in den Sattel und sprengte in einer Schneewolke davon.

Als der Trupp ihn kurze Zeit später einholte, ließ er das zitternde, in Tränen aufgelöste Mädchen lachend frei, das zuerst in Pantoffeln, nach wenigen Schritten nur noch in Strümpfen durch den tiefen, nassen Schnee in das Haus ihres Vaters zurücklief.

Kiang schwieg zu allem. Cox hatte sich von der rohen Vorführung des Kriegers ebenfalls täuschen lassen und Abigail, sein vom Tod entführtes Töchterchen, quer vor dem Sattel des Reiters liegen sehen. Er hatte schreiend protestiert, aber keine Worte, keine Drohungen für seine Empörung gewußt, die der Entführer hätte verstehen oder ihn dazu bewegen können, etwas zu lassen oder zu tun … und, ja, er war trotz seiner jähen, schmerzhaften Erinnerung an Abigail zu furchtsam, zu schwach gewesen, um dem Rohling in den Arm zu fallen.

Aber verflucht, warum hatte Kiang nicht eingegriffen?, warum hatte er das alles schweigend mitangesehen?

Wer diese Krieger nicht fürchtet, sagte Kiang, kennt sie nicht.

Der Große Drache tauchte um die Mittagszeit des folgenden Tages, nach einer kalten Nacht in den beiden auf Packpferden mitgeführten Zelten, so jäh zwischen Höhenzügen, felsigen Kuppen und Gipfeln auf, umbrandet von Bergwäldern, die unter ihrer Schneelast ächzten, daß Cox das Wunder erst nach einem Zuruf Merlins bemerkte. Sie hatten nach der mühseligen Querung einer Geröllhalde eine schütter von Kiefern und Maulbeerbäumen bestandene Hügelkuppe erreicht, als die Mauer der Kaiser wie eine vom Wind verwehte und an Gipfeln und Graten hängengebliebene Girlande mit ihren Zinnen und Alarmfeuertürmen erschien:

Die Mauer trennte menschenleeres, unbewohntes Bergland von menschenleerem, unbewohntem Bergland und verlief dabei in fast anmutiger Perspektive immer schlanker, ja zierlich werdend in eine dunstige Endlosigkeit, änderte mit dem Verlauf eines Höhenrückens ihre Richtung, um nach einem abermaligen Wechsel wieder auf die Ideallinie verschollener Baumeister und Generäle einzuschwenken, und zog eine Kette von Türmen mit sich, die von bedrohlichen Wehrbauten zu undeutlichen Punkten schrumpften.

Keiner der Reiter hatte ein Zeichen zum Halten gegeben, aber alle standen sie wie auf ein Kommando still, versunken in den Anblick eines Bollwerks, das, eingebettet in eine scheinbar weglose, unberührte Wildnis, im Verlauf von Jahrhunderten kein einziges Mal überrannt worden war.

Das ist …, begann Merlin einen Satz, den er schon nach den ersten Silben wieder abbrach als einen vergeblichen Versuch zu beschreiben, was dieses maßlose Monument inmitten einer tauenden, verlassenen Winterlandschaft in ihm auslöste. Im Geflüster und Glucksen des Schmelzwassers hatten Vögel zu singen begonnen. Wie dieser Wall schienen auch ihre Stimmen ins Grenzenlose zu führen, so, als ob ein tausendfältiger Gesang, mit dem geworben, Reviere verteidigt oder Angreifer gewarnt werden sollten, Klang und Stimme der Mauer selbst wäre und ebensoweit reichte wie die fliehende Folge ihrer Türme und Zinnen.

Seltsam, daß nach so viel mühsamer, nur durch zwei kurze, nahezu schlaflose Nächte unterbrochener Bewegung der Stillstand auf dieser Bergkuppe, ein schweigender Anblick plötzlich als das Ziel ihrer Reise erschien. Ein Grenzsoldat oder Holzsammler, der die neun Reiter und ihre Packpferde aus der Ferne beobachtete, hätte den Trupp für ein Denkmal halten können, ein Standbild zur Erinnerung an ein Gefecht an der Grenze oder zu Ehren siegreicher oder gefallener Verteidiger des Reiches. Keiner der Krieger stieg vom Pferd. Auch Cox und Merlin zogen trotz ihrer schmerzenden Rücken die pelzbezogenen Sättel einem schmelzwassergetränkten Waldboden vor, auf dem ein trockener Rastplatz erst mit Mühe zu schaffen war.

Kiang zeigte mit seinem rechten Arm nach Osten und sagte: Jīnshānlǐng, mit dem linken nach Westen: Sīmătái. Sie waren angekommen.

Irgendwo in der Reihe dieser unzähligen, auf Hügel, Grate und Gipfel gesetzten Wehrtürme mußte auch die Gruppe jener fünf Bollwerke liegen, deren Modell zum goldenen Gehäuse einer Uhr für den Kaiser werden sollte.

Wohin also weiter? Ins Tal und von dort auf die nächste Kuppe, die sich von der hier kaum unterschied, und so immer weiter?

Noch bevor Cox entscheiden oder auch nur abwägen konnte, ob er tatsächlich nach diesen fünf Türmen und damit vielleicht bloß nach der Phantasie eines Landschaftsmalers suchen, sein Privileg nützen, die Mauerkrone betreten – oder sich besser mit ihrem grandiosen Anblick begnügen sollte, erhob sich eines der Pferde der Bewaffneten, ein gescheckter Wallach, wiehernd auf die Hinterhand, daß der im Anblick der Weite verlorene, vielleicht dösende Reiter sich nicht schnell genug festhalten konnte und klirrend in den Schnee fiel.

Daß alle Waffen, mit denen dieser Mann gerüstet und behängt war, dazu sein Schild, Helm und Brustpanzer, ihn nicht hatten davor bewahren können, nach einer jähen Bewegung seines Tiers zu Fall zu kommen, war für Cox eine so seltsame Unterbrechung der versonnenen Rast, daß er ein krampfartig in ihm aufsteigendes Lachen nur mit Mühe unterdrückte. Er tarnte, was aus seiner Kehle stieß, als Husten, räusperte sich. Dann erst sah er den Schaft des Pfeils: Das wie lackiert glänzende, gefiederte Geschoß steckte tief im Hals des Pferdes, ragte bereits aus einer Blutquelle.

Mit welcher an mechanische, an Zahnräder gebundene Abläufe erinnernden Selbstverständlichkeit geschah, was diesem Angriff folgte:

Mit der Leichtigkeit und Geschwindigkeit eines

vom Wind getriebenen Laubwirbels bildeten die Reiter unter halblauten Kommandos einen engen Kreis um ihre drei Schutzbefohlenen und ihren gestürzten Gefährten, der trotz seines Panzers und seiner Waffenlast auf ein Packpferd sprang und bereits einen Pfeil an die Bogensehne gelegt hatte, als er auf dem Tragsattel zu sitzen kam. Einer, der in den Reisetagen immer nur *Kĕ* genannt wurde, *der Durstige*, der einzige Name aus dem Trupp, der Cox wegen seiner Kürze geläufig geworden war, zeigte sich in dieser Sekunde zum erstenmal als Kommandant und bedeutete seinen drei Schutzbefohlenen, sich dicht über den Widerrist ihrer Tiere zu beugen, um weiteren Geschossen kein Ziel zu bieten.

Das verwundete Pferd wurde aus dem Kreis gedrängt und war nun nicht viel mehr als ein schnaubender Schutzschild. Das Tier stieg immer wieder hoch und versuchte mit zurückgeworfenem Kopf, den schmerzhaften Reißzahn, den Hauer oder Schnabel in seinem Hals abzustreifen, umtanzte dabei den Reiterkreis wie ein Irrlicht und störte so vielleicht einen weiteren, im Hinterhalt lauernden Bogenschützen oder Lanzenwerfer bei der Bestimmung seines Ziels.

Zu hören war nur das Schnauben des getroffenen, panischen Tieres. Aber kein Schrei, kein Gebrüll von unsichtbaren Feinden und auch kein Wort von den Verteidigern, deren eingelegte Pfeile und Lanzen aus ihrem engen Kreis nach allen Himmelsrichtungen zeigten, in denen aber nur schwarzer Bergwald unter tauenden Schneepanzern lag. Der Waldboden trug keine fremden Spuren.

Cox, tief über den Sattelknauf gebeugt, hatte nur eine Handbreit der Pelzdecke vor seinen Augen. Er wagte auch nach ein, zwei langen Minuten nicht, den Kopf zu heben, sah nichts, hörte nichts von Merlin, nichts mehr von Kiang und seinen Beschützern, sah nur dieses Fell, von dem er sich plötzlich fragte, welches Tier es einst wohl gewärmt hatte und wann und unter welchen Umständen dieses Tier getötet worden war – auf der Jagd?, in einem Schlachthof? –, roch Aromen von Fett und Rauch und nasser Wolle und begann in diesen Pelz, ein haariges Moos, hineinzuschrumpfen, in ein groß und behaglich werdendes Nest, eine Zuflucht aus Wolle, in der er sich verbergen, unsichtbar werden konnte und die, indem alles an ihr nachgab, alles sich anschmiegte und jedem Druck wich, nicht zu zerschlagen war und dadurch jeden, der sich ihrem Schutz anvertraute, unverwundbar werden ließ.

So warm, so sicher und gleichzeitig verstörend war es auch in den Armen seiner Mutter gewesen, wenn sie ihn zu sich hochhob und ihn wiegte und er seinen Kopf in einer jener Pelzstolas barg, mit denen sie ihren Nacken bis zu ihrem Tod vor Zugluft schützte. Schon ein einziger kalter Hauch, der sie an ihrem

Hals streifte, konnte sie in tagelange Qualen stürzen, in denen ein rasender Kopfschmerz sie gefangensetzte in einem von schwarzen Jalousien verdunkelten Raum. Ein einziger Lichtstrahl wurde ihr in diesen Tagen zur Nadel, zum Messer.

Allein der warme Atem ihres Sohnes, der sie, kaum spürbar, selbst durch ihre Pelzstola erreichte, konnte diesen Schmerz lindern und ließ das Gewicht des Kindes, das über der rätselhaften Qual der Mutter manchmal weinte, am Ende so leicht werden, ja mit ihrem eigenen Körper verschmelzen, als hätte sie dieses mit ihr leidende Wesen eben erst empfangen.

Über den Widerrist gebeugt, glitt Cox in seine Erinnerung, während sein aus dem Pelz zurückdrängender Atem ihm das Gesicht wärmte. Wärmte. Sollte ihn nicht frieren, wie immer, wenn ihn irgendetwas aus der Welt jenseits seiner Kindheit ängstigte?

Ihn fror nicht. Er lag in einer wohligen Müdigkeit am pelzgeschützten Hals seiner Mutter, als er Merlins Hand an seiner Schulter spürte und sein Gesicht aus dem Fell hob, es war die gegerbte Decke eines Trampeltiers.

Wieviel Zeit war seit seiner Flucht in die Arme der Mutter vergangen?

Merlin und Kiang saßen bereits wieder aufrecht im Sattel, umringt von wütenden Kriegern, die nach allen Richtungen starrten und mit ihren Pfeilen, zwei von ihnen auch mit ihren Musketen, dahin und dorthin zeigten. Den Pelzgeruch noch in der Nase, richtete auch Cox sich auf.

Nichts war geschehen. Nichts weiter. Und nichts weiter geschah. Ein Pfeil. Das war alles. Der Bogenschütze, der seine Waffe gegen die Krieger des Kaisers gerichtet hatte, war unsichtbar geblieben und gehörte entweder einer Horde an, die so überlegen war, daß sie sich selbst gegen den Erbauer einer unendlich langen Mauer auflehnen konnte – oder er war so allein mit seinem Zorn und seiner Ohnmacht, daß alles, wozu er imstande war, nur eine Geste, ein lächerliches Zeichen bleiben mußte und sein Triumph allein darin bestand, zumindest einige Augenblicke lang die Aufmerksamkeit kaiserlicher Krieger erregt und so bewiesen zu haben, daß Demut und kniefälliger Gehorsam nicht die einzigen Haltungen waren, mit denen man den Dienern eines Unsterblichen begegnen konnte.

Gewiß, Straßenräuber griffen vermutlich mit ähnlicher Gleichgültigkeit gegen das Gesetz an, hatten aber hier, nach dem Anblick schwerbewaffneter Krieger und möglicherweise aus enttäuschter Vorfreude auf leichte Beute, mit einem Pfeil gegen die eigene Unterlegenheit protestiert. Ach, vielleicht war dieser Pfeil aber auch bloß das verirrte Geschoß eines Jägers gewesen, irgendeines vom Hunger geplagten Waldmenschen, der schreckensstarr irgendwo im Dikkicht darauf hoffte, daß die Wütenden ihn nicht entdeckten, um seinen verhängnisvollen Fehlschuß mit der einzigen Strafe zu sühnen, die auf einen solchen Angriff folgen konnte, einem qualvollen Tod.

Als der Pferdekreis sich allmählich und umschwirrt von solchen Fragen zu lockern, schließlich aufzulösen begann, war zumindest klar, daß es keine weiteren Ansichten der Großen Mauer mehr geben konnte, die dem versunkenen, stillen Anblick vor dem Angriff aus dem Hinterhalt an Ruhe und Tiefe gleichen würden. Denn von nun an mußte jeder Blick durch äußerste Wachsamkeit, Alarmbereitschaft getrübt werden und konnte dadurch Cox keine Vorbilder mehr für das Gehäuse seiner Glutuhr liefern, die seine ersten, nach einem Wandteppich gefertigten Zeichnungen übertrafen.

Kě, nun ohne Zweifel der Kommandant des Trupps, stellte ohnedies keine weiteren Überlegungen an. Schließlich bestand sein Auftrag vor allem darin, die englischen Gäste, was immer sie auf diesem idiotischen Ausflug noch sehen wollten, unversehrt in die Purpurstadt zurückzubringen. Ließ er die Gefährdung ihres Lebens zu, war auch sein eigenes Leben in Gefahr, selbst wenn er den nächsten Überfall als einziger überleben sollte. Diese von Föhren gefiederte Kuppe, von der sich der Große Drache in seiner ganzen Pracht und Unüberwindlichkeit zeigte, sollte zum Wendepunkt werden. Von hier, beschloß Kĕ, ohne sich darüber mit Kiang zu beraten, mußten alle Wege zurückführen in den Schutz der Purpurstadt.

Als der gestürzte Krieger einem der Packpferde den Sattel des getroffenen Wallachs auflegte, den bluttränkten Gurt festzog und dem von seinen verzweifelten Sprüngen erschöpften einzigen Opfer des Angriffs mit seinem Schwert den Gnadenstoß versetzen wollte, schüttelte Kĕ den Kopf. Und so trottete der Wallach ohne Sattel und Zaumzeug noch eine Weile hinter den talwärts ziehenden Reitern her, brach, vom Blutverlust geschwächt, immer wieder ein, erhob sich mühsam und fiel doch weiter zurück, bis er irgendwann hinter einem Felsturm verschwand.

Kiang versuchte, den Engländern die zu einem einzigen Pfeilschuß angestellten Vermutungen der sechs Krieger zu übersetzen, bis er merkte, daß weder Merlin noch Cox mit besonderem Interesse zuhörten. Cox war immer noch an der Großen Mauer und würde wohl noch lange an ihrem Fuß bleiben:

Daß ausgerechnet im Schatten eines Walls, der den Fortschritt und den Luxus einer imperialen Zivilisation vor den inneren und äußeren Wüsten der Barbarei schützen sollte, ein einziger Pfeil genügte, um den Rückzug eines kaiserlichen Reitertrupps zu erzwingen, verwandelte diese unvorstellbar lange Mauer in eine bis an den Horizont reichende Aschespur, die unter den Windstößen der Jahreszeit in grauen Flockenwirbeln zerstob.

9 **Ān**, *die Geliebte*

Als ob die von einem Pfeil gedemütigten Reiter von ihrer Expedition an die Große Mauer trotz dieser Schmach kostbare Beute mitgebracht hätten, wurden sie auf ihrem Weg zurück ins Herz des Reiches von einem steten, würzigen Frühlingswind begleitet. Die Luft entlang ihrer Route, die, je näher sie ihrem Ziel kamen, immer seltener über Schneezungen führte, dann nur noch über Morastfelder und vom Winter gebleichte Wiesen, war erfüllt von den unvergleichlichen Gerüchen, Klängen und Stimmen des Frühlings:

Selbst in den Gassen der Vorstädte von Běijīng, in deren Abwasserrinnen Fäkalien und stinkender Unrat vom Schmelzwasser beschleunigt dahintrieben, duftete es über allem Gestank nach feuchtem Moos, nach Walderde und blankgespülten Felsen. *Turdus Mandarinus*, die Chinesische Amsel, deren Schattenriß Cox aus einem Atlas kannte, der Vogelmodelle für Spieluhren zeigte, ahmte in ihrer Begeisterung über das Ende des Winters einen Kanon von Geräuschen des Lebens nach, die aus offenen Fenstern drangen – das Schreien eines Säuglings, das Singen eines Wasserkessels oder die seufzenden Tonfolgen einer Bambusflöte, die ein namenloser Schüler in panischer Angst vor den Stockhieben seines Lehrers verzweifelt wiederholte ... Rauchschleier, die aus den Opferschalen der Tempel aufstiegen, verhüllten gnädig den Schwarzschimmel, die Wasserflecken und die an Pockennarben erinnernden Stellen abgefaulten Verputzes an den Häusern von Untertanen, die nicht das Glück hatten, vom Glanz des Hofes beschienen und gewärmt zu werden.

Als der Trupp das von einem weitläufigen Garten umschlossene Gästehaus der Gefährten des Meisters erreichte, zertrampelten die Pferde in der weichen schwarzen Erde zwar Dutzende Sprößlinge, die eben dabei waren, ihre Keimblätter zu entrollen, aber die Übermacht des Lebens, das ans Sonnenlicht drängte, war in diesen Stunden so groß, daß selbst die Hufspuren der Schlachtrosse in den Blumenbeeten nicht viel mehr als hilflose Erinnerungen an die Macht der Zerstörung waren, nicht bedrohlicher als ein einziger, gegen die endlose Länge der Großen Mauer abgeschossener Pfeil.

Die Reiter übergaben ihre Schutzbefohlenen noch vor dem Haustor an vier gelangweilte Gardisten und verschwanden wortlos und so plötzlich, wie sie vor Tagen, in einer schon längst vergangen erscheinenden Jahreszeit, vor der Residenz des Meisters aufgetaucht waren.

Bradshaw und Lockwood, die zur Begrüßung mit zwei Schalen in der Hand aus dem Haus getreten waren, in denen frisch gerollte, glühende Räucherkugeln unter tanzenden Kringeln Aromen von Lavendel und Hyazinthen freisetzten, blickten den Reitern bewundernd nach: Wie mit ihren Pferden, Brustpanzern und Schilden verwachsen, trotteten sie davon. An ihren Helmen loderten Federsträuße in den Blutfarben der Purpurstadt, und an mit Tigerfellstreifen besetzten Satteldecken baumelten daumengroße Tropfen aus Bernstein, in denen vor Jahrmillionen eingeschlossene Insekten die Zeiten überdauert hatten – Silberspinnen, Florfliegen, sogar Skorpione, von einem herankriechenden Harzrinnsal überrascht und umflossen und dadurch vom alles verschlingenden Lauf der Zeit vielleicht ähnlich befreit wie der Herr der zehntausend Jahre.

An Zügeln und Zaumzeug der abziehenden Krieger funkelten aus Granat geschnittene Flammen zum Zeichen, daß dieser Herr, in dessen Namen sie sich ihren Weg durch Gärten oder Schlachtfelder bahnten, nicht nur Gewalt über die Zeit, sondern auch über das Feuer hatte, das Licht von Sonne und Sternen, das alles im Dunkel der Erde schlummernde, verborgene Leben mit seiner Unzahl von Farben und Formen sachte, behutsam und unwiderstehlich aus der Finsternis zog.

Warum nehmen wir nicht einen dieser Krieger als Modell und bauen nach seinem Vorbild eine Spieluhr?, sagte Bradshaw, eine Heldenpuppe, die sich vor den Jahreszeiten verneigt, mit ihren Helmfedern die Windstärken anzeigt und mit Schwert und Schild die Stunden schlägt?

Krieger leben nicht lange genug, um als Zeitmesser zu taugen, und wehender Kopfschmuck, der von den Hufen eines Schlachtrosses in den Schlamm getrampelt wird, bleibt selbst in Sturmböen unbewegt, sagte Merlin, während ihm ein Eunuch auf allen vieren mit seiner speckigen braunen Kutte die Erde von den Stiefeln wischte.

Cox beließ in den nächsten strahlenden Frühlingstagen die goldenen Wehrtürme, die Mauer, das gesamte Gehäuse seiner Glutuhr, ohne Änderungen daran vorzunehmen, so, als hätte er mit dieser Form den Anblick der Wirklichkeit vorweggenommen und auf dem Ritt an die Große Mauer nur geprüft, ob seine Vorstellung in allen Details den tatsächlichen Gegebenheiten entsprach. Aber während sich Lockwood und Bradshaw von der Herstellung des aromatischen Brennstoffs für diese Uhr endlich ab- und gemeinsam mit Merlin wieder ihrer Mechanik zuwenden durften, schien der Meister das Interesse an dem neuen Werk verloren zu haben:

Gut, die technischen Fragen waren gelöst, die

Baupläne lagen in Tusche zur feinmechanischen Ausführung bereit, und Cox gab immer noch jeden Morgen seine Anweisungen, prüfte, korrigierte, lobte – zog sich aber für den Rest des Arbeitstages stets hinter einen mit Bambusblättern bemalten, neunfältigen Paravent aus Kirschholz in einen dämmrigen Winkel der Werkstatt zurück. Dort wartete die silberne Dschunke, die durch die Zeit, die Unsterblichkeit eines Kindes segeln konnte, mit Seidentüchern vor Staub und Zugluft geschützt, auf ihre Begutachtung durch den Erhabenen, auf den bewundernden oder enttäuschten Blick des Kaisers. Und hinter diesem Paravent, verborgen in einem Wirbel gemalter Blätter, die einem namenlosen Hofmaler so täuschend ähnlich der Wirklichkeit geglückt waren, daß Merlin behauptete, er könne das Wispern des Windes in diesem Laub hören, begann Cox, an dem vollendeten Silberschiff ohne die Hilfe seiner Gefährten Korrekturen und Ergänzungen anzubringen:

Er erneuerte das Federhaus, ersetzte Ankerhemmung und Gangregulierung durch Bauteile von einer Präzision, als ginge es nun darum, einen astronomischen Chronographen zu fertigen, ja, montierte ein weiteres Übersetzungsgetriebe für ein zweites, unter Deck verborgenes Uhrwerk und schnitt schließlich Tonzungen und Walzen für ein Spielwerk, das die Melodien von drei Kinderliedern über die Sonne wiedergeben sollte (Cox kannte keine anderen Kinderlieder).

Noch nie in der Geschichte der Automaten und Uhren war eine Musikmaschine wie diese gebaut worden. Selbst die Gefährten hoben erstaunt die Köpfe, wenn sie den Meister hinter seinem gemalten Blätterwerk summen und von seiner Drehbank metallische Tonfolgen hörten, die der gesummten Melodie auf die Tonart genau glichen.

Die Dschunke, nun allein Abigails Spielzeug, sollte nach dem Willen ihres Schöpfers auch eine Stimme haben und in ihrem Laderaum ein vom Wind in den Segeln unabhängiges, zweites Uhrwerk, das mit der feingliedrigen Kette eines an der Bordwand glitzernden Ankers aufzuziehen war und einen ganz anderen Zeitlauf als den eines Kindes maß: die Stunden, Tage und Jahre ihres Planers und Erbauers.

Dieses heimliche Werk würde Cox' eigene Zeit mit der seines Kindes verbinden, zumindest solange der Atem eines Betrachters oder die bloße Zugluft die Segel der Dschunke bauschten. War denn, was er einmal für sein Leben und Glück gehalten hatte, nicht mit dem Tod seiner Tochter und dem Verstummen seiner Frau zum Stillstand gekommen wie eine Uhr, deren Gangreserve erschöpft war?

Wie die Uhr unter Deck mit einem Zug an der Ankerkette wieder in Bewegung zu versetzen war, erwachte auch Cox jeden Tag erst dann wieder zu einem besseren Leben, wenn ein Gedanke an Abigail und Faye ihn streifte, ihn erfüllte – und ließ ihn mechanisch einem Vorhaben, einem Plan, einem kaiserlichen Auftrag folgen und ihn Stunde um Stunde weitergehen, atmen, sprechen, schweigen …

Aber alles in ihm stand jedesmal und immer wieder still, wenn die unerfüllbare Sehnsucht nach seinen Liebsten ihn in einen Zustand leerer Traurigkeit verstieß, in dem er nicht mehr denken, sich auch nicht mehr erinnern, sondern nur noch erschöpft einschlafen konnte, um sich, von wirren Träumen gleichermaßen gelähmt und gejagt, auf die vergebliche Suche nach den Orten seines Heimwehs zu machen.

Erst das Erwachen und ein erster Gedanke an die Gesichter, an die Augen, das Lachen oder die Tränen Abigails, brachten ihn dazu, seine Uhr in Gang zu setzen, indem er den glitzernden winzigen Anker zwischen Daumen und Zeigefinger nahm, an der Kette zog, bis sie sich straffte, und nach einem tiefen Atemzug die Segel der Dschunke mit einem Seufzer füllte:

Nun liefen beide Werke wieder gleichzeitig, nicht synchron, aber in einem sie verbindenden Zeitraum. Und Abigails Werk würde sich vielleicht noch weiter und weiter, von der Zugluft oder menschlichem Atem bewegt, um eine in der Liebe gelagerte Zeitachse drehen, selbst wenn sein eigenes Räderwerk unter Deck längst und unbemerkt zum Stillstand gekommen war.

Cox war nun endlich mit Abigails Spielzeug allein und konnte jedem Klang, jeder Farbe und Lichtstärke seiner Gedanken an sie eine Feder, ein Zahnrad, einen Brillanten oder Rubin zuordnen. Der Kaiser von China hatte eine Uhr in Auftrag gegeben und das Werk in der Überfülle von Dingen, die ihn umgaben, vielleicht schon wieder vergessen, bevor er einen einzigen Blick darauf geworfen hatte, und es dadurch in die Hände des Meisters zurückgelegt. Und Cox hatte, was aus einer kaiserlichen Laune und den Möglichkeiten eines scheinbar grenzenlosen Reichtums entstanden war, in ein schimmerndes Fahrzeug seiner Erinnerung verwandelt, das Abend für Abend wieder unter einem seidenen Überwurf verschwand, weil der Allesbesitzer und Allesbeherrscher keinen Anspruch darauf erhob.

Den Gefährten erschien Cox, wenn er hinter seinem Paravent hervorkam, zum erstenmal seit langem zufrieden, manchmal sogar heiter, wie sie ihn selten gesehen hatten. Die Dschunke war, so viel hatten auch sie verstanden, offensichtlich aus dem Blickfeld des Kaisers gesegelt, dem über den vielen Blutspuren, die seine Herrschaft da und dort hinterließ, eine Uhr für Todgeweihte und das Ende eines menschlichen Lebens wichtiger geworden war als sein kindlicher Anfang.

Warum sollte sich ein als unsterblich angebeteter Herrscher noch um diesen Anfang kümmern, wenn seine Macht in Schlachtfeldern, Richtstätten und überall dort Wurzeln schlug, wo allein das Ende von Bedeutung war und Blut und Leben von Untertanen, Unterworfenen und Ungehorsamen versickerten?

Der Kaiser hatte seine englischen Gäste mit Weißgold, Platin und Rotgold, Silber, Brillanten und Rubinen und was immer sie als Werkstoff gefordert hatten, überschütten lassen, und sie, in diesem Überfluß noch fremd, hatten gedacht, aus diesem Strom von Kostbarkeiten entstehe die Verpflichtung, mit allen ihren Kräften an der Erfüllung eines allerhöchsten Wunsches zu arbeiten. Dabei mußte ihnen wohl entgangen sein, daß einer, der alles besaß, auch das Kostbarste einfach vergessen konnte, ohne daß er etwas vermißte, ja, daß er dabei manchmal sogar die Zeit vergaß, die doch selbst für einen Unsterblichen unwiederbringlich verging.

Als die Tage warm und in den Mittagsstunden manchmal sogar heiß und staubig wurden, unterbrach Cox seine, auch vor den Gefährten geheimgehaltene Uhrmacherarbeit an dem in der Dschunke verborgenen, zweiten Uhrwerk und begann sich dem Inhalt der Ladung zu widmen, deren Deckel an haarfeinen Stahlfedern auf- und zuklappten und aus Fässern und Truhen winzige Fabeltiere und Dämonen zur Anzeige der Stunden und Tage hochschnellen ließen.

Er ersetzte bedrohliche Gespenster und Dämonen

durch Elfen und Feen, die er aus gebürstetem Silberblech schnitt, lötete an ihre zarten Schultern Flügel, Gloriolen aus gehämmertem Weißgold und ließ Sternbilder aus blauen Saphiren um die Spitze des Hauptmastes wie um den Himmelspol kreisen und erweiterte so die Mechanik des kindlichen Zeitlaufs um die Bewegung der Sterne. Denn war Abigail langweilig gewesen, standen schließlich nicht nur die Zeit, sondern auch der Sternenlauf still, die Sonne schien wie an das Firmament genagelt und der Mond festgefroren an die Schwärze der Nacht.

Während er seine Glutuhr in den guten Händen seiner Gefährten wußte, durfte er sich nun, in aller Heimlichkeit und durch den Paravent selbst den Blikken Kiangs entzogen, Abigail zuwenden. Jede Brise, jeder Atemhauch, der in das Großsegel der Dschunke fuhr, ihre Mechanik in Bewegung versetzte und zum Klingen brachte, war ein Spiel, das sein jenseits von Zeit und Raum verlorenes Töchterchen glücklich gemacht oder wenigstens zum Lachen gebracht hätte.

Cox glaubte dieses Lachen manchmal tatsächlich zu hören, wenn sich das Segel unter seinem Atem blähte, hörte, was scheinbar für immer verstummt war, und er wurde darüber für Augenblicke so traumverloren fröhlich, daß seine Gefährten ihn hinter seinem Sichtschutz, aus seinem gemalten Bambuswald, lachen hörten. Den Gefährten gegenüber wurde der Meister dagegen immer stiller. Selbst Merlin zählte mehr und mehr Tage, an denen Cox auch an ihn kein Wort gerichtet hatte, das über technische Fragen und Anweisungen zum Baufortschritt der Glutuhr hinausging.

Wie lange, fragten sich die drei Gefährten auf einem ihrer Heimwege von der Werkstatt hinaus durch das Westtor zum Gästehaus und ihrem mittlerweile in Blüte stehenden Garten, wie lange konnte selbst ein Mensch wie Cox in seinem Bambusversteck allein mit Erinnerungen sein?, Cox, der doch stets hellwach inmitten seiner Gegenwart gewesen war und seine Gedanken und Inspirationen nicht bloß aus Traum und Trauer, sondern aus dem Umgang mit lebendigen Menschen und den unzähligen Klängen, Farben, Geräuschen und Formen der lebendigen Welt geschöpft hatte.

Hatte Cox, wenn er sich ausschließlich mit der silbernen Dschunke beschäftigte, vielleicht den Verdacht, daß das Ding trotz aller Mühen und monatelanger Arbeit nicht makellos genug, nicht kunstvoll genug für einen Gottmenschen war? Aber irgendwann würde doch auch dieses Werk vollendet sein wie bislang jeder Automat, jede Uhr, deren Entwurf der Meister zur Verwirklichung an die Werkbänke hier oder in Liverpool, in Manchester und London gebracht hatte – und spätestens dann würde er doch aus seiner Schweigsamkeit in ihre Gemeinschaft zurückkehren. Auch wenn nach allem, was er erlitten hatte, nichts wieder werden konnte, wie es war, wußte doch niemand besser als er, daß die Zeit sich weder zurückdrehen noch zum Stillstand bringen ließ.

Laß ihn, sagte Bradshaw, als Merlin wieder einmal enttäuscht von einem erfolglosen Versuch aus dem Bambuswald zurückkehrte, mit dem schweigsamen Cox ins Gespräch zu kommen, man muß ihn nur lassen, laß ihn.

Es war in den frühsommerlichen, regenreichen Tagen des Drachenbootfestes, in denen zur Erinnerung an das Schicksal eines Dichters, der vor fast zwei Jahrtausenden aus Verzweiflung über seine Verbannung den Wassertod gesucht hatte, Bootsregatten veranstaltet wurden und Fischer Klebreisbällchen und gewürzte Eier ins Wasser warfen und Wein in die Wellen gossen, um Raubfische und andere gefräßige Bewohner der Tiefe entweder gnädig zu stimmen oder zu berauschen und so davon abzuhalten, den Leichnam des Ertrunkenen zu verschlingen.

Qū Yuán, der unglückliche Dichter, hieß es, ruhte seit der Zeit der Streitenden Reiche und dem Tag seines Freitods unversehrt und mit einem Stein um den Hals auf dem Grund des Stromes Mìluó Jiāng in der Provinz Húnán, und in seinen seit so vielen Jahrhunderten offenen Augen spiegelte sich der von Wellen bewegte Himmel, durch dessen Wolkengebirge an den Festtagen blutrote Flotten von Drachenbooten im Wettstreit dahinglitten.

Auch Kiang war beunruhigt und konnte nicht sagen, warum am dritten Tag dieses Festes, an dem selbst über die unbezwingbaren Mauern der Verbotenen Stadt Musik und verwehender Jubel drangen, schon am frühen Morgen Gardisten das Haus des englischen Meisters zu umstellen begannen, stumme Wächter mit wie versteinerten Gesichtern, die sich am Vormittag zu einem so dichten Kordon schlossen, daß jeder, der zu diesem Haus aus beliebiger Richtung Zutritt suchte, einen vierfachen Ring aus Schulter an Schulter stehenden Schwerbewaffneten passieren mußte.

Wer immer von diesem Ring geschützt werden sollte – der wollte vielleicht Nachschau halten, so wie in vielen Pavillons und Palästen der Verbotenen Stadt manchmal noch im Morgengrauen von Polizei und Soldaten begleitete Mandarine Nachschau hielten, ob, was noch in den verborgensten und dunkelsten Winkeln der Zimmerfluchten geschah, dem Willen des Allerhöchsten entsprach. Der einzige Rat, den Kiang wußte, war, daß im Haus der englischen Gäste in dieser Stunde am besten das und nur das gesagt und getan werden sollte, was von seinen Bewohnern an diesem Ort von höchster Stelle erwartet wurde.

Cox, vom Aufmarsch der Gardisten, ihren Stimmen und dem Knirschen ihrer Schritte im Kies geweckt, hatte die Formierung des Ringes hinter Jalousien stehend fröstelnd verfolgt, aber als die Gefährten zur Arbeit kamen, öffnete sich der Kordon bereitwillig und ließ die überraschten Uhrmacher schweigend passieren. Einige der Krieger standen so nah an den Fenstern der Werkstatt, daß ihre Schatten die Drehbänke streiften. Vielleicht war das keine Nachschau, sondern würde sich auch diesmal eine Eskorte formieren und Cox noch einmal an die Große Mauer bringen, damit er von Kiang an die Behörde gemeldete Fehler oder der Geheimhaltung unterliegende Details am Gehäuse der Glutuhr erkennen und korrigieren konnte?

Was immer sie erwarte, sagte Kiang, die Gäste sollten bloß seinem Rat folgen, die Fenster meiden und an ihre Arbeit zurückkehren. Nun saßen sie gehorsam an ihren Werkstücken – selbst Cox zum erstenmal seit langer Zeit wieder gemeinsam mit den Gefährten: Er hatte Werkzeug, Feilspäne und glitzernde Bauteile vom Liegeplatz der silbernen Dschunke entfernt, die Drehbank leergefegt, das Seidentuch über das makellos erscheinende Schiff geworfen, seinen Bambuswald verlassen und sich an der gemeinsamen Werkbank ohne weitere Erklärungen darangemacht, eine der Glutpfannen für die Feueruhr mit einem Gemisch aus Flugsand und staubfein gemahlenem Meersalz zu glätten.

Schweigend über ihre Verrichtungen gebeugt, sahen weder die englischen Gäste noch Kiang die fünf in Rot und Gold schimmernden, jede von acht Eunuchen getragenen Sänften, vor denen sich der Kordon der Gardisten abermals teilte und sich hinter ihnen wieder schloß.

Lockwood, der jeden Abend flüsternd, manchmal auch so laut und stockend aus der Bibel las, daß Bradshaw oder Merlin ihn zurechtwiesen und drohten, sie würden ihm das Maul mit Polierleder stopfen, hätte sich bei diesem Anblick vielleicht an das Rote Meer erinnert, das sich vor Moses und seinen Israeliten teilte und das Volk Gottes zwischen turmhohen Wasserwänden trockenen Fußes über Seesterne, Muscheln und Korallen hinwegschreiten ließ ... Aber auch Lockwood tat in ängstlicher Erwartung einer Nachschau von höchster Stelle, als wäre er ganz in die mechanische Verwirklichung einer kaiserlichen Phantasie versunken, die jeden in dieser Werkstatt reich machen, aber auch in einen der vielen Abgründe der Ungnade stürzen lassen und im schlimmsten Fall töten konnte.

Und dann dieses Lachen! Die Uhrmacher und ihr Übersetzer, die Gardisten, die den Sänften entstiegenen Würdenträger, selbst die Spottdrosseln, die sich eben noch auf den Schnabeldächern gezankt oder neue Reviere besungen hatten, verharrten plötzlich in einer Stille, in der allein dieses Lachen, ein helles, wie aus reiner, kindlicher Freude oder Begeisterung angestimmtes Lachen, zu hören war.

Dann stießen zwei Bewaffnete, gefolgt von einem hageren, in grüne Seide gekleideten Mann mit eingefallenen Wangen, der auf seiner Brust einen in Silber gestickten Kranich trug, die breite Tür zur Werkstatt auf. Die Engländer hoben die Köpfe und sahen im blendenden Sonnenlicht des Hofes Gardisten knien, sahen den Glanz der Sänften, sahen Fahnen, Lanzen und einen Baldachin, der ausgebreiteten Drachenflügeln glich, in einer aus mehreren Reihen abwechselnd kniender und stehender Krieger gebildeten Gasse und sahen endlich den von Frauen begleiteten, lachenden Mann, hörten das Lachen des Kaisers: Qiánlóng, der Herr der Welt, trat aus der Sonne in den Schatten und über die Schwelle und kam auf sie zu.

Auf die Knie, flüsterte Kiang, der selber bereits auf die Knie gesunken war und mit schweißnasser Stirn den Boden berührte. Aber die englischen Gäste schienen ihn nicht zu hören, waren wie erstarrt, gebannt von der Pracht, die sie umgab.

Qiánlóng trug eine mit Drachenklauen und azurblauen Wolkenbändern bestickte, aus Purpurseide und Goldfäden gewebte Robe und lachte bei jedem Wort, das ihm von einer der Frauen an seiner Seite, vielleicht als Teil eines Wortspiels oder eines Rätsels, zugerufen wurde. Auch die kaum weniger kostbar gekleideten Hofdamen lachten so unbeschwert, als begleiteten sie nicht den Kaiser von China, sondern einen Geliebten, einen Freund, ja einen Bruder, einen heiteren, bestens gelaunten Mann jedenfalls, vor dem sich vielleicht irgendein gesichtsloser, ferner Feind, aber kein Wesen in seiner Nähe fürchten mußte.

Die Gardisten warteten draußen in der Sonne, hatten ihren Ring aber so eng um das Haus gezogen, daß sie dem Herrn der zehntausend Jahre wohl innerhalb eines einzigen Atemzuges hätten beistehen können.

Qiánlóng hatte die Unterkunft des englischen Meisters tatsächlich ohne Leibgarde betreten, lachend, und begleitet nur von fünf seiner mehr als dreitausend Konkubinen, deren Lebensaufgabe darin bestand, ihre Schönheit als kostbarsten Besitz zu pflegen, um dem lachenden Mann gemeinsam mit seinen einundvierzig Ehefrauen die Verbotene Stadt für Stunden oder ganze Nächte in ein irdisches Paradies zu verwandeln.

Wie klein der Allergrößte war. Er, der doch selbst Riesen überragen mußte, war kaum einen Kopf größer als seine Frauen und trat nun auf den knienden, schwitzenden Kiang zu und befahl ihm in einem Tonfall, der am Ende wieder in ein Lachen überfloß, dem englischen Meister jenes Wort zu übersetzen, das im Kreis der Konkubinen gerade von Mund zu

Mund ging: Das Spiel bestand offensichtlich darin, innerhalb kürzester Zeit eine größtmögliche Zahl von Reimen auf ein Wort, einen Namen oder Begriff zu finden, den der Kaiser der lachenden Runde vorwarf.

Kiang war der einzige im Raum, der kniete. Cox, Merlin, Bradshaw, Lockwood, alle saßen in ihrer Überraschung wie festgeschraubt an ihrer Werkbank, als könnten sie nicht fassen, daß es tatsächlich dem Gesetz entsprechen sollte, vor einem lachenden, mit Wortspielen beschäftigten Mann auf die Knie zu sinken und mit der Stirn den Boden zu berühren: Waren denn Heiterkeit und tiefste Ehrfurcht nicht so grundverschieden, daß es ein fataler Fehler sein mußte, diese beiden Haltungen zusammenzuführen, ein Fehler ebenso verhängnisvoll falsch, wie etwa einen Brand mit Öl oder einer Kelle voll Quecksilber löschen zu wollen.

Wenn der Herr der Welt lachte, mußten dann nicht ganze Erdteile in sein Lachen einfallen, gleichgültig, ob auf Knien oder hochaufgerichtet und aus vollen Lungen? Aber vielleicht war es auch eine unverzeihliche Beleidigung des Erhabenen, ohne seine Erlaubnis auch nur zu lächeln. Kein Mandarin, kein Zeremonienmeister gab Rat, und Kiang kniete schweißüberströmt und stumm vor dem Kaiser und seinen Geliebten.

Auch die Frauen wandten sich jetzt dem Übersetzer zu, als wäre nun er an der Reihe, ein neues Wort in ihr Spiel zu bringen. Kiang wagte nicht, einen der Blicke, die er wie einen Glutregen auf seiner Haut spürte, zu erwidern. Und dann, endlich, sprach er das Wort aus, das ihm der Kaiser zu übersetzen befohlen hatte, sagte es aber so leise, daß eine der Frauen sachte, fast zärtlich an seinem gürtellangen Zopf wie an einer Schellenschnur zog und ihn, kichernd, ermutigte, er solle, was er eben geflüstert hatte, doch lauter, lauter! und noch einmal sagen. Und Kiang flüsterte das englische Wort noch einmal, das für den Kaiser und seine Geliebten nur ein fremder Klang und für die Gäste, obwohl verständlich, vollkommen rätselhaft war: *Affenkönig.*

Noch einmal, kicherte die Konkubine, noch einmal!

Affenkönig, wiederholte Kiang und blickte an Qiánlóng vorbei ins Leere, als hätte er mit diesem Wort soeben sein Todesurteil gesprochen.

Die vielleicht jüngste, aber ohne Zweifel eleganteste der fünf Begleiterinnen war ganz in Seide vom gleichen Azurblau gekleidet wie die Wolkenkringel auf der rotgoldenen Robe des Kaisers und versuchte, Kiangs englische Übersetzungen nachzusprechen. Sie gab dabei den Silben einen nie gehörten Rhythmus und dem Wort gleichzeitig einen so exotischen Klang, daß drei der Engländer lächelten. Nur Cox verblieb in seiner Erstarrung, denn wer da so singend gesprochen hatte und nun vom Kaiser zärtlich an der Wange berührt wurde, als wären Vibration, Fülle, ja Temperatur des fremden Wortes noch an ihren Gesichtszügen zu ertasten – war das Mädchen, das auf dem Großen Kanal an ihm vorübergeglitten war, war das Mädchen aus dem Sänftenzug im blutigen Schnee, war die fernste Schönheit, die je in sein Blickfeld geraten war, hell, leuchtend, unerreichbar.

Erinnerte sich dieses Mädchen, erinnerte sich diese Frau, in deren Gesichtszügen er wie in einem behauchten Spiegel gleichzeitig Abigails und Fayes Anmut zu erahnen glaubte ..., erinnerte sich diese Prinzessin – noch wußte es Cox nicht besser und konnte in diesen Frauen nur Prinzessinnen sehen –, erinnerte sich diese feenhafte Schönheit an ihre Begegnung an einem Herbsttag in der Mitte des Großen Kanals? Erkannte sie den englischen Gast des Kaisers in seiner Erstarrung wieder?

Ihr Blick streifte ihn, streifte die Gefährten und schien in einer hochgespannten Wachheit alles wahrzunehmen, was in der breiten, durch die offenstehende Tür einfallenden Sonnenbahn zu sehen war, aber huschte gleich weiter, als gäbe es eine vorgeschriebene, genau bemessene Zeitspanne, die allen Gegenständen und Wesen ihrer Aufmerksamkeit gleichermaßen zustand: huschte also über Cox und die erstarrte Gruppe der Gefährten an der Werkbank, über die goldenen Wehrtürme der Feueruhr, die

Lockwood gerade mit Holzasche befüllt hatte, um die Genauigkeit der Waagebalken unter den Glutpfannen zu erproben – und verfing sich schließlich wie ein Windstoß in den Bambusblättern des Paravents, auf den sie jetzt zeigte. Ihre Geste war unmißverständlich:

Dort, was ist dahinter?

Kiang hatte noch kein Wort gehört, das ihm erlaubt hätte, sich wieder zu erheben, und kroch deshalb auf allen vieren auf den Paravent zu, als befolgte er einen allein an ihn ergangenen Befehl, bis ihm eine der Frauen zurief, er solle doch aufstehen und sich wie ein Mensch bewegen, nicht wie ein schlaftrunkener Welpe. Also erhob er sich endlich und schob den Paravent zur Seite, blieb aber tief gebeugt daneben stehen, um zur Stelle zu sein, wenn, was er sichtbar gemacht hatte, nicht den Erwartungen entsprach: ein Ding. Ein unter einem seidenen Überwurf verborgenes Ding, das seine Enthüllung erwartete. Kiang konnte aus seiner tiefen Verbeugung das Antlitz des Kaisers nicht sehen, spürte aber wohl, daß Qiánlóng alles, was vor ihm verborgen wurde, sehen wollte, und zog den Schleier vom Silberschiff.

Die Ausrufe, Worte und Laute des Entzückens, die dieser Enthüllung folgten, klangen nicht weniger fremd als die singende Übersetzung von *Affenkönig*. Selbst der Kaiser öffnete seinen Mund leicht, und für einen Augenblick sah es aus, als wollte er in den begeisterten Chor seiner Konkubinen einfallen, blieb aber stumm, trat an die Dschunke heran und bedeutete Cox, näher zu kommen. Der wäre beinahe gestolpert, weil er gleichzeitig gehen und sich in seiner Befangenheit nun doch tief verbeugen wollte. Er wußte, daß ihn die paar Schritte zum Silberschiff so nahe an die Schöne vom Großen Kanal heranführen würden, wie er sich noch keinem Traumbild in seinem bisherigen Leben hatte nähern dürfen.

Die Frauen, die Mädchen, drängten sich jetzt alle an das Wunderwerk heran, und Cox spürte, wie sein Arbeitskittel, an dem silberne und weißgoldene Feilspäne glitzerten, an den blauen Faltenwurf der Seidenrobe seiner Prinzessin streifte, und empfand diese Berührung wie auf seiner nackten Haut, die davon unter seinem Hemd rauh wurde.

Er meinte, dieser lustvolle Schauer müßte sich nun selbst auf seinem Gesicht abzeichnen und für jeden im Raum, selbst für den Kaiser, sichtbar werden. Die Hofdamen sahen ihn tatsächlich an und lachten, aber nicht, weil den englischen Meister fröstelte – daß sein Kittel an eine Robe streifte, hatte niemand bemerkt –, sondern weil er aus unerfindlichen Gründen rot geworden war, rot wie ein Büblein, das man bei der Übertretung eines Verbotes ertappt hatte.

Wie?

Cox hatte nicht zugehört.

Obwohl in der Gegenwart des Erhabenen höchste Aufmerksamkeit, ja Hingabe Gesetz war, hatte Cox nicht zugehört. Irgendwer hatte offensichtlich irgendetwas zu ihm gesagt. Eine Männerstimme hatte von irgendwoher zu ihm gesprochen.

War es Merlins Stimme gewesen? Die Stimme Kiangs? Des Kaisers?

Eine der Hofdamen kicherte lauter als die anderen. Aber die eine, deren Robe seinen Kittel immer noch berührte, sah ihn nicht an. Ihr schweifender Blick schien auf dem Silberschiff zur Ruhe gekommen zu sein.

Du sollst dem Herrn der zehntausend Jahre dieses Schiff vorführen, wiederholte Kiang, nicht lauter, aber eindringlicher als zuvor: Du sollst dem Herrn der zehntausend Jahre zeigen, wie diese Dschunke die Zeit mißt und durchpflügt.

Als Cox zu sprechen begann, hörte er sich reden wie in einem Tagtraum. Die Frauen, seine Gefährten, Kiang, der Allerhöchste, alle schrumpften sie, ja: schrumpften, während er sprach, ähnlich schnell und zu einer ähnlichen Winzigkeit, in der er sich an der Großen Mauer, im Pelzdickicht der Satteldecke, vor dem Angriff des Bogenschützen in Sicherheit gebracht hatte. Alle in diesem Raum, im Hafen der Dschunke, wurden zu Spielfigürchen, Passagiere eines silbernen Spielzeugschiffs, das Abigail gehörte und auf dem er, der zinnsoldatengroße Meister Cox, das Kommando führte:

Er hißte also die Segel und nahm sie um ein, zwei Reffs wieder zurück, um zu zeigen, mit welcher fließenden Leichtigkeit alle Manöver auszuführen waren. Warf den Anker, zog ihn hoch, allerdings ohne auf seine Funktion als Aufzug für die zweite, unter Deck verborgene Uhr hinzuweisen. Drehte am Steuerrad und ließ das Ruderblatt alle Anstellwinkel durchflattern, öffnete Ladeluken und ließ Elfen, Feen und Schutzgeister aus Kisten, Körben und Truhen steigen, holte tief Luft, wurde zum Wind, der die Segel blähte und das Uhrwerk in Bewegung setzte, den Lauf der Kindheit. Stückpforten klappten auf und legten Kanonenrohre aus Weißgold frei, aus deren gähnenden Mündungen nach der Verzahnung zierlicher Räder Bergkristallstaub rieselte, der als weißer Schimmer auf dem Holzmeer der Werkbank eine Ahnung von Gischt erzeugte.

Jetzt klatschte auch der Kaiser in seine Hände, an denen kein einziger Ring funkelte, lächelte und ließ Kiang in die Runde der Engländer sagen: Zhèngtŏngs Flaggschiff! Zhèngtŏngs Flaggschiff ist wieder aufgetaucht.

Erst am Abend dieses Frühsommertages, lange nachdem Qiánlóng und seine Frauen, die Gardisten vor dem Haus, die besorgt wartenden Mandarine, Sekretäre und Eunuchen wieder verschwunden waren wie ein Spuk, an dessen Erscheinung niemand, kein Mensch, glauben konnte – der Herr der zehntausend Jahre an der Werkbank der Engländer! –, sollte Kiang den englischen Gästen den Ausruf des Erhabenen deuten:

Zhèngtŏng, ein Kaiser der schon von Qiánlóngs Ahnen gehaßten Míng-Dynastie, habe vor Jahrhunderten, auf dem Höhepunkt seiner Macht, seine riesige, die Weltmeere beherrschende Flotte in Brand setzen und zum Meeresgrund fahren lassen, riesige, gepanzerte Schiffe, auf jedem bis zu sechshundert Seefahrer unter Waffen, weil er überzeugt war, daß der Glanz Chinas so blendend und weitreichend geworden sei, daß der Rest der Welt, von diesem Licht angezogen, an den Thron in der Verbotenen Stadt pilgern, Tribut zollen und seine Unterwerfung anbieten werde. Wozu also noch Seeschlachten, Seereisen, Entdeckungsfahrten?

Natürlich gab es, auch das sollte Kiang noch an diesem Abend nach Cox' zweifelnden Nachfragen sagen – natürlich gab es auch andere Stimmen: Die Flotte sei in Brand gesteckt und versenkt worden, weil Zhèngtŏngs Stern damals bereits im Sinken war, sein Reich im Niedergang und der Geldstrom für diese unbesiegbare Flotte versiegt. Aber die Erzählung von Glanz und Herrlichkeit, vom Glauben an die Übermacht, ja Unbesiegbarkeit Chinas sei schließlich die stärkste Geschichte von allen gewesen und habe deswegen noch Jahrhunderte nach dem Untergang der Míng über alle anderen Deutungen triumphiert und das Flaggschiff in das Symbol einer Macht verwandelt, die nur vom Willen des Kaisers, aber von keinem Feind dieser Welt vernichtet werden konnte.

Zhèngtŏngs Flaggschiff. Cox mußte sich beherrschen, um nicht einem jähen Impuls zu folgen und dem Kaiser in den Arm zu fallen, den Kaiser zu berühren!, als Qiánlóng plötzlich mit beiden Händen nach der Dschunke griff, sie hochhob und kurz in ihre schlaffen Segel blies, sich einer der Konkubinen zuwandte und ihr das Silberschiff wie ein funkelndes, von den Lichtbrechungen zahlloser Edelsteine sprühendes Wickelkind an die Brust legte: Nicht als jemand, der ein Geschenk machen wollte, sondern als einer, der bloß eine dienstbare Hand brauchte, eine Magd, eine Dienerin. Hier: Die da soll das Spielzeug tragen. Dennoch schien diese Übergabe einen eifersüchtigen, bitteren Zug in die weiß geschminkten und mit Goldmehl bestäubten Mienen der anderen Frauen zu zeichnen: Warum sie? Warum nicht ich?

Nur auf dem Gesicht des Mädchens, der Prinzessin vom Großen Kanal, glaubte Cox ein fast spöttisches Lächeln zu entdecken. Denn die zur Schiffsträgerin bestimmte Frau war offensichtlich so überrascht von der Geste des Kaisers, daß sie einen schnellen Schritt seitwärts machen mußte, um unter dem Gewicht des Schatzes nicht das Gleichgewicht zu verlieren. Und noch einmal spürte Cox in der Angst, daß sein Werk klirrend zu Boden fallen und Schaden nehmen, ja untergehen könnte, den Impuls, der Hofdame beizustehen und sie zu stützen.

Kiang, der die Gefahr erkannte, in die sein Schützling geriet, wenn er ein Wesen berührte, auf dessen Körper allein der Kaiser Anspruch erheben durfte, zog Cox an dessen Kittel so heftig zu sich heran, daß Metallspäne aus den Falten rieselten und jeder Kontakt zur Seide der Schönen vom Großen Kanal verlorenging.

Und dann schwebte, segelte die silberne Dschunke in den Armen der Hofdame dem Allerhöchsten und seinen Geliebten tatsächlich wie ein Flaggschiff voran: aus dem gedämpften, von Sonnenbahnen schraffierten Licht der Werkstatt hinaus in den grellen Mittag, schaukelte mit von Sommerbrisen geblähten Segeln unter den Blicken der Mandarine, der Garde und aller schweigend wartenden Untertanen den Lustgärten des Pavillons der Frauen entgegen – ein vom Stapel gelassenes Schiff, dessen Fracht allein aus der Zeit eines Kindes bestand und das verborgen unter Deck und verbunden mit den Zahnrädern der kindlichen Unsterblichkeit eine zweite Uhr in den Strom der Zeit hinaustrug, das mechanische Herz ihres Erbauers.

Aber so unvergeßlich dieses schimmernde Gefährt auch sein mochte, das nun in einer farbenprächtigen Prozession seine Werft langsam hinter sich ließ und für immer aus den Augen der Engländer verschwand – dem Hofstaat blieb vor allem das Unerhörte, ja Skandalöse dieses Tages in Erinnerung: Hatte der Allerhöchste tatsächlich die Gesetze seiner eigenen Dynastie vergessen, als er ohne seine Garde, ohne seine Mandarine, seine Sekretäre und Eunuchen, nur begleitet, aber nicht beschützt von fünf Konkubinen, fünf Huren!, das Haus der englischen Gäste betreten und sich dort schutzlos fremden Augen und fremden Ohren ausgesetzt und mit Handwerkern aus einem barbarischen Abendland gemein gemacht hatte?

Cox' Erinnerungen sollten dagegen nur schnell verblassende Kulissen bewahren, Sensationen von ätherischer Flüchtigkeit, die kein Gewicht hatten, die nichts waren gegen den reinen Klang eines Namens, den er noch am Abend dieses Tages, als er nicht länger schweigen konnte, sondern fragen *mußte*, von Kiang erfuhr:

Ān. Der Name des Mädchens war Ān. Es war Ān gewesen, die er inmitten des Großen Kanals und im blutigen Schnee vor den Fenstern der Werkstatt gesehen hatte.

Aber eine Prinzessin?, sagte Kiang, eine Prinzessin? Keine Prinzessin. Nach ihrem Rang ein Hofdämchen, eine Konkubine, nichts weiter, eine von vielen.

Aber es gab kein Gerede, auch das sollte Cox noch an diesem Abend erfahren, kein Gerede und kein Gerücht in der Verbotenen Stadt, in dem auch nur der geringste Zweifel daran bestand, daß der Erhabene, der Herr der Horizonte, keine Frau mehr liebte als sie, die eines Tages vielleicht alle Zeichen ihres gegenwärtigen Standes abstreifen und sich in eine Kaiserin verwandeln würde. Und keinen Zweifel auch, daß jeder, der dieser Liebe zu nahe kam, zu Staub zerfallen mußte oder zerrissen wurde von den Folgen seines Frevels.

Denn für jeden Mann, der nicht von sich sagen konnte, Kaiser von China zu sein, war Ān ein Lichtjahre entrückter Stern, der nach den Gesetzen einer unbegreiflichen Himmelsmechanik am Firmament erschien und wieder verschwand.

10 **Lì Xià,**
Aufbruch in den Sommer

Aus der vom Huáng Hé durchströmten Provinz Gānsù wurden Aufstände moslemischer Rebellen gemeldet: Abertausende Untertanen des Erhabenen seien aus ihren Dörfern und Städten vertrieben worden und nun auf der Flucht. Aber während die Rebellen am Ufer des Gelben Flusses aus Hunderten abgeschlagener Köpfe kaiserlicher Reiter Schädelpyramiden errichteten und im Namen Allahs ganze Städte in Friedhöfe verwandelten, machte sich der Hof in den Rüstkammern, Garderoben, Kunstsammlungen und Depots daran, seine Übersiedlung aus Běijīng in die Sommerresidenz nach Jehol vorzubereiten.

Der Unbesiegbare wollte einen weiteren Sommer in der staubfreien, belebenden Luft der Berge am Rand der inneren Mongolei verbringen und dort die Sammlung jener Gedichte weiter vergrößern, mit deren kalligraphischer Niederschrift er jeden seiner Tage lange vor Sonnenaufgang begann. Dreitausendsechshundertsiebenundachtzig Gedichte zählten die beiden für die persönlichen Statistiken des Kaisers zuständigen Chronisten in diesen Tagen.

Auch wenn gleichzeitig mit den Nachrichten von der Rebellion in Gānsù ein Reiter aus dem Land Kham, dem Osten Tibets, in der Verbotenen Stadt eintraf und als einziger Überlebender und immer wieder von Weinkrämpfen geschüttelt berichtete, daß aufständische Khampas einem Trupp von kaiserlichen Landvermessern Hände und Füße abgehackt und die Gedärme aus den mit Schwertern geöffneten Bäuchen gezerrt hätten, um sie vor den Augen der immer noch lebenden Verstümmelten Wollschweinen zum Fraß vorzuwerfen, konnte selbst diese Nachricht die Vorbereitungen des Hofes weder stören noch behindern.

(Solche und ähnliche Botschaften wurden allerdings nur im Flüsterton und allein in versiegelten Kreisen der Armee und des Geheimdienstes verbreitet, denn die Mandarine ließen jedem Schwätzer, der das Vertrauen in Qiánlóngs Unbesiegbarkeit untergrub und das Gerede aus den Zirkeln der Geheimnisträger in die Gassen trug, die Zunge abschneiden oder ihm aus einer stählernen Schnabelkelle flüssiges Eisen in den Hals gießen.)

Nein, was immer an Gerüchten und Lageberichten aus den Weiten seines Reiches im Umlauf war – die Vorfreude des Kaisers auf die klare Luft der Mongolei und der mandschurischen Heimat seiner Ahnen war nicht zu trüben. Um Rebellen in irgendeiner barbarischen Wildnis sollten sich seine Generäle kümmern, bis er ihnen befahl, das Kommando in seine Hände zurückzulegen. Denn der kaiserliche Weg in den Sommer war so unaufhaltsam wie die Jahreszeit selbst:

Während Qiánlóng Entscheidungen traf über Ausrüstungen, Kunst- und Uhrensammlungen, Garderoben, Teppiche und Bücher, vor allem Uhren und Bücher, die in der endlosen Prozession des in neunzehn Abteilungen gegliederten Übersiedlungstrosses mitgeführt werden sollten, hörten ihn seine engsten Berater immer wieder vom smaragddunklen Grün der Täler und den sanften, von Vogelstimmen umspielten Höhenrücken schwärmen und vom klaren Wasser des Flusses, der, von heißen vulkanischen Quellen erwärmt, in jedem Badenden eine glückselige, sprachlose Erinnerung an die Zeiten wachrief, in denen er noch geborgen und im Fruchtwasser schwebend, allen Lärm der Welt durch den Leib seiner Mutter zu einer friedlichen Musik gedämpft gehört hatte.

In Jehol hatte Qiánlóng, nicht nur größter Kriegsherr und Dichter, sondern auch größter Baumeister seines Reiches, zu seinem sommerlichen Vergnügen an den Flußufern Dutzende von Tempeln und Palästen errichten lassen, die allesamt auf etwas Strahlenderes, Herrlicheres als den Menschen verwiesen. Und hatte sich für alle, allein nach seinen Plänen errichteten Bauwerke Namen ausgedacht und Gedichte geschrieben über seine zu Architektur gewordenen Träume, während er in den frühen Morgenstunden über seinen Kalligraphien im Bett saß, ja mehr noch, er hatte die Bauwerke selbst zu Gedichten gemacht und Holz und Steine in Poesie verwandelt:

Den *Pavillon zum Hören des Wasserfalls* etwa,
die *Brücke des Föhrenwindes*,
das *Wolkentor zur Morgenröte*,
den *Tempel des Blütengeistes* oder
den *Pavillon zur Befriedung ferner Gebiete* ...,

es gab in Jehol keinen Turm, keine Mauer und kein Tor, das nicht von der blühenden Phantasie des Kaisers entworfen, in allen Dimensionen bestimmt und benannt worden war.

So erschien es den Interpreten des kaiserlichen Willens manchmal, als ob Qiánlóng sich für die Sommermonate nicht bloß in die Heimat seiner Ahnen zurückziehen wollte, sondern ins Innere seines Bewußtseins, dessen unermeßliche Pracht und Vielfalt sich in Jehol in Architektur verwandelt fand. Gestärkt wie von einem ruhigen, von heiteren Träumen durchwirkten Schlaf, konnte er so im Herbst in die Verbotene Stadt zurückkehren und das Herz des Reiches befächeln mit erfrischenden Brisen aus seiner Mandschurei.

An den Ufern von Stauseen, schwärmte Kiang den

englischen Gästen in den Packtagen von ihrem Reiseziel vor, Stauseen so kunstvoll angelegt, daß man sie mit natürlichen Gewässern verwechseln konnte, brüteten mehr als einhundert Vogelarten. Ihre Reviergesänge ließen die in kaiserlichen Gedichten besungene Morgenstille noch tiefer, noch friedlicher erscheinen. Und wenn der Abendwind einsetzte und in den Kronen der Föhrenhaine, die um die Paläste angelegt worden waren, ein melodisches Brausen erzeugte, war es, als ob aller Vogelsang, selbst das Schlagen von Hämmern und das Gebell zorniger oder erschreckter Hunde sich zu einem vielstimmigen, harmonischen Weltgeräusch und einem durch nichts zu störenden Frieden verbanden.

In den Wochen der Aufbruchsvorbereitungen glich der Hof einem Bienenstock, manchmal auch der Hochburg eines Volkes von Blattschneiderameisen, das die unglaublichsten Lasten über den Köpfen stummer Arbeiter dahintaumeln ließ:

Höfe, die ansonsten still und leergefegt in der Sonne lagen, waren nun erfüllt von einem dahin und dorthin führenden, sich dabei aber immer entlang streng vorgeschriebener Weglinien bewegenden Gedränge von Lasten- und Sänftenträgern, Tierbändigern, Stallknechten, Hirten und mit Kleidersäcken und Kisten voll feinstem Teegeschirr beladenen Kammerdienern, Gymnastiklehrern und anderem, rätselhafterem Personal, das in ledernen Koffern und Etuis Teleskope und Mikroskope holländischer und italienischer Optiker und weitere Gerätschaften transportierte, über deren Verwendung im Troß nur gerätselt werden konnte.

Viertausendfünfhundert Menschen zu Pferd, zu Fuß und als Passagiere von Sänften oder rotlackierten und vergoldeten Wagen sollte der Troß umfassen, ein Zug, der aus der Ferne, etwa von einem der Observatorien und Wachtürme auf den Höhenrücken um Běijīng, von einem Heereszug kaum zu unterscheiden war und der wegen seiner Gefräßigkeit in den Landstrichen entlang der Route kaum weniger gefürchtet wurde als ein beutehungriger Feind.

Auch die Uhrmacher, auch die Automatenbauer sollten gemeinsam mit dem Hof in den Sommer ziehen. Denn die Arbeit an den Uhren mußte schließlich in der wohlwollenden Nähe des Kaisers weitergeführt werden und nicht in der fernen Hauptstadt, in der irgendeine unvorhergesehene Störung, Materialmangel oder eine fremdenfeindliche Intrige der Zulieferer sie behindern konnte. Es gab unter den zurückbleibenden Beamten schließlich viele, die über die Privilegien der englischen Gäste ihre Köpfe schüttelten: Hatten nicht selbst europäische Fürsten, ja Könige, schon vergeblich versucht, sich einen Empfang in der Verbotenen Stadt zu erkaufen? Und nun pendelten Handwerker, die kein einziges Wort der

Landessprache fehlerfrei auszusprechen vermochten, Tag für Tag zwischen ihrem Quartier und der Werkstatt ihres Meisters, als wäre das Herz des Reiches ein Spielplatz, den man nach Belieben betreten und wieder verlassen konnte …

Die Vorhut der Prozession in den Sommer setzte sich an einem schwülen Morgen unter wallenden, in windstillen Alleen nur träge verfliegenden Staubwolken bereits in Marsch, während ihre als Schlußabteilungen gedachten Glieder immer noch damit beschäftigt waren, hauchzartes Porzellan, Glasfiguren und mit den Träumen des Kaisers bemalte Vasen in mit Daunen und Baumwolle gefütterten Transportkisten zu verstauen. Jede Abteilung sollte die Vorhut für die jeweils nachkommende bilden und so Zug um Zug vorbereiten, was in der Stunde der Ankunft der Nachkommenden bereits so fließend funktionieren mußte, als hätte es nie einen winterlichen Stillstand gegeben.

Jehol war über Monate in einer Art Schlummer gelegen, in dem bis auf die lebenswichtigen Systeme des Palastkomplexes alle Funktionen in Ruhestellung versetzt worden waren – nicht aus Gründen der Sparsamkeit, sondern weil Qiánlóng, der größte Architekt und Bauherr des Erdkreises, davon überzeugt war, daß auch Gebäude, Paläste, sogar Tempel Erholungsphasen benötigten wie jeder Organismus, Ruhe- und Traumperioden, in denen keine Schritte und keine menschlichen Stimmen in Hallen, Gängen, Gärten zu hören sein und selbst in den Abwasserkanälen nur klares Regen- oder Schmelzwasser rauschen durfte.

Zwei Tage bevor die Reihe aufzubrechen endlich an jener Abteilung war, die auch die englischen Gäste mit ihren Werkzeugen, Materialien und der nahezu vollendeten Glutuhr nach Jehol bringen sollte, wurden Cox und Merlin von Kiang ohne weitere Erklärung gebeten, ihn zu begleiten. Eine verhängte Sänfte brachte sie in einen Hof, den Cox noch nie betreten hatte und dessen Entfernung von seinem Haus er nur ungefähr abschätzen konnte: Die Sänfte schaukelte kaum zehn Minuten dahin. Die Stille, durch die sie sich bewegte, ließ vermuten, daß sie die Verbotene Stadt nicht verließ, aber die mit Jasminblüten und Drachenschuppen bemalten Jalousien ließen sich nicht öffnen. Niemand außer wenigen Berufenen, sagte Kiang, als ein Gardist die Sänftentür vor der Schwelle eines weitläufigen, dämmrigen Pavillons öffnete, niemand sollte sich den Weg zu jenen Orten einprägen können, an denen der Herr der zehntausend Jahre seine geliebten Dinge verwahrte.

Seine geliebten Dinge?, Schätze?, fragte Merlin.

Die Liebe des Kaisers verwandelt selbst ein dürres Blatt, das aus einer Baumkrone herabtanzt und in einer den Himmel spiegelnden Pfütze zu einem vom

Wind bewegten Rettungsfloß für einen ertrinkenden Käfer wird, in ein Kleinod, sagte Kiang.

Obwohl Cox und Merlin schon vor Jahren in London märchenhafte Gerüchte über Qiánlóngs Leidenschaft für Uhren und alle Arten von Zeitmessern gehört hatten und Cox & Co. seit fast ebenso vielen Jahren zu den Lieferanten dieser Leidenschaft zählte, waren die beiden überwältigt von dem, was sie nun im Dämmerlicht des Pavillons sahen:

Tischuhren, Pendeluhren, Standuhren, Wasser- und Sanduhren, sogar aus Goldblech gehämmerte und ziselierte Sonnenuhren, die, von einem Rad nun erloschener Fackeln beleuchtet, einen Sonnentag zu allen Jahreszeiten nach*spielen* konnten, Hunderte, Aberhunderte mechanische Werke, die, auf Podesten oder unter Glasstürzen und in Vitrinen stehend, eine Art Museum der gemessenen Zeit präsentierten, in dem auch Maschinen gesammelt worden waren, deren Funktionsweise selbst Meister wie Cox und Merlin nur erahnen konnten.

Und tief in diesem von Zahnrädern, Federn und Pendeln tickenden, summenden, flüsternden Raum, im Schein von Lampions, die jede dieser Kostbarkeiten wie auf Lichtflößen oder Lichtinseln erscheinen ließen, entdeckte Cox auch jenen mehr als drei Meter hohen, schimmernden Kegel, auf dessen übereinandergelagerten, nach oben kleiner und immer kostbarer werdenden Platinen sich Hunderte Figürchen,

Wasserbüffel aus Jade, Prozessionen von Trägern, Arbeitern, Reisbauern auf silbernen Feldern, Dienern, Prinzessinnen und Soldaten um einen leeren, vollkommen leeren Thron an der Spitze drehten, einen mit Brillanten besetzten Thron aus Jade, schimmernd wie Tau, über dem an haarfeinen, zu Ellipsen gebogenen Golddrähten aufgefädelte Sterne und Planeten schwebten: eine rotgoldene Sonne und ein aus Perlmutt und Silber geformter Mond und in einem Schwarm aus Diamanten, Opalen und Saphiren die Sternbilder der nördlichen Hemisphäre, deren scheinbare Bewegungen gemäß einem die Himmelsmechanik Sekunde um Sekunde, Tag für Tag und Jahr um Jahr nachbildenden Werk den Lauf der Zeit sichtbar machten. Die Himmelsuhr!

Cox wandte sich nach Merlin um, aber der war ebenso gebannt vom Anblick dieses Werkes, das eher einem Schrein, einem Heiligtum glich als einem Meßinstrument. Die Himmelsuhr. Cox hatte während seiner ersten Meisterjahre zum Erstaunen seiner alten Lehrer in Manchester an diesem Wunder mitgebaut, das im Auftrag der Ostindienkompanie in der Manufaktur *Brookstone & Pommeroy* als Geschenk der beharrlich um neue Märkte bemühten englischen Handelsgesellschaften an den chinesischen Kaiserhof entstanden war.

Dieser Altar der Zeit hatte das Gewicht eines Pferdes und hatte mit seinen unzähligen Komplikationen, Abertausenden Arbeitsstunden und kostbaren Materialien Brookstone & Pommeroy an den Rand des Ruins gebracht, denn die Ostindienkompanie hatte unnachgiebig auf der Einhaltung von Kostenvoranschlägen und Lieferterminen bestanden.

Alister Cox hatte die Manufaktur schließlich mit hochverzinsten Krediten zweier Londoner Banken von ihren verzweifelten Besitzern David Brookstone und Joshua Pommeroy übernommen, ihren traditionsreichen Namen gegen alle Bedenken der Kreditgeber durch Cox & Co. ersetzt und damit den Kern seines eigenen, schnell wachsenden Unternehmens in Manchester, Liverpool und London begründet.

Vielleicht würde ja Jacob Merlin eines Tages zu jenem im Namen der Manufaktur aufscheinenden *Co.* werden … Eines Tages. Noch aber war Merlin nur einer von mehr als neunhundert englischen Uhrmachern, Juwelieren und Feinmechanikern, die ihre Fähigkeiten Tag für Tag an Meister Alister Cox verkauften. Aus dem Dämmerlicht des Pavillons ragte nun ein Monument von Cox' eigener Geschichte: die in ganz England und dort selbst von Schwärmern, die sie nie zu Gesicht bekommen hatten, bewunderte und gerühmte Himmelsuhr für den Kaiser von China.

Die Gerüchte, die dieses Wunderwerk während der Baujahre umsponnen hatten, Geschichten von der

Unermeßlichkeit des Reichtums eines als Gott verehrten Herrschers der Qīng-Dynastie, von tagelangen, ja Wochen dauernden höfischen Zeremonien in einer dem Volk verbotenen Stadt, Rituale großartiger als jede Oper ... waren so unglaublich, ja manchmal gespenstisch gewesen, daß der vor allem an technischen Herausforderungen interessierte Cox manchmal daran gezweifelt hatte, ob es diesen Kaiser und seinen auf den Wolken unerschöpflicher Ressourcen schwebenden Hof tatsächlich gab – oder die Ostindienkompanie diese gottähnliche Figur erfunden hatte, um die ungeheuren Kosten für ein Werbe- oder Bestechungsgeschenk im Dienst ihrer eigenen Geschäftsinteressen zu rechtfertigen.

Zwei Dutzend Wärter, flüsterte Kiang, seien unter der Aufsicht einer besonderen, mit allen technischen Erfordernissen vertrauten Wache allein damit beschäftigt, die Uhren in diesem Pavillon nach einem genauen Plan aufzuziehen und nach einer von Astronomen bestimmten Laufzeit auch wieder ruhen zu lassen. Und nun hatten die in stahlblaue Kittel gekleideten Männer den alljährlich wiederkehrenden Auftrag, die von Jahr zu Jahr wechselnde kaiserliche Uhrenauswahl – für den kommenden Sommer immerhin noch mehr als einhundert Werke – für den Transport nach Jehol in mit Watte und Daunen gefütterte Seide zu verpacken. Schließlich wollte der Kaiser auch in Jehol nicht bloß an natürlichen Abläufen wie dem Aufblühen und Verwelken, dem Wechsel von Licht, Dämmerung und Dunkelheit oder der Länge der Schatten, sondern vor allem an seinen geliebten Uhren sehen und durch ihre Melodien und ihre mechanischen Geräusche und Klänge auch *hören*, wie die Zeit verging.

Seit die Himmelsuhr aus Manchester die Verbotene Stadt erreicht hatte, war noch kein Sommer vergangen, an dem sie nicht in einer besonders dafür gefertigten, von dreißig Männern getragenen Sänfte nach Jehol und am Ende des Sommers zurück nach Běijīng geschleppt worden war.

Was für eine Verschwendung aber wäre es, sagte Kiang, einen der Erbauer dieses Wunders zur Verfügung zu haben und auf seinen Rat zu verzichten, wie diese Kostbarkeit am schonendsten über mehr als einhundertfünfzig Meilen zu transportieren war. Daß dafür nur eine Sänfte, nur der menschliche, behutsame Schritt in Frage kam, war nie in Zweifel gestanden, aber die teilweise Zerlegung für den Transport und der neuerliche Zusammenbau in Jehol hatte in der Vergangenheit selbst die fähigsten Feinmechaniker Běijīngs Todesängste ausstehen lassen, wußte doch jeder von ihnen, daß, wer auch nur das kleinste Rädchen dieser Himmelsuhr berührte, mit seinem Leben dafür haftete.

Siebenhundert Figürchen aus einundzwanzig verschiedenen Metallen, Kristallen und Hölzern, geschliffenem Achat, Bernstein und Jade, erinnerte sich Cox, waren damals in diesem Werk verbaut worden, dazu zweihundert Tiere – Pferde, Vögel, Kamele, Elefanten –, neunzig, aus allen Hölzern Chinas geschnitzte, winzige Bäume, aus Flußperlen gestickte Wasserfälle, Kaskaden und Bergbäche – und dann dieses, auf Golddrähte gereihte, den Thron überwölbende Firmament aus Diamanten und Saphiren! Dazu hatten das gesamte Personal dieser Weltlandschaft und alle ihre Kulissen noch in einer zweiten, austauschbaren Version gefertigt und geliefert werden müssen – einmal als Bestandteile eines abendländischen, von einem europäischen Kaiser beherrschten Hofes, ein zweites Mal als die eines chinesischen Kaiserhofes, über dem sich zwar ein Sternen- und Planetenhimmel nach ein und demselben Bewegungsgesetz drehte, dessen Tages- und Nachtstunden aber von unterschiedlicher Länge waren:

So konnte der Herr über diese Uhr mit Imperien spielen wie ein Kind und auf den Thron setzen, wen und wann immer er wollte, und selbst die Sterne nach seinen Launen taufen, aufgehen und wieder versinken lassen. Niemand in der westlichen Welt, wenn nicht Brookstone und Pommeroy, hätte jemals ein Werk wie dieses bauen können, hieß es in einem Schreiben der Ostindienkompanie an die englische Krone. Cox verwahrte eine Kopie davon in seinen Geschäftspapieren als geheime Erinnerung daran, daß der Geist und die Virtuosität, die diese Uhr in Bewegung versetzt hatten, nicht der Geist seiner Lehrmeister in Manchester, sondern vor allem sein eigener gewesen war.

Und jetzt stand dieses Wunderwerk, das Cox in den Jahren seiner Konstruktion oft tage- und nächtelang ferngehalten hatte von seiner geliebten Faye und ihn an einem Winterabend selbst die Geburt Abigails versäumen ließ, im Dämmerlicht des Pavillons vor ihm und sollte, wie Kiang ehrfurchtsvoll wie in einer Kirche oder einem Tempel murmelte, von Merlin und ihm reisefertig gemacht werden: bereit, von dreißig der stärksten Eunuchen aus der Verbotenen Stadt nach Jehol getragen zu werden.

Am Morgen des Aufbruchs, nach vier Tagen erschöpfender Arbeit an der Himmelsuhr, die am Ende zerlegt in zwei Dutzend Kisten und Schatullen verstaut worden war, begann es, in Strömen zu regnen. Die Sänftenträger wateten bereits in der ersten Stunde nach dem Verlassen der Verbotenen Stadt an einigen Straßenpassagen, die von vorausziehenden Abteilungen zertrampelt und durchpflügt worden waren, knöcheltief im Morast.

Merlin und Cox hatten in England oft weite Strekken reitend zurückgelegt und saßen auch jetzt lieber zu Pferd als in einer Sänfte, in der vor allem der monotone Gesang und das Keuchen der Träger zu hören waren, aber für Lockwood und Bradshaw war es das erste Mal, daß sie im Sattel saßen. Die unerwartete Ehre, die man ihnen, Männern ohne Adel, damit erwies, wurde ihnen allerdings bald zur Qual: Bis zum späten Nachmittag hatten sich beide wundgeritten. Man half ihnen aus dem Sattel und wies ihnen leidlich bequeme Plätze auf einem von sechs Wasserbüffeln gezogenen Planwagen zu, der hochbeladen war mit in Öltuch gerollten Teppichen und in Kisten verstauten Vasen. Denn selbst Kiang wagte in der vom anhaltenden Regen und Morast gereizten Atmosphäre nicht zu fragen, ob einer der Höflinge einen Engländer in seine geräumige, prunkvolle Sänfte aufnehmen wollte.

Sieben Tage durfte die Reise nach Jehol gemäß den Erwartungen der Mandarine dauern, sieben Tage allerhöchstens, und dabei mußte sich stets eine Kolonne Ersatzträger bereithalten, weil es noch keinen Zug in den Sommer gegeben hatte, an dem nicht einige der Eunuchen unter den kostbaren Lasten, die sie ohne einen Laut der Klage oder Anstrengung zu schleppen hatten, vor Erschöpfung gestorben waren.

Wenn die Träger im strömenden Regen sangen, während ihnen das Blut vor Anstrengung in den Adern pochte, dann vor allem, weil sich das verbotene Keuchen und Ringen nach Luft in diesen *Schleppliedern* ungestraft als Refrain oder Auftakt einer Strophe tarnen ließ.

Als am fünften Reisetag der Regen aufhörte und gegen Abend des sechsten zwischen dahinrollenden, von dichten Wäldern bestandenen Hügeln und Höhenrücken Nebel aufzusteigen begann, wehende und wallende Schleier über einem von vulkanischen Kräften erhitzten Fluß – und sich aus diesen Schleiern die fernen Pagodendächer und Türme von Jehol erhoben, stand die Uhrenkarawane still.

Alle Gesänge, auch das Keuchen der Träger erstarben. Der Karawanenführer, ein fettleibiger Mandschure, der in den vergangenen Tagen beim geringsten Stocken der Bewegung wie ein allgegenwärtiger Dämon aufgetaucht war und von dem Kiang wußte, daß er wie kaum ein anderer Beamter des Hofes in der Gunst des Allerhöchsten stand, hatte halten und seinen Ausrufer in die herrschende Stille plärren lassen: Dieser Anblick!, dieser Anblick sei der kostbarste Lohn, der jeden Pilger und Wanderer nach Jehol für die ausgestandenen Strapazen entschädige.

Den Trägern von Lasten und Sänften schien allerdings der Reisschnaps kostbarer zu sein, den der fette Mandschure aus großen Korbflaschen ausschenken und seinen Ausrufer dazu schreien ließ, Jehol sei der Beweis dafür, daß der Herr der zehntausend Jahre selbst das Werk von Göttern noch zu veredeln vermochte.

Die Reisenden sollten ihren Blick heben, herhören!, alle sollten sie ihren Blick heben und das Glitzern der Stauseen betrachten, die den kristallklaren, allein von Blütendüften und den Kapriolen des Vogelflugs durchsetzten Himmel spiegelten. Sie sollten den Zug der Wolkenschiffe und die Nebelschleier bewundern und die Zirrusfedern, Boten der Sterne!

Sie sollten, bevor sie ihre Lasten wieder aufnahmen und andächtig die letzten tausend Schritte taten, die sie von Jehol und seiner Pracht noch trennten, dem Rauschen des Wassers und der Föhrenwälder lauschen, alle!, alle sollten sie ihre Köpfe heben und lauschen, wenn sie Ohren und Kopf nicht auf einem Richtblock am heißen Fluß verlieren wollten.

Lauschen!, sie sollten der Musik des Windes in den Zweigen der Nadelbäume und der Wellen lauschen, der Musik dieses vom Herrn der zehntausend Jahre geschaffenen Paradieses, in der alles Stimmengewirr und jeder eitle Lärm dieser verfluchten Welt verklangen.

11 **Āishì,**
der Verlust

Balder Bradshaw, geboren als neuntes von elf Kindern des Zinngießers Tyler Bradshaw und seiner Frau Aelfthryd in der Grafschaft Lancashire, starb neunundzwanzigjährig im Angesicht des Paradieses.

Er hatte den ganzen Tag lang mit Mühe versucht, das Privileg des Reitens neuerlich auszukosten und sich trotz seiner, in den vergangenen Tagen als Passagier auf einem Wasserbüffelkarren kaum ausgeheilten Scheuerstellen aufrecht im Sattel zu halten. Cox und Merlin, die an seinem Todestag einmal vor, einmal neben ihm ritten, hatten seine Haltung gelegentlich zu korrigieren versucht, als der Mandschure das Zeichen zum Halten gab, weil der Anblick des fernen, von Nebeln umflorten Jehol schöner sein sollte als alles, was die Karawane auf ihrem bisherigen Weg in den Sommer zu sehen bekommen hatte: Lauschen! Die Karawane sollte stillstehen und lauschen. Der Mandschure hielt seine zu Muscheln geformten hohlen Hände an die Ohren und bedeutete dem Troß, es ihm nachzutun.

Niemand konnte später mit Sicherheit sagen, warum Bradshaws Pferd, ein muskulöser tibetischer Wallach, plötzlich wiehernd auf die Hinterhand gestiegen und in einen panischen Galopp verfallen war. Von den Sänftenträgern behaupteten einige, daß sie ein kleines Pelztier, einen Fuchs, vielleicht auch ein Wolfsjunges, zwischen den Hufen des Pferdes dahinhuschen gesehen hätten. Andere waren überzeugt, daß sich bloß einige der großen Roßbremsen auf eine vom Sattelgurt blutig gescheuerte Stelle gesetzt und den Wallach schmerzhaft gebissen hatten; es war ja die Zeit der Roßbremsen, die in diesen Wochen Weidevieh und Zugpferde verrückt machten.

Der einzige, der vermutlich die Wahrheit kannte, ein Wasserträger, der den Durst der wertvollsten Tiere unterwegs aus Ledereimern stillte, die er an einer Tragestange schleppte, und Bradshaws Pferd eben hatte tränken wollen, schwieg. Auch er hätte ja nur vermuten können, daß, was er gesehen hatte, zum Tod des vom Erhabenen beschützten Engländers geführt hatte, und fürchtete sich zu reden, ohne gefragt worden zu sein. Wer vom Herrn der zehntausend Jahre beschützt wurde, der konnte, der durfte nicht sterben.

Es war der Wind gewesen. Ein Windstoß hatte den langen, schwarzbraunen Schweif des Pferdes von hinten erfaßt, hochgehoben und für einen Augenblick zu einem dunklen, haarigen Fächer ausgebreitet, der größer war als der müde Reiter. Der spürte nur den Luftzug, sah aber nichts vom Gespenst in seinem Rücken. Nur der Wasserträger und das Pferd, das den Geruch des aus den Ledereimern schwappenden Wassers in seinen Nüstern fing und sich nach dem Träger umdrehte, sahen diese namenlose Erscheinung plötzlich hinter Bradshaw hochsteigen und breit und bedrohlich werden. Der Wallach wieherte vor Entsetzen, stieg auf die Hinterhand und versuchte, der Gefahr mit einem Sprung in den Galopp zu entkommen.

Bradshaw, eben noch versunken in den Anblick der von Flußnebeln umflorten Stadt und wohl auch erleichtert über den Halt, der seinen Kampf um das Gleichgewicht für eine Weile unterbrach, wurde jedenfalls aus dem Sattel geschleudert, stürzte aber nicht auf den moosigen Boden, sondern wurde, mit dem linken Stiefel im Steigbügel gefangen, über mindestens eine Drittelmeile dieser Flucht durch die Wildnis geschleift. Er mußte irgendwo auf diesem panischen Weg mit seiner linken Schläfe so unglücklich und mit aller Wucht gegen einen Felsen oder gegen den Stamm eines von einem längst vergessenen Sturm gefällten Baumes geschlagen sein, daß er schon tot war, als der Wallach von drei berittenen Gardisten endlich eingeholt und zum Stehen gebracht wurde.

Bradshaw sollte der letzte von drei Toten aus der Uhrenkarawane sein, die der Weg nach Jehol am Ende nicht in die von Nachtigallen und Amseln umsungene Sommerresidenz des Kaisers, sondern in den Tod geführt hatte. Aber während die anderen beiden Opfer – ein Fuhrknecht, der von seinem Gespann auf einer Steinbrücke zertrampelt worden, und ein Sänftenträger, der an Erschöpfung gestorben war – den Zug kaum zum Stehen gebracht hatten und in einer Pause, so kurz, daß nicht einmal das Vieh getränkt werden konnte, begraben wurden, verharrte nach einem aufgeregten Durcheinander und einigen vergeblichen Versuchen der beiden Leibärzte des Mandschuren, den Engländer wieder zum Leben zu erwecken, die gesamte Karawane im Stillstand. Einer der Engländer, ein Gast und Schutzbefohlener des Erhabenen, war tot.

Obwohl Jehol mit seinen Türmen, Schnabeldächern, Tempeln und von Pavillons gekrönten Hügeln zum Greifen nah über den Nebelbänken zu schweben schien und gewiß in weniger als zwei Stunden zu erreichen gewesen wäre, ließ der Mandschure das Lager am Ort des Unglücks aufschlagen. Denn nach den Gesetzen des Hofes mußte einen Tag lang jede Bewegung und alle Arbeit ruhen, durfte nicht weitergezogen, nicht weitergefahren, weitermarschiert und auch nicht weitergesegelt werden, wenn ein Mensch, der als Gast des Allmächtigen unter seinem Schutz und in seinem Schatten stand, zu Tode gekommen war:

Gespanne mußten aus dem Joch genommen, Sänften verlassen und in langen Reihen aneinandergestellt und Pferde und Trampeltiere abgesattelt werden. Selbst Schiffe auf hoher See mußten nach diesem Gesetz ihre Anker werfen oder bei schwerem Wetter alle Segel bis auf jenes Tuch reffen, das unerläßlich war, um den Bug gegen die Sturzseen zu halten: Wenn der Tod das Leben eines Menschen aus dem Schatten des Kaisers forderte, mußte auch der Rest des Lebens für einen Tag stillstehen.

Als in der Dämmerung die ersten Kochfeuer entzündet wurden und kurz darauf Boten aus Jehol kamen, um zu erfragen, warum die Karawane nicht in die Stadt einzog, ruhte Balder Bradshaw bereits in graue Seide gehüllt auf einem Katafalk vor einem Granitfelsen, der am nächsten Morgen sein Grab überragen sollte. Der Mandschure hatte gegen die Stimmen der Engländer, die ihren Gefährten nach Jehol bringen und dort bestatten wollten, verfügt, daß der Gestürzte am Ort seines Unglücks, im Schatten dieses Felsturms bestattet werden und damit die Dämonen versöhnen sollte: Der gefallene Reiter müsse den Geistern, die an seinem Tod mitgewirkt hatten, so lange Gesellschaft leisten, bis er ihnen seine Geschichte erzählt und sie so vertraut gemacht hatte mit seinem Leben, daß sie ihn in Frieden in eine Welt entließen, in der es keine Zeit und keine Ziele mehr gab.

Aram Lockwood versuchte vergeblich, seine Tränen hinter gefalteten Händen zu verbergen, während er fast drei Stunden an Bradshaws Katafalk kniete und auch für seine Gefährten unverständliche Gebete und Anrufungen murmelte. Als Cox ihn schließlich dazu überredete, sich doch zu erheben und sein Lager aufzusuchen – der Mandschure war wegen der unter Tränen geflüsterten, für die Karawane möglicherweise bedrohlichen magischen Formeln bereits mißtrauisch geworden –, sagte Lockwood, daß ohne Balder dieses verfluchte Abenteuer in China oder der Mongolei oder wohin immer sie hier geraten waren, nichts mehr wert sei, gar nichts mehr. Diese unglückselige Reise sei nur noch eine Strafe. Er wolle nach Hause.

Jacob Merlin, der schon an den Werkbänken in Liverpool, in Manchester und London sowohl mit Bradshaw als auch mit Lockwood, den begabtesten Feinmechanikern, Uhrmachern und Goldschmieden von Cox & Co., in stundenlangen Besprechungen technische Details wieder und wieder diskutiert und dabei die Vornamen der beiden dennoch immer wieder verwechselt hatte, schwieg an diesem Abend. Er war schweigend vor Bradshaws blutüberstömtem Leichnam gestanden, hatte schweigend zugesehen, wie der Tote von Eunuchen gewaschen und in graue

Seide gehüllt wurde, hatte sich dabei die Unterlippe blutig gebissen und saß nun schweigend vor dem Katafalk.

Allein Alister Cox tat, als könnte er auch in seiner Trauer und Verwirrung der Rolle als Meister der englischen Mission gerecht werden. Er hörte Kiang scheinbar regungslos zu, als der ihm die Absichten und Entscheidungen des Mandschuren übersetzte, legte seinen Arm um Lockwoods Schultern, versuchte, ihn mit dem Hinweis zu trösten, daß die gemeinsame Fortsetzung der Arbeit an einem neuen, der Himmelsuhr ebenbürtigen Werk allein der Erinnerung an Balder Bradshaw gewidmet sein solle, ein Denkmal für Balder, und schämte sich insgeheim doch, als ihm dabei mit Erleichterung zu Bewußtsein kam, daß Bradshaw der einzige von seinen Gefährten war, den er ohne große Mühe ersetzen konnte. Hätte das Unglück Merlin oder Lockwood getroffen – Cox wäre ohne die virtuosen Fertigkeiten auch nur eines dieser beiden nicht imstande gewesen, die bereits weit gediehene Glutuhr zu vollenden.

Gewiß, Balder war ein begnadeter Mechaniker und Goldschmied gewesen, aber was er gekonnt hatte, konnten Merlin und Lockwood und er selbst auch. Unersetzlich waren dagegen Merlins Begabungen als Erfinder unglaublicher Uhrenantriebe – Pendelsysteme, Wasser-, Wind- und Sandmotoren … –, und wenn es so etwas wie einen Virtuosen aller Spielformen der Unruh gab, des pochenden, surrenden oder auch lautlos rasenden Herzens handlicher Uhrwerke, dann war das neben ihm selbst Aram Lockwood.

Die drei Meister ihres Fachs, die jetzt am Katafalk des vierten Totenwache hielten, waren gemeinsam immer noch fähig, die Wünsche, ja Träume eines Kaisers in Mechanik zu verwandeln, weil jeder von ihnen und in jeder Bauphase auch die Arbeit Bradshaws tun konnte. Ohne Merlin oder Lockwood hätte dagegen selbst der Kaiser von China bestenfalls ein Werk erwarten dürfen, das kein einziges der vielen übertraf, die von der Karawane in gepolsterten Schatullen und Truhen nach Jehol getragen wurden.

Obwohl Cox erleichtert war über die Ersetzbarkeit eines seiner besten Handwerker, konnte er es doch nur schwer ertragen, Bradshaw nun ebenso tot, ebenso unerreichbar zu wissen wie Abigail – und damit seinem Töchterchen gleichgestellt. Niemand!, niemand durfte dort sein, wo Abigail war. Abigail, sein Engel, der ihn bis ans Ende seines eigenen Lebens begleiten würde, war unersetzlich, unvergleichlich und war einzig, wohin immer der Tod sie ihm entrissen hatte. Kein menschliches Wesen der Vergangenheit und keines der Zukunft war je so geliebt und so vermißt worden – und war nun so tot wie sie.

Bradshaws Bestattung am nächsten Morgen geschah fast beiläufig und wäre einem unbeteiligten Beobachter wie ein Teil des allgemeinen Aufbruchs erschienen – Zelte wurden abgebaut, Tragtiere neu beladen, Sänften mit Marderhaarbürsten vom Staub des Vortags befreit, Wasserbüffel ins Joch gespannt, die letzte Glut der Kochfeuer als Vorsichtsmaßnahme gegen Waldbrände mit Erde und Sand erstickt – und ein in Seidenbahnen gehüllter Fremder im Schatten einer Felsnadel in ein Grab gelegt, das wegen des unstillbaren Hungers mongolischer Wölfe tiefer als auf Reisen üblich ausgehoben worden war.

Cox zweifelte daran, daß der Mandschure bei seiner Bestimmung der Grabstelle tatsächlich auch daran gedacht hatte – aber im Licht der rasch höher steigenden Morgensonne zeigte sich, daß der Schatten des Felsens, an dem Bradshaw begraben lag, von nun an im Lauf eines Tages wie der Zeiger einer Sonnenuhr über dieses Grab gleiten, verschwinden, Morgen für Morgen wiederkehren und Balder so im Inneren einer Uhr ruhen lassen würde, deren Taktgeber die Himmelsmechanik selber war.

Während drei Lastenträger die Grube mit Erde, Sand und der Asche armdicker Räucherstäbe füllten und nach Merlins Anweisungen flache, vom heißen Fluß geschliffene Steine auf den Grabhügel legten, zurrten Fuhrknechte die Ladungen fest, kletterten auf die mit Büffelleder bespannten Kutschböcke und brachten ihre Wagen in Formation. Nur die drei Engländer und Kiang verfolgten tatenlos und schweigend die Arbeit der Totengräber, als hinge die Auferstehung ihres Gefährten oder ihr eigenes Leben von jedem einzelnen der am Grab verrichteten Handgriffe ab. Als der letzte Stein auf der Ruhestätte lag, gab der Mandschure das Zeichen zum Aufbruch.

Die Sänftenträger stimmten ein Schlepplied an, dessen mehr als einhundert Strophen sie an diesem Tag wohl nicht alle würden singen müssen: Vor ihnen lag die kürzeste Etappe des Zuges nach Jehol. Die goldenen Pagodendächer der Stadt schimmerten nah und so verheißungsvoll in der Sonne und mußten noch vor Mittag zu erreichen sein. Nur dicht über den schattigen Ufern des Flusses trieben noch einzelne Nebelschwaden wie Rauch. Im trägen Kehrwasser am Ufer schaukelten Teppiche aus dem Herbstlaub des vergangenen Jahrs. Der Tag würde sommerlich heiß und wolkenlos werden.

Rührte der Glanz der nahen Stadt vielleicht von der Tatsache, daß der Erhabene sie bereits bewohnte und seine Anwesenheit Banner und Wimpel in den Brisen schlagen ließ und die Bewohner der Stadt dazu verpflichtete, ihre Straßen und Gassen zu fegen, Türen und Tore mit Aschenlauge zu bürsten und Kanäle und Seerosenteiche von allem Unrat und Treibgut zu befreien? Einige der goldenen Dächer schimmerten, als hätten die Handwerker die letzten

Schindeln eben erst verlegt, ihre Gerüste abgebaut und stünden nun versunken in den Anblick ihres makellosen Werks in den Gassen. Aus der Ferne waren die unverwechselbaren Gongschläge zu hören, von denen die Wachablöse der Garde begleitet wurde. Hatte der Kaiser seinen Sommerpalast tatsächlich bereits bezogen?

Weder in der Karawane noch im Heer der Diener, Eunuchen und Beamten, die den Troß an diesem Tag in Jehol empfingen, konnte oder wollte einer Auskunft geben:

Der Kaiser entschied stets allein, wann ein Mandarin einen Ausrufer auf die Plattform des mit Graphit bestrichenen *Pavillons der Windstille* befahl und ihn unter mehrmaligen, in einem priesterlichen Singsang vorgetragenen Wiederholungen verkünden ließ, daß mit der Ankunft der Sonne des Reiches der Sommer begonnen habe.

Der Erhabene allein bestimmte, wann er sichtbar und wann er unsichtbar sein wollte, wann er einer Stadt mit seiner Anwesenheit tatsächlich Glanz verlieh und wann dieser Glanz nur Abglanz war und nicht viel mehr bedeutete, als daß jeder Ort dieser Welt zu jeder Stunde bereit sein mußte, den Allmächtigen zu empfangen, wenn er sich nicht der Gefahr aussetzen wollte, in Staub und Asche zu versinken.

Der kaiserliche Wille wurde erfüllt, ohne daß der

Erhabene dazu seinen Fuß auf irgendeinen Ort setzen mußte: Der ankommende Troß löste sich innerhalb weniger Minuten auf, verschwand in den Palästen Jehols oder in als Paläste dekorierten Wirtschaftsgebäuden, in Ställen und zwischen Teichen und Brücken, von steinernen Drachen bewachten Plätzen und offenen Pavillons. Danach sank die Stadt wieder in einen von flimmernder Hitze umschlossenen Frieden zurück, in dem kaum eine menschliche Stimme zu hören war. An zwei weit voneinander entfernten Orten kläfften Hunde, die sich offensichtlich über die Ankunft des Trosses nicht beruhigen konnten. Vögel sangen. Sangen, wohin sich ein eben Angekommener auch wandte. Die Zahl der Sänger mußte ungeheuer sein.

Dreißig Paläste hatte Qiánlóng am heißen Fluß erbauen lassen und wurde einem seiner zahllosen Titel gerecht, wenn er als Größter Architekt und Bauherr unter den Sternen diese und andere seiner Residenzen weiter befestigte, erneuerte und unbezwingbar machte, sie dabei aber gleichzeitig auch mit Gärten, Spielplätzen und Parks bis zur Märchenhaftigkeit schmückte. Noch kein Europäer hatte das Paradies von Jehol gesehen. Cox und seine Gefährten waren vielleicht die ersten, ohne es zu ahnen: Keiner von ihnen verfügte schließlich über diplomatisches Wissen, und selbst die Verwalter der Residenz konnten nicht sagen, ob der Erhabene hier jemals geheime Abgesandte oder Gäste aus dem Abendland empfangen hatte.

Den Engländern und ihrem Übersetzer war von einem Palastbeamten, den auch Kiang nur mit Mühe verstehen konnte, ein geräumiger Pavillon als Wohn- und Arbeitsstätte zugewiesen worden. Kiang übersetzte stockend, der Bau sei erst im vergangenen Frühjahr fertiggestellt worden und habe bisher nur gute Geister, aber keine Menschen beherbergt.

Die Schlaf- und Wohnräume waren ganz in Blau gehalten, zwei Teezimmer in tiefem Rot, die Werkstätte und ein mit vulkanischer Energie betriebenes Dampfbad in Weiß: Die Farben der Luft, der Wolken, von Feuer und Wasser sollten die Arbeit segnen und befördern, die hier getan werden mußte.

Wie eine Insel stand der Pavillon inmitten eines von vier zierlichen Holzstegen überspannten Lotosteiches, in dem in der Stunde ihrer Ankunft zwei schwarze Schwäne miteinander kämpften.

12 **Jehol,**
am heißen Fluß

In den von Vogelstimmen erfüllten Wäldern von Jehol, sagte Kiang, während er den englischen Gästen behilflich war, Gepäck und Werkzeug zu verstauen, brüteten mehr als einhundert in den Aquarellsammlungen der Sommerresidenz porträtierte Vogelarten, unter ihnen Singvögel, die mit ihren Liebesliedern und Reviergesängen nahezu jeden menschlichen Lärm zu überstimmen oder wenigstens zu veredeln vermochten. Der von heißen Quellen erwärmte Fluß speise gemäß den Plänen, Träumen und Phantasien des Kaisers tiefgrüne, in dieses singende Land gesetzte künstliche Seen, in denen sich ein von Düften, Blütenpollen und den Kapriolen des Vogelflugs durchsetzter Himmel spiegeln solle als das vom imperialen Willen zur Erde herabbefohlene Universum.

Aber in der klaren Luft von Jehol, sagte Kiang und pickte mit Daumen und Zeigefinger einige aus einer Spanschachtel zu Boden gerieselte Silberschräubchen auf, als wollte er einen Vogel nachahmen …, in der klaren Luft von Jehol wurden nicht nur Staub und Lärm aus den Sommermonaten gefiltert und gewaschen, sondern vor allem die Mühen der Herrschaft, das Gift der Macht, der Intrigen und rasenden Strafgerichte, die jede Gesetzesverletzung in Sturzseen von Blut ertränkten. In Jehol gab es keine Richter und keine Henker. Denn niemand, über den in der Verbotenen Stadt je eine Beschwerde oder Klage laut geworden war, durfte diese Residenz betreten, in der ein sommerlicher, allein von gelegentlichen Jagdzügen unterbrochener und Jahr für Jahr von neuem ausgerufener, heiterer Friede herrschte.

Nur die gefügigsten aller Untertanen dürften ihre Sommer in Jehol verbringen?, fragte Merlin. Er saß bereits an jenem Fenster, an das er seinen Arbeitstisch rücken wollte, um den Blick über schwimmende Lotosblüten hinweg auf von Kiefern bestandene Höhenzüge genießen zu können, wenn er von einem Werkstück aufsah. Nur die Gefügigsten, Bravsten? Konnte das denn nicht auch heißen, daß die Bewohner dieser Stadt aus sklavischen Gefolgsleuten, strohdummen Dienern und vor allem: raffiniertesten Intriganten bestanden, die ihre wahren Absichten besser als jeder ihrer Konkurrenten unter den Höflingen zu verbergen wußten?

Ein Gast solle auch in Jehol auf seine Worte und seine Gedanken achten, antwortete Kiang, plötzlich leiser geworden, denn nicht anders als in der Verbotenen Stadt hätten die Wände auch hier Augen und

Ohren. Selbst das Mienenspiel eines Verdächtigen werde hier gelesen, gedeutet und zur Verwendung in einem Observationsprotokoll archiviert.

Nur eine Frage, sagte Merlin, war nur eine Frage.

Aber Kiang hatte sich schon wieder einem Regal zugewandt, auf dem Dutzende Büchsen mit versilberten und vergoldeten Schrauben in verschiedenen Größen bis zur Winzigkeit, Federn und Stahlstifte aufgereiht werden sollten, und schwieg.

Die ersten sieben Tage im Paradies vergingen für die englischen Gäste mit dem Aufbau und der Neujustierung der Himmelsuhr. Die bisherigen Wärter des Werks, ein von Brandmalen entstellter Meister aus Běijīng verfolgte mit seinen unterwürfigen Gehilfen die geübten, von keinem Zögern unterbrochenen Handgriffe der Engländer manchmal mit Zweifel, manchmal mit Überraschung und Bewunderung: So und nur so, sagte ihnen Kiang, sollten auch sie in Zukunft die Wartung des Werks besorgen.

Als ob diese Arbeit bloß Teil eines bereits in der Verbotenen Stadt geplanten Eröffnungsrituals gewesen wäre, wurde nach dem Abschluß des Zusammenbaus am achten Tag die Ankunft des Erhabenen auf dem *Platz der Zikadenchöre* ausgerufen, und damit der Beginn des Sommers.

Wenn der Kaiser in der Verbotenen Stadt oder irgendeiner anderen seiner befestigten Residenzen

Einzug hielt, waren alle Augen auf ihn gerichtet – oder zumindest auf jene kostbare Sänfte, in der man ihn vermutete, oder auf eine Drachendschunke, die ihn dem Vernehmen nach trug. Baldachine schwebten wie fliegende Teppiche über den Köpfen langer Prozessionen dahin, Fahnen und Wimpel schlugen im Wind, und ganze Felder aus Standarten und Lanzen wogten über Brücken und durch Paradestraßen und jubelnde Alleen.

Allein in Jehol schienen viele Gesetze, die das Kommen und Gehen des Herrschers betrafen, außer Kraft. Hier kam und ging Qiánlóng so unmerklich und unaufhaltsam wie die Dämmerung, wie das Morgengrauen oder der Anbruch der Nacht. Und seine Anwesenheit wurde erst unbezweifelbar und als vollendete Tatsache bewußt, wenn sie auf Plätzen wie jenem der Zikadenchöre ausgerufen wurde.

Dazu wurde diese Ankunft jedesmal mit einem anderen spektakulären Zeichen verbunden. In den vergangenen Jahren war eines dieser Zeichen die Einweihung eines künstlichen, von Purpurlotosinseln geschmückten Sees gewesen, dessen Ufer während der monatelangen Arbeit einer Armee von Teichgräbern, Gärtnern und Wassertechnikern hinter einem turmhohen, mit dem Abbild der ursprünglichen Wildnis bemalten Spannvorhang verborgen war.

Unter dem Spinnenlicht von Feuerwerksgarben war dieser Vorhang dann in scheinbar bis zu den

Sternen hochschlagenden Flammen verraucht. Die auf die Erde herabtaumelnden Glutflocken sollten die vom Erhabenen bewirkte Verwandlung einer struppigen Wildnis in eine die Sterne und das Morgenrot und niemals gesehene Ufergärten spiegelnde Seelandschaft enthüllen und beleuchten.

In einem anderen Jahr war es wiederum ein Wasserfall in den rotgoldenen Farben der Dynastie gewesen, der, gespeist von einem in den Bergen verborgenen Speicher, auf einen Wink des unsichtbar in Jehol thronenden Kaisers brausend und von in einer Reihe aufflackernder, farbiger Fackeln erleuchtet aus einer die Stadt überragenden Steilwand sprang. Aus einer nackten! Felswand sprang, die bis dahin noch nicht einmal von einem glucksenden Rinnsal oder einem Bergbach geschmückt worden war.

Und diesmal, sagte Kiang, als er an einem glühenden Vormittag von einer Audienz bei jenem Mandarin zurückkehrte, den er in allen die Engländer betreffenden Angelegenheiten konsultieren mußte, diesmal war es die von den englischen Gästen vorgenommene Neuzusammensetzung und Aufstellung der Himmelsuhr, des Kaisers liebstes Spielzeug, die zum Zeichen Seiner Ankunft bestimmt worden war: zum Zeichen Seiner Ankunft.

Denn in einem so makellosen Zustand und mit einer so vollendeten Präzision, mit der das Werk sich unter den Händen der englischen Meister neuerlich zu drehen begonnen hatte, sei dieses Geschenk der Ostindienkompanie (das englischen Kaufleuten immerhin zwei neue Handelsrouten eröffnet hatte) selbst am Tag der Übergabe nicht gewesen.

Daß der Kaiser seine Ankunft im Sommer mit dem ersten Ton des Glockenspiels dieser Uhr verbinden wolle und mit diesem Klang den Beginn einer neuen Jahreszeit festlege, sagte Kiang, sei vielleicht ein Zeichen der höchsten Gunst, das allein seinen Gästen galt. Denn anders als die Sensation eines Wasserfalls oder eines in einem Feuerdrama und Ascheregen enthüllten Sees waren es doch die nur wenigen Eingeweihten zugänglichen, in Tresoren und Schatzkammern gehüteten Attraktionen und Kostbarkeiten, die alle Aufmerksamkeit des Hofes – und des Volkes! erregten und sie in einen geradezu explosiven Zustand versetzten. Selbst ein graues Ding der Wirklichkeit, das unter Verschluß gehalten und nur selten gezeigt wurde, konnte dadurch ins Maßlose, ja Wunderbare überhöht werden und adelte jeden damit Befaßten.

Ein Astronom aus Tiānjīn, dem die Aufsicht über die Wartung und Bewachung der Himmelsuhr als höchste Auszeichnung seines bisherigen Lebens übertragen worden war, hatte in einer der vielen Sitzungen zur Vorbereitung des Sommers vorgeschlagen, diese Uhr doch für einen Tag auf dem Platz der Zikadenchöre zu zeigen. Den Bewohnern Jehols sollte dieses Wunder als Beweis dafür vorgeführt werden, daß der Herr der zehntausend Jahre nicht nur über Anfang und Ende der Zeit, sondern auch über ihre Messung und das Tempo ihres Vergehens gebot. Aus dem Schatten des Kaisers war allerdings nie eine Antwort auf diesen Vorschlag gekommen und der Astronom seither oft schlaflos vor Angst, in Ungnade gefallen zu sein.

Die Himmelsuhr, Tag und Nacht von mondweißen Perlmuttlampions beleuchtet, ragte an einem allein dem Erhabenen vorbehaltenen fensterlosen Ort ins Dunkel des *Pavillons der fließenden Zeit*:

Kein einfallendes Sonnenlicht sollte der Farbenpracht ihres geschnitzten oder gegossenen, um einen leeren Thron rotierenden Personals schaden und die schimmernden Kleider der winzigen, höfischen Püppchen bleichen, die roten Panzer der Kriegerlein, die Strahlenkränze guter und böser Geister, die kostbaren Mäntel von Prinzessinnen und Konkubinen, die Wasserbüffel, die Reisbauern, die Fischer.

Das Thrönchen an der Spitze dieses Werks blieb stets leer, bis der Kaiser den Pavillon betrat und sein eigenes, kaum mehr als fingergroßes Abbild oder das noch kleinere Abbild eines fernen Herrschers von seinen Gnaden auf den Gipfel der Welt setzte. Mehr als ein Dutzend solcher Herrscherpüppchen lagen in einer Schatulle bereit, die nur der Kaiser öffnen durfte, um dann irgendeinen Herrn der Welt seiner Wahl zur Probe oder zum Spaß auf den Thron zu setzen, damit sich das Universum dann zum Spott und nur für einige Umdrehungen des Räderwerks allein um diesen Nachfolger bewegte.

Die wenigen Menschen, die Qiánlóng je gedankenverloren vor seinem liebsten Spielzeug gesehen hatten – einige seiner Frauen und Konkubinen, Leibwächter, Uhrenwärter und Kammerdiener, die in diesen Augenblicken unsichtbar im Dunkel des Pavillons auf ein Wort oder Zeichen des Erhabenen warteten –, fühlten sich an ein spielendes Kind erinnert, das gelegentlich selbst das Abbild eines feindlichen Heerführers oder revolutionären Nomadenkommandeurs auf die rotierende Spitze der Uhr setzte, um an dieser Zeitmaschine zu sehen, wie lächerlich, wie grotesk und einer Wahnfigur ähnlich jedes andere menschliche Wesen auf diesem Thron erschien, um den sich nicht allein Zhōng Guó, das Reich der Mitte, sondern Himmel und Erde drehten.

Manchmal kam es einem Zeugen dieser von vielfältigen mechanischen Geräuschen des Räderwerks erfüllten Stunden vor, als ob der Unbesiegbare alle seine Widersacher oder Feinde nur als Spielfigürchen auf den Drehtellern seiner Himmelsuhr sah, denen er für einige Augenblicke seinen Platz im Herzen des Kosmos überließ, bevor er sie vernichtete.

Die englischen Gäste erbaten in der ersten Zeit nach ihrer Ankunft in Jehol die Erlaubnis, einmal jede Woche in einem einer Wallfahrt gleichenden Nachmittagsausflug Balders Grab zu besuchen. Sie ritten dann zu *Balders Sonnenuhr*, wie Cox die Grabstätte schon bei ihrem ersten Besuch genannt und insgeheim damit den Gedanken verbunden hatte, daß Balder Bradshaw im Inneren dieser Uhr gegenwärtig blieb.

Cox schloß sich diesen Besuchen aus Respekt vor seinen Gefährten, aber doch nur mit Widerwillen an, weil diese Gänge sich mit Erinnerungen an Abigails Grab in Highgate verbanden. Erst als Balders Grabstätte allmählich zu einem bloßen Monument zu verblassen begann, das wegen seiner Ähnlichkeit mit einer Sonnenuhr seine eigentliche Bestimmung vergessen ließ, war auch Cox bereit zu vergessen, daß unter der wie ein Zeiger aufragenden Felsnadel einer seiner besten Uhrmacher die Auferstehung erwartete. Auferstehung: So jedenfalls hieß es in Lockwoods Gebeten, die er immer noch vor dem Grabmal murmelte und dabei manchmal weinte.

Nachdem die englischen Gäste an einem gewittrigen Julitag alle Vorbereitungen und Zurichtungen der Werkstatt abgeschlossen hatten und nach der zeitraubenden Aufstellung der Himmelsuhr endlich damit beginnen wollten, die Arbeiten zur Vollendung der Glutuhr wiederaufzunehmen, wurde ihnen von Kiang mitgeteilt, daß der Erhabene einmal mehr mit anderen Absichten spielte. Die englischen Gäste sollten alle Arbeiten vorerst ruhen lassen und auf ein Zeichen des Kaisers warten.

Über dem Warten, Warten und Warten auf das kaiserliche Zeichen wurde es August. Und Cox und seine Gefährten begannen sich mit dem Gedanken vertraut zu machen, daß der Kaiser seine Mußestunden lieber doch mit seinem alten, bewährten Spielzeug verbringen wollte als mit den Ergebnissen neuester mechanischer Experimente.

Aber mit dem Einsetzen eines tagelang gleichmäßig herabrauschenden Regens und eines milden, nach Kiefernharz, Lavendel und Lotos duftenden Windes kam jener alles verändernde Morgen, an dem nicht nur Cox, sondern auch Merlin zu einer Zeit geweckt wurden, zu der die letzten Sterne noch am westlichen Firmament standen, während im Osten die Kuppen und Gipfel der Berge um Jehol als schwarze Scherenschnitte ins erste Rot und Violett des heraufziehenden Tages ragten. Die Nacht war vorüber.

Der Herr der zehntausend Jahre, flüsterte Kiang den Schlafenden ins Ohr, wolle den Meistern aus England jetzt, in dieser Stunde, einen Plan vortragen, einen Wunsch – keinen Befehl, keinen Auftrag, einen Wunsch. Der Kaiser befahl nicht. Er wünschte. Es war ja Sommer. Und im Sommer sollte kein Teil des

Lebens dem Leben in der Verbotenen Stadt und dem Rest des kühleren, schattigeren Jahres gleichen. Es gab keine Befehle in Jehol.

Cox kleidete sich hastig und beunruhigt an. Er wußte, daß der Kaiser um diese Zeit Gedichte schrieb oder las oder seine kalligraphischen Fertigkeiten vervollkommnete, kannte aber keine weiteren der frühmorgendlichen Routinen Qiánlóngs, die einer strengen Geheimhaltung unterlagen. Er befürchtete bereits irgendeine verhängnisvolle Entscheidung, eine böse Laune des Allmächtigen, als er an Merlins Seite und begleitet von Gardisten und Eunuchen mit übergroßen Regenschirmen Kiang durch Gänge, Hallen, Plätze und ummauerte Gärten folgte.

Seine Verwirrung nahm zu, als der Weg trotz des strömenden Regens hinab ans Flußufer und zu einer Sandbank führte. Dort war ein weißes Segel in der Art jener schmucklosen Rolldächer ausgespannt, wie Teichgräber und Brunnenbauer sie an heißen Tagen verwendeten. Von den Rändern des Segels fielen Regenwasserrinnsale als Perlenschnüre herab. Die vom Fluß aufsteigenden Nebel umflorten diesen Unterstand und ließen die unscheinbare, fast zierliche Gestalt, die dort in einen grauen Umhang gehüllt auf einem Kissen saß und zu der die Uferböschung hinabstolpernde Gruppe emporblickte, seltsam entrückt erscheinen, aber es gab keinen Zweifel: Dort saß der Kaiser.

Er war ganz allein. Vielleicht waren Gardisten und Leibwächter, die ihn aus der Deckung von Büschen und Unterholz beschützten, auch bloß makellos getarnt, aber der Augenschein sagte: Der Herr der zehntausend Jahre saß allein am heißen Fluß.

Er lächelte. Er lächelte, obwohl mit dem Tode bestraft werden konnte, wer dem Kaiser während einer Audienz auch nur für die Dauer eines Atemzugs in die Augen sah. Er lächelte und bedeutete den Ankommenden, ihre Stirn vom nassen Ufersand zu lösen und sich aus ihrem Kniefall zu erheben. Sie sollten die bereitliegenden grauen Seidenumhänge um ihre Schultern legen und auf den vor ihm im Dreieck angeordneten Kissen Platz nehmen: Kiang in der Mitte, Merlin rechts von ihm, Cox links – nur die Engländer und ihr Übersetzer! Alle anderen sollten sich hinter die vom Rand des Segels herabfallenden Wasserschleier zurückziehen, unsichtbar werden. Qiánlóng wünschte, mit den Meistern aus England allein zu sein, um ihnen von Uhren und vom Rauschen der Zeit zu erzählen.

Daß der Kaiser mit ihnen nun nicht anders als ein Hirte oder Fischer um ein Glutbecken saß, in dem Kiefernkohle und zwei Räucherkegel mit einem unbekannt feinen Duft glosten …, daß der mächtigste Mann der Welt ohne das geringste Zeichen seines Ranges und nicht anders als seine Besucher nur in einen wassergrauen, bleigrauen Umhang gehüllt war und sich so weder in Haltung noch Kleidung von ihnen unterscheiden wollte, ein schlanker, feingliedriger Mann, aber wohl kleiner als jeder andere in dieser Runde, irritierte, ja verstörte Cox mehr als der höfische Prunk und alles, was er aus dem Zeremoniell der Verbotenen Stadt kannte: der Kaiser von China nicht als gottähnlicher, unvergleichlicher Herrscher, sondern nur als einer von vielen. Ein Mann am Flußufer, lächelnd unter einer Regenplane, der geduldig wartete, bis die drei Besucher sich so beklommen, so langsam und vorsichtig wie unter Schmerzen, ja, so unbeholfen wie Verwundete, vor ihm zurechtgesetzt hatten.

Wenn sich der Erhabene hinter Nebelschwaden und Regenvorhängen am heißen Fluß in einen Menschen verwandeln konnte, einen Sterblichen, der kaum noch von seinen Untertanen zu unterscheiden war – welche Verwandlungen drohten dann einem Uhrmacher aus London oder ihrem sprachlosen Übersetzer?

Oder …, oder sollten an diesem Fluß und an diesem rauschenden Regenmorgen wenigstens für die Dauer einer Audienz alle Anwesenden einander tatsächlich ähnlich, ja gleich werden – gleich gemäß den bis an die Grenzen des Raumes gültigen Gesetzen einer verfliegenden Zeit, die am Ende nicht nur alle Unterschiede zwischen den Menschen, sondern auch die zwischen der organischen und anorganischen

Natur und jedem Ding und jedem Wesen aufhob, das jemals Gestalt angenommen hatte oder noch annehmen würde?

Was blieb schließlich selbst von einem Stern, einer von Planeten, Asteroiden, Monden und Meteoriten umschwärmten Sonne, deren Licht vor Jahrmilliarden entflammt war? Und was von allen anderen, noch in kommenden Äonen aufgehenden Himmelslichtern, die im unerbittlichen Lauf dieser Zeit allesamt wieder zu einem Schwarm von namenlosen Partikeln zerspringen würden, atomaren Bausteinen, die in einer unbegreiflichen Zukunft und unter dem Druck von Gewalten jenseits aller Vorstellungskraft aufs Neue zu elementaren Formationen verklumpen konnten, um sich allmählich, rotierend, wachsend zu Gestalten von nie gesehener Größe, nie gesehener Schönheit oder Häßlichkeit aufzublähen … Und dies alles nur, um nach Ablauf ihrer Daseinsfrist wiederum zur Unsichtbarkeit in tiefster Finsternis zu zerfallen?

Nur einer dieser vier um ein Glutbecken versammelten Männer hatte die Freiheit, zu lächeln. Die anderen saßen sprachlos, atemlos vor Ehrfurcht an einem murmelnd dahinziehenden Fluß, an dessen Ufer der Kaiser an anderen, sonnigen Morgen Kalligraphenpinsel ins Wasser tunkte und damit Gedichte auf die glatten Steine schrieb. Die Worte verdampften unter der aufsteigenden Sonne und gaben den

Stein wieder frei. So schrieb der Kaiser und sah, wie alle Schrift verschwand. Und schrieb weiter.

Es regnet, sagte Qiánlóng nun so leise, als wollte er die von der Plane rieselnde Wassermusik und das Murmeln des Flusses nicht stören. Es regnet.

Der Erhabene hatte seine englischen Gäste an diesem Morgen ans Flußufer gerufen, um ihnen hier einen Auftrag zu unterbreiten, gegen den alle ihre bisherigen Arbeiten – in den Werkstätten ihrer Heimat wie in der Verbotenen Stadt – nur als Vorübungen, Fingerübungen oder Prüfungen ihrer Fähigkeiten erschienen. Denn so kunstvoll das Silberschiffchen, die Glutuhr oder andere den wechselnden Geschwindigkeiten der Zeit gewidmete Automaten und Uhrwerke, die sie erdacht und gebaut hatten, auch gewesen sein mochten – was Qiánlóng nun als seinen Wunsch, nein: als seinen unabweisbar gewordenen Traum vortrug, war so maßlos und gleichzeitig so vertraut, als hätte er in den vergangenen Jahren gemeinsam, ja!, gemeinsam mit Alister Cox und dessen Gefährten geträumt, gemeinsam mit ihnen das Unmögliche gedacht, um es irgendwann über die Grenzen aller Vernunft und Logik hinaus Wirklichkeit werden zu lassen: ein Uhrwerk, das die Sekunden, die Augenblicke, die Jahrhunderttausende und weiter, die Äonen der Ewigkeit messen konnte und dessen Zahnräder sich noch drehen würden, wenn seine Erbauer und alle ihre Nachkommen und deren Nachkommen längst wieder vom Angesicht der Erde verschwunden waren.

Eine Uhr, die über alle Menschenzeit in den Sternenraum hinausschlug, ohne jemals stillzustehen, und deren Grenzen allein in der Dauer und dem Geheimnis der Materie selbst lagen: Denn selbst wenn auch die beständigsten und kostbarsten Metalle und Juwelen, aus denen ein solches Kunstwerk bestehen mußte, in unsagbar fernen Zeiten wieder zu Staub und kleinsten flüchtigen Bestandteilen der Schöpfung zerfielen, würde dabei doch nur ein *Ding* zugrunde gehen, nicht aber sein physikalisches Prinzip, das über alle Endlichkeit hinauswies.

Wenn es überhaupt ein Geräusch geben konnte, sagte Qiánlóng, nachdem er so lange geschwiegen hatte, daß Cox und Merlin Kiang fragend ansahen und nach einer Geste, einem Zeichen suchten, daß sie sich erheben und verschwinden sollten ..., wenn es ein Geräusch geben konnte, das dem Flug der Zeit am ehesten entsprach, dann sei es wohl das gleichförmige Rauschen des Regens, das den Himmel mit der Erde verband. Jede Wasserschnur ein Faden, der die Wolken, das Firmament mit den Gärten und Flüssen, Städten und Meeren und dem Dunkel der Erde, aus dem alles ans Licht drängte, vernähte.

Cox hatte sich der Maßlosigkeit und den Allmachtsansprüchen eines Herrschers noch nie so nahe gefühlt wie in dieser Stunde am Flußufer. Generationen von Uhrmachern und Automatenbauern und auch er selbst hatten, nicht anders als nun dieser Kaiser, von Räderwerken geträumt, die sich endlos und weiter und immer weiter bewegten, ohne nach einem ersten Anstoß jemals wieder aufgezogen werden zu müssen: *Perpetuum mobile.*

Was nach den virtuosen, in der Verbotenen Stadt gefertigten Probestücken von ihm und Merlin nun gefordert wurde, hatte die beiden schon in London jahrelang beschäftigt, ohne daß sie einer Lösung wirklich nähergekommen waren. Aber offensichtlich waren auch Qiánlóngs Gesandte und Kundschafter in Europa auf jenes Gerücht gestoßen, das an den auf Spielzeug und kostbare Statussymbole versessenen Höfen des Kontinents ebenso die Runde gemacht hatte wie in den Kreisen der an Kuriositäten, Automaten und Maschinen schraubenden Feinmechaniker:

Wenn es jemanden gab, dem man einen Triumph über die Unmöglichkeit eines Perpetuum mobile zutrauen konnte, dann waren das die Londoner Meister Jacob Merlin und Alister Cox. Auch diese beiden waren zwar nicht die Herren der Zeit, wohl aber unerreicht in ihrer Messung: Solche oder ähnliche Beurteilungen mußten Qiánlóngs Kundschafter aus

Europa mitgebracht haben. Mittlerweile gab es wohl keinen Astronomen, der die Bahnen der Himmelskörper und die Dynamik des Universums nicht mit Hilfe von Uhren aus einer der Manufakturen von Cox & Co. vermaß. Und es gab auch keinen Kapitän zur See, der sich in der Berechnung seines Kurses nicht auf die Präzision einer Schiffsuhr aus London, Liverpool oder Manchester verließ. Wer also an das Unmögliche dachte, der stieß selbst als Fremder in Europa wie in der Welt der Mechanik schon nach wenigen Nachfragen auf die Namen Merlin und Cox.

Bevor Cox sich im Regenrauschen noch ein Herz fassen und den Herrn der zehntausend Jahre zu fragen wagte, ob es tatsächlich die Vorstellung eines bis in alle Ewigkeit laufenden Uhrwerks gewesen war, dessentwegen er ihn und seine Gefährten aus England über den halben Erdkreis und bis in die Verbotene Stadt hatte kommen lassen, sagte Qiánlóng:

Der Gang dieser Uhr ..., es ist der Gang dieser Uhr, den ich höre, wann immer und wo immer es still wird. Es ist der Gang dieser Uhr, der euch an dieses Ufer geführt hat.

13 **Shuǐyín**,
Quecksilber

Eine Uhr für die Ewigkeit. Die Uhr aller Uhren. Perpetuum mobile:

Hatte es je einen Herrn, einen Herrscher oder gottähnlichen Kaiser gegeben, der sich in den Kopf und ins Herz eines seiner Untertanen zu versetzen versucht hatte? Oder war es tatsächlich möglich, daß ein Uhrmacher und Automatenbauer aus England und der nicht nur eine halbe Welt, sondern ein ganzes Universum von ihm entfernte Kaiser von China gleichzeitig denselben Gedanken gefaßt hatten? Konnten also dieser Kaiser und dieser englische Uhrmacher über Ozeane, Sprachräume und Denksysteme hinweg durch so etwas wie Seelenverwandtschaft verbunden sein? Verbunden!, auch wenn jeder Gedanke, jedes Gesetz und jede Ordnung dieser Welt die beiden voneinander unüberbrückbar zu trennen schienen?

Was immer die Logik nahelegte: Cox fühlte sich seit dem Morgen am heißen Fluß dem Herrn der zehntausend Jahre verwandt. Ja, verwandt. Dieser seltsam zerbrechlich erscheinende und dabei schrankenlos mächtige Mensch, welche Kostüme und unaussprechlichen Titel er auch tragen mochte, träumte offensichtlich von ähnlichen Dingen wie er und Merlin, träumte von einer Uhr, deren Räderwerk sich in eine Zukunft ohne Grenzen und Maß drehte.

Verglichen mit der Konstruktion eines solchen Werks erschienen selbst astronomische Himmelsuhren als mechanische Spielereien, die allesamt irgendwann stillstanden und ständige Energiezufuhr brauchten, einen Aufzieher mit seinem Schlüssel oder einen Knecht, der ein von der Schwerkraft zu Boden gezerrtes Gewicht an einer Kette wieder rasselnd hochzog.

Solche Werke hatten ihren Sinn, kaum daß sie ihren ersten Stundenschlag getan hatten, auch schon wieder verloren. Denn die Zeit strich ungerührt über diesen Kinderkram hinweg, dessen Teile und Räder für eine Weile wie an einer unvergänglichen Gegenwart festgefroren in den sachte herabschwebenden Staub ragten, bevor sie zu Trümmern und Splittern zerfielen, im Verlauf weiterer Jahrtausende kleiner, immer kleiner wurden und am Ende zur unsichtbaren Größe der Urbausteine aller Materie schrumpften.

Aber diese Uhr. Aber diese Uhr: Selbst wenn auch ihre Bestandteile dem Lauf der Zeit nicht widerstehen würden, reichte doch ihr Bauprinzip in die Ewigkeit, denn dort, wohin sich die Räder dieses Werks drehten, hatten Formen und Gestalten keine Bedeutung mehr und herrschten allein die unvergänglichen Gesetze der Physik.

Wind, Wasser, Sonnenwärme, Luftdruck, thermo- und hygrometrische Bewegungen ... – Cox und Merlin hatten in Manchester und London jahrelang nach immer neuen Energiequellen gesucht, die eine bis in alle Ewigkeit tickende Uhr betreiben konnten. Denn daß keine Feder und kein von Hand oder selbst dem Gewicht der Welt bewirkter Antrieb eine solche Aufgabe erfüllen würde, war von allem Anfang an unbezweifelbar gewesen.

Die beiden hatten bei Southend-on-Sea sogar mit einer Gezeitenuhr experimentiert, die allein durch den vom Pendel des Mondes verursachten Wechsel von Ebbe und Flut in Gang gehalten werden sollte. Aber selbst Meeresküsten glichen ja oft nur schwindenden Linien, die versandeten oder in tektonischen Katastrophen versanken, unter der Übermacht des Vulkanismus oder allein unter den beharrlichen, bis ans Ende der Welt wirksamen Kräften der Erosion.

Inspiriert von dampfenden Abfallhaufen am Themseufer und vom Brodem, der sich durch die Entlüftungsschächte der großen Schlachthöfe als bestialischer Gestank verbreitete und bewies, daß bei jeder Art von Zerfall Energie, unerschöpfliche Energie frei wurde, weil alles, was war, schon mit dem ersten Augenblick seiner Existenz auch wieder zu zerfallen begann, hatte Merlin einen Gasmotor konstruiert, der den Gestank in Antriebskraft verwandeln und eine Uhr über längere Zeiträume als je eine Antriebskraft zuvor versorgen konnte.

Aber wie so viele ihrer Experimente war auch dieses unterbrochen und schließlich beendet worden von einem Auftrag, der das Kontor an der Shoe Lane in einem versiegelten Büttenumschlag erreicht hatte, ein unwiderstehliches Angebot, das nicht abzuweisen war. Schließlich mußten die Löhne der Goldschmiede, Feinmechaniker, mußten vielfarbige Metalle, Maschinen und Mieten bezahlt werden – und gleichgültig welches vielversprechende Experiment hätte zunächst doch kaum mehr einzubringen vermocht als einen nackten, wertlosen, weil erst im Verlauf von Jahren gewinnbringend umzusetzenden Triumph:

Ein silberner Schwan, der seinen Hals recken, mit den Flügeln schlagen und sogar eine Art Gesang von sich geben konnte, sollte nach Petersburg geliefert werden. Ein Schwan aus Silber mit kohlschwarzen Augen aus geschliffenem Onyx. Der Zar war bereit, ein Vermögen dafür auszugeben. Ein Vermögen für lachhaftes, wertloses Spielzeug. Aber es wurde gebaut.

Auf dem Friedhof in Highgate, wo Abigail ruhte, hatte Cox damals nach der Entfernung aller anderen Uhren aus seinem Haus mit einem von der Wärme organischen Verfalls und den dabei entstehenden Gasen angetriebenen Räderwerk geheimste Versuche angestellt: Eine in Abigails Grabstein eingelassene und von Bourbonenrosen umrankte Uhr, nicht größer als eine Asternblüte, sollte von der Erdwärme und lautlos in der Tiefe voranschreitenden Zerfallsprozessen bewegt werden und einen Rest des Lebens seiner Tochter auf ein Zifferblatt übertragen.

An der Verwandlung der Anmut Abigails in die Urbausteine des Lebens, der Verwandlung!, nicht am Zerfall, nicht an der Verwesung, wollte Cox das Verfliegen seiner eigenen Lebenszeit ablesen. Auch wenn in seinen Werkstätten nach wie vor die kostbarsten Automaten, Tisch- und Pendeluhren gebaut wurden, sollte Abigails *Lebensuhr* für Cox zum einzigen Zeitmesser werden, der seinem Leben Bedeutung verlieh. Jedem, der verwundert nach diesem Grabschmuck fragte, sagte er, diese Uhr sei der Tochter eines Horologen gemäß und ein würdevollerer Schmuck ihrer letzten Ruhestätte als jeder Engel aus Stein oder schmiedeeiserner Lorbeer.

Aber niemand, nicht einmal Faye oder Merlin, hatte jemals erfahren, mit welcher Antriebskraft dieses Werk durch ein in die Finsternis der lehmigen Erde von Highgate hinabreichendes Bündel feinster Glas- und Kupferröhren verbunden war und eine hauchzarte Unruh mit Bewegungsenergie versorgte.

Merlin hatte gewiß etwas geahnt, aber nie gefragt.

Und wenn Cox vor dem Grabmal stand und dem Kriechgang des Stundenzeigers der Uhr im Stein folgte, hatte er stets etwas wie Tröstung empfunden. Es war ja Abigail, es waren Moleküle, winzige, unvergängliche Bausteine ihres Körpers, die dieses Werk betrieben und damit die Erinnerung an ihre Stimme, die Wärme ihrer Hände und den Glanz ihrer Augen und ihres Haars lebendig hielten. Selbst wenn auch die Zeiger dieser Uhr nicht bis in alle Ewigkeit um eine von den Bausteinen des Lebens angetriebene Welle rotieren würden, bestand doch die Hoffnung, daß sie ihren Konstrukteur überdauern und immer noch und Tag für Tag die Todesstunde Abigails mit einem zarten Glockenton anschlagen würde, wenn der größte Mechaniker und Automatenbauer Englands seiner Tochter bereits auf ihrem Weg aus der Zeit nachgefolgt war.

Nicht nur Cox, auch Merlin fühlte sich vom neuen Auftrag des Herrn der zehntausend Jahre wie befreit. Hatten beide doch nach dem Perpetuum mobile und dem utopischen Ziel aller Uhrenbaukunst stets entweder in aller Heimlichkeit wie Cox in Highgate – oder gegen alle Geschäftsregeln auf eigene, nicht kalkulierbare Kosten gesucht. Selbst die Preise, die von einigen verrückten Aristokraten und vor Jahrzehnten sogar von der Royal Academy für die Erfindung eines endlos schlagenden Uhrwerks ausgesetzt worden waren, hätten bestenfalls die Kosten der notwendigen Grundlagenforschung zu decken vermocht. Aber nun.

Nun hatte der Kaiser von China ihnen einen Auftrag erteilt, für dessen Erfüllung die Mittel offensichtlich unbegrenzt waren. Wer die elegante Pracht auch nur eines einzigen der Paläste der Verbotenen Stadt oder den Bauplan der aus der mongolischen Wildnis emporgewachsenen Sommerresidenz von Jehol oder die über Bergketten und durch Savannen und Wüsten dahinjagende, zinnenbewehrte Linie jener Großen Mauer gesehen hatte, die China seit Jahrhunderten vor den Barbaren schützte, der wußte auch, daß der Herr über all diese Weltwunder für die Verwirklichung seiner Träume unvorstellbare Preise zu zahlen fähig und bereit war: an Gold, an Zeit, an Strapazen – und Menschenleben. Im Schatten jedes Weltwunders lag ein Massengrab. Aber wenn überhaupt etwas auf dieser Welt um irgendeinen Preis zu haben war, würde der Kaiser von China es auch bekommen.

Cox und Merlin begannen, Listen zu schreiben, lange Kalkulationen und Aufzählungen der Materialien, Kostbarkeiten und einfachen Dinge, die der Bau einer Uhr für die Ewigkeit erforderte: Mahagoni und geschliffenes Glas, Stahl, Blei, Messing, Platin-, Gold- und Silberbarren, Glaskolben, vergoldete Pendelketten, Diamanten, Rubine – und Quecksilber,

Quecksilber vor allem, einhundertundneunzig Pfund Quecksilber.

Cox hatte auf der langen Seereise an Bord der Sirius einer zur Erkundung asiatischer Monsunströme nach Japan segelnden Gruppe von Naturforschern aus Oxford angeboten, ihnen unterwegs die genauesten Luftdruckmeßwerte zu liefern, die bis dahin auf solchen Fahrten gesammelt worden waren. Barometer von Cox & Co. zierten schließlich nicht nur die Instrumententische der Wetterwarten Englands, sondern gehörten mit zu den begehrtesten Exportartikeln der Manufaktur. Ein Barometer erlaubte schließlich so etwas wie einen Blick in die Zukunft, wenn es aus dem Ansteigen und Fallen der Quecksilbersäule Schlüsse auf den Zug der Wolken, Windstärken und drohende Sturmgefahren zuließ.

Und während die Kolonnen der fünfmal täglich gemessenen und aufgezeichneten Werte immer länger wurden, hatte Cox mit Merlin eine Idee wiederaufgegriffen, die beide auf ihrer Suche nach geeigneten Naturkräften für den Antrieb einer Uhr in England als zu aufwendig, zu teuer und voll mechanischer Hürden nicht verworfen, aber doch beiseitegelegt hatten:

Der Luftdruck! Der steigende und fallende Luftdruck, der eine Quecksilberoberfläche in Bewegung versetzte, als Motor eines Uhrwerks. Denn von klimatischen oder lokalen Wetterverhältnissen bedingte

Druckunterschiede würde es geben, solange ein atmosphärischer Schild die Erde vor Meteoriten und anderen Geschossen aus dem Weltraum schützte, solange Wolkenschiffe durch das Blau dieses Schildes segelten, solange der Monsun ganze Kontinente bewässerte und fruchtbar machte und der Passat die Segel von Handels- wie von Kriegsschiffen blähte. Verlor der Erdball diesen Schild, war das Ende der Welt und der irdischen Zeit gekommen. Dann würde auch kein Jahr und keine Sekunde mehr zu messen sein. Aber bis dahin.

Bis dahin konnte eine Uhr, die aus den Druckunterschieden der Luft ihre Energie bezog, die Geschichte der Menschheit in große und kleinste Schritte unterteilen und anzeigen, wann ein Leben, eine Epoche begann und eine andere endete.

Cox erinnerte sich mit Begeisterung an jenen Nachmittag an Bord der Sirius, an dem sich die über den Horizont gestiegenen Segel eines geradezu dahinfliegenden Dreimasters am Ende doch als britisches Kriegsschiff und nicht als Kaperschiff, Freibeuter oder Flaggschiff einer feindlichen Flotte erwiesen hatten: Er war mit Merlin am Achterdeck in der Sonne gesessen und hatte in einer Überschlagsrechnung kalkuliert, mit wieviel Quecksilber ein Kolben zu füllen wäre, der ein System von Hemmungen und Zahnrädern bewegen konnte.

Die Rechnung ergab, daß eine Wetterveränderung, die den Luftdruck auch nur um eine einzige Meßeinheit steigen oder fallen ließ, ein Uhrwerk für mehr als sechzig Stunden betreiben konnte. Und wie oft, unzählige Male, fand ein solcher Druckwechsel innerhalb eines einzigen Tages statt! Cox erinnerte sich, daß er an diesem Nachmittag – der erste Maat hatte eben ausgerufen, daß der ferne Segler ihren Kurs nicht unter der Totenkopfflagge, sondern unter den englischen Farben kreuzte – einige Zahlen ausgesprochen und die entsprechenden Schlußfolgerungen gezogen hatte und daß Merlin sich daraufhin erhob, auf ihn zukam und ihn zum ersten und einzigen Mal in ihrem Leben umarmte.

Der Steuermann, in dessen Blickfeld die beiden verrückten Passagiere standen, schrieb diese Geste des Glücks der Erleichterung zu, die die beiden wohl über der Entwarnung des Ersten Maates empfanden, und versetzte den Kurs auf Befehl des Kapitäns um zwei Strich backbord, weil ein Zeichner, der die Oxforder Naturforscher begleitete, einen besseren Blick auf eine Schule von Delphinen haben wollte, die im Bugwasser der Sirius tanzten.

Einhundertundneunzig Pfund Quecksilber ... Daß die englischen Uhrmacher für ihre Automaten die Plünderung ganzer Schatzkammern der Verbotenen Stadt fordern durften, war ihren Lieferanten nicht mehr neu. Aber Quecksilber! Selbst Kiang mußte in seinen Wörterbüchern nachschlagen, um diese Forderung auch nur zu übersetzen, und war überrascht, daß der verlangte Rohstoff seinen Namen mit einem Planeten gemein hatte: *Mercury*. Das Winterlicht. Für die Astronomen des Hofes war dieser Himmelskörper nur ein lichtloser Stern, schwarz wie das Meer in einer mondlosen Nacht, und er herrschte über eine eisige, winterliche Finsternis.

Seinen ersten Gedanken, wo eine Quelle für dieses Element zu erschließen war, wagte Kiang nicht auszusprechen. Er hätte damit die Ausbeutung eines Heiligtums vorgeschlagen: Denn gemeinsam mit den kaiserlichen Palästen von Jehol war in den Baujahren der Sommerresidenz auch ein Pavillon errichtet worden, dessen Dach sich als Sternenhimmel aus Ebenholz über einer Art Spielzeuglandschaft wölbte, einem aus Granit, Basalt, Marmor, Bergkristallen und Quarzsand errichteten Modell von Zhōng Guó, dem chinesischen Kaiserreich. Dieses Modell, dessen Grundfläche Cox an die Größe des Kirchenschiffes der Kathedrale des Heiligen Paul in London denken ließ, zeigte die Reliefs aller Gebirgszüge, fruchtbaren Ebenen, Wüsten und Savannen des Reiches, die Meere, Seen und Flüsse, alle Städte und Festungen … Und seine maßstabgetreuen Grenzen wurden je nach Eroberungszügen, Katastrophen oder machtpolitischen Bündnissen verändert und wieder verändert, ausgedehnt oder neu befestigt.

So verliefen die Grenzen nach dieser und jener Himmelsrichtung, zogen sich aus umkämpften Gebieten auch wieder zurück und gaben dem Modell das Aussehen eines Organismus, einer Qualle, einer Amöbe, die wie atmend und ohne feste Gestalt in schmalen Streifen von Tageslicht oder Mondlicht lag, die durch vergoldete Schartenfenster des Pavillons als Lichtgitter einfielen und an Längen- und Breitengrade erinnerten.

Und nahezu durch die ganze Weite dieser Spielzeugwelt verlief die Große Mauer, Wàn lǐ cháng chéng, dieser zehntausendmal unvorstellbar lange Wall, einmal dahin, einmal dorthin, je nach militärischen Tatsachen und in unzähligen Windungen, als sollte dieses größte Bauwerk der Menschheit neben vielen anderen Funktionen auch noch jenen Namen mit Bedeutung erfüllen, den das Volk der Mauer gegeben hatte: *Der Große Drache*, der das Reich der Mitte in seiner Unermeßlichkeit gleichermaßen beschützte und gnadenlos beherrschte.

Ganze Armeen von Steinmetzen, Maurern, Lastenträgern, Zimmerleuten, Ziegelbrennern und anderen, die in den Jahrhunderten des Baus an ihrer Erschöpfung, an Krankheiten, Hunger und Schlägen gestorben waren, hatte dieser Drache verschlungen. Millionen Knochen, hieß es, ruhten tief im Inneren dieses Walls und erhöhten als Armierungsfasern seine Elastizität und Festigkeit.

Eingebettet in dieses vom Großen Drachen durchzogene und von einem mit Flußperlen übersäten Sternenhimmel aus Ebenholz überdachte Reich, schimmerten Chinas große Ströme – der Huáng Hé, der Gelbe Fluß, der Lán Chāng Jiāng, der Lange Fluß, der als Yangtsekiang auf den Globen des Westens verzeichnet war, der Méigōng Hé, der Mekong, der Hēilóng Jiāng, der Schwarze Drachenfluß, und der Zhū Jiāng, der Perlfluß, der mit seinem labyrinthischen Gewirr an Nebenflüssen ein Wassernetz bildete, in dem sich aller mit Schiffen, Fähren und Flößen erreichbare Reichtum verfing.

Diese und andere, in der äußeren Welt tausende Kilometer langen Ströme und Flüsse wanden sich unter dem Ebenholzhimmel des Pavillons aus den höchsten, von Gletschern aus Perlmutt bedeckten Bergen an das Gelbe Meer und an die Süd- und Ostchinesische See. Aber der silbrige Schimmer des Wassers, der das Licht einer unsichtbar am schwarzen Himmel stehenden Sonne zu reflektieren schien, rührte nicht von süßen oder salzigen Fluten, sondern allein von Zentnern von Quecksilber, mit dem die Modellbaumeister die Strom- und Flußbetten, die Meeresbecken und Seen geflutet hatten. Der Glanz, der diesem Reich seinen Zauber verlieh, war der Glanz des Quecksilbers.

Seltsamerweise war es Aram Lockwood, der sich bei der Besprechung und Auflistung des erforderlichen Materials für die Erfüllung der neuesten kaiserlichen Phantasie an die erste Besichtigung des imperialen Modells erinnerte. Begleitet von einer Schar mißtrauischer Beamter des Geheimdienstes und einigen Kunsthandwerkern und Steinmetzen, die an dieser Landschaft mitgebaut hatten, waren die Engländer mit ihrem Übersetzer an einem brütendheißen Tag stundenlang an den Grenzen dieses Reiches entlanggewandert, das so ausgedehnt war, daß ein staunender Wanderer wie Merlin (der seinen Gefährten schon an einen fernen Verteidigungswall voranging) in der stickigen Luft außer Rufweite geriet.

Einer der Beamten lief ihm nach und bedeutete ihm höflich, doch bei der Gruppe zu bleiben. Denn ob an den Grenzen der Wirklichkeit oder bloß denen ihres Modells – hier wie dort durfte sich niemand nach eigenem Belieben bewegen.

Lockwood hatte sich auf diesem Besichtigungsgang für nichts anderes als die Quecksilberströme und Gewässer interessiert. Sie erschienen in dieser funkelnden Landschaft als das einzig Bewegliche, ein rätselhaftes, metallisches Schimmern, das unter den ehrfürchtigen Schritten der Besucher kaum merklich erzitterte.

Lockwood dachte mit Schaudern an jenen Morgen zurück, an dem ihm in der Londoner Werkstatt eine

Katze zwischen die Beine geraten war und ihn zu Fall gebracht hatte. Er wollte damals einen zum Einbau in das große Barometer des Leuchtturms der Heiligen Katharina auf der Isle of Wight bestimmten Glaskolben voll Quecksilber zur Werkbank tragen … und konnte dann auch mit einem Ausfallschritt sein Gleichgewicht nicht halten.

Zwischen unzähligen Scherben, an denen er sich Füße, Hände und selbst die Stirn zerschnitt, waren im Geklirr des nächsten Augenblicks Quecksilberkügelchen nach allen Richtungen davongestoben, schimmernde Beute, auf die nicht nur eine, sondern gleich drei Katzen Jagd machten – und nicht nur Katzen:

Abigail, damals ein dreijähriges Mädchen, das selbst die Feinmechaniker und Goldschmiede der Manufaktur immer wieder entzückte und ihre Arbeit unterbrechen ließ, hatte bis zu Lockwoods Stolpern und Fallen vergeblich versucht, eine der Katzen zu fassen, und sich nach einem ersten Schrecken über Lockwoods Sturz aber mit den leichter zu erreichenden Silberkügelchen begnügt – und wollte eben eines davon in den Mund stecken, als Cox, der das Unglück von seinem Zeichentisch verfolgt hatte, mit einem entsetzten Schrei auf seine Tochter zustürzte. Sie begann zu weinen, als er ihr das Quecksilber aus dem schon zum Mund geführten Händchen schlug.

Shuǐyín: Lockwood hörte auf dem Besichtigungsgang unter dem Ebenholzhimmel des Pavillons den chinesischen Namen des Quecksilbers zum ersten Mal, weil Kiang auf Merlins Frage nach dem Glanz der Ströme, Flüsse und Seen das Wort wieder und wieder flüsterte, während er fieberhaft in dicht mit englischen Vokabeln bekritzelten Seiten blätterte: *Shuǐyín*. Shuǐyín.

Und Lockwood hatte das Schluchzen Abigails wieder im Ohr und wagte nicht, Cox anzusehen, der in einiger Entfernung an den Rand dieser Modellwelt gelehnt stand, versunken in den Anblick der Lichtreflexe auf den Wellen des Yangtsekiang.

Aber als Tage später, während der morgendlichen Besprechung der Materialien für das Perpetuum mobile, die Rede auch auf die Beschaffung des Quecksilbers kam und Kiang die Quelle, die am nächsten lag, nicht auszusprechen wagte, sagte Aram Lockwood: Die Ströme, die Flüsse! Das Südchinesische Meer. Was ist mit der Puppenlandschaft im Schwarzen Pavillon? Wir entwässern das Kaiserreich.

14 **Zhōng,**
die Uhr

Mehr als jede andere Störung, die von diesen Feinmechanikern aus England in der jahrhundertealten höfischen Ordnung verursacht worden war, empörte die Mandarine, die Generäle, die Zeremonienmeister und selbst die mit der Pflege von Mauerwerk, goldenen Schnabeldächern oder Lackböden beschäftigten Handwerker, daß unter dem Einfluß der Fremden einige der großen Ströme Chinas versiegten:

Der Huáng Hé, der Lán Chāng Jiāng und selbst der Hēilóng Jiāng, der Schwarze Drachenfluß, der als direkte Verbindung zwischen Göttern, Dämonen und Menschen galt – alle wurden sie von Tag zu Tag dünner und ihr Spiegel sank. Ihre silbrigen, mehr erahnbaren als tatsächlich sichtbaren Wellen wurden in gläserne Vasen abgeschöpft und von Eunuchen aus dem Schwarzen Pavillon auf die von Lotosblättern umschaukelte Insel der Engländer getragen. Der Kaiser hatte, unbegreiflich selbst für die klügsten und verständigsten seiner Untertanen, zugestimmt, daß die Quecksilberströme, Flüsse und Seen in eine Maschine umgeleitet wurden, die der Hof zu hassen begann: eine Maschine, die den Weg aus aller Ordnung in die Zeitlosigkeit weisen sollte!

Das Modell des Reiches schien sich durch den Abfluß seiner großen Ströme in eine plastische, bedrohliche Prophezeiung zu verwandeln: Mit dem schwindenden Silberlicht seines maßstabgetreuen Rhizoms aus Wasseradern verblaßte auch der Glanz der aus Alabaster, Graphit, Quarzsand und Eisenholz zusammengesetzten Gebirge, Städte und Festungen. Selbst das Gleißen der Eispanzer auf den allerhöchsten – im Schwarzen Pavillon nicht höher als Ameisenhügel aufragenden – Bergen und die Spiegel der Meere drohten zu erblinden.

Und doch wagte zunächst selbst hinter vorgehaltener Hand niemand auszusprechen, was jeder dachte, der gesehen hatte, wie in diesem Pavillon aus einem Strom ein Rinnsal, aus einem Fluß ein Silberfaden und aus Seen leere Krater wurden: Hatten die Fremden den Erhabenen verhext oder ihn mit ihren Instrumenten und nadelfeinen Werkzeugen in einen magischen Bann geschlagen?

Der Erhabene ließ zu, daß dort, wo einmal Flüsse aus Quecksilber das Abbild seines Reiches geziert hatten, Silberspäne als Ersatz gestreut wurden, Feilspäne, die nicht einmal annähernd jenen Eindruck von Lebendigkeit zu erzeugen vermochten wie das zum Bau einer nutzlosen Maschine mißbrauchte flüssige Metall. Der Erhabene ließ zu, daß die mächtigsten und heiligsten Ströme abgeschöpft und als Stoff für die Wahnvorstellungen einiger sprachloser Fremder in ihr Quartier und an ihre Werkbänke getragen wurden, auf denen sich Gold, Platin, Diamanten und die kostbarsten Edelsteine und Kristalle häuften.

Die wenigen besänftigenden Stimmen von Eingeweihten, die daran erinnerten, daß die Silberspäne doch nur gestreut würden, bis eine verspätete Lieferung neuen Quecksilbers aus Shànghǎi endlich eintraf, zeigten kaum Wirkung. Der sommerliche Friede wurde von diesen Fremden bedroht, ja verhöhnt. Was die Engländer dem Erhabenen zufügten, war böser Zauber – oder ein Fluch, der vielleicht nur mit ihrem Blut wieder abzuwaschen war.

Cox, Merlin, Lockwood und selbst Kiang ahnten nichts von dem Sturm böser Gedanken, der sich lautlos und unmerklich hinter stoischen Gesichtern erhob, wo immer einer von ihnen erschien und um einen Dienst oder einen Gefallen bat.

An der Tatsache, daß der Kaiser selbst es gewesen war, der verfügt hatte, den Engländern das Quecksilber aus dem Schwarzen Pavillon zuzuführen, damit die Arbeit an der *Zeitlosen Uhr* (so hatte der Erhabene in der Gegenwart zweier Mandarine das neueste Vorhaben bei bester Laune getauft) ohne Verzögerung beginnen konnte, glaubte Cox abzulesen, daß er und seine Gefährten noch nie höher in Qiánlóngs Gunst gestanden hatten als in diesen Spätsommertagen.

Aber in den vom Gold der Dächer erhellten Straßen und Gassen von Jehol erinnerte man sich nun hier und dort an verborgenen Orten oder flüsternd hinter kostbaren, mit Gedichten beschriebenen Fächern aus Antilopenpergament gelegentlich an das *Augenspiel* – an einen Kalenderspruch aus der Tang-Dynastie, der sich als Kalligraphie in den Protokollbüchern mancher Zeremonienmeister fand. An einem dieser Tage erschien der Spruch sogar als blutrote Schmiererei an einer Palastmauer. (Ihr Urheber konnte allerdings selbst nach mehreren Wochen geheimdienstlicher Ermittlungen und der Folterung mehrerer Verdächtiger, von denen zwei die Befragung nicht überlebten, nicht ausgeforscht werden.)

Selbst ein Kaiser, stand an einem grauen Morgen nach einer stürmischen Nacht in dieser Blutschrift und in Zeichen groß wie die Figuren eines Schattenspiels an der vergoldeten Rückwand des Pavillons der Windstille:

Selbst ein Kaiser
spricht nur mit einer Stimme,
sieht nur mit zwei Augen,
hört nur mit zwei Ohren.

Sein Hof dagegen
spricht und flüstert
mit tausend Stimmen,
sieht mit tausend Augen,
hört mit tausend Ohren
und tut mit tausend Händen,
was ein Meer von Augen
nicht sieht,
wenn alle Lider sich schließen
vor dem,
was getan werden muß.

Cox fühlte sich in der an sonnigen Tagen von den Lichtreflexen auf den Wellen des Teiches durchtanzten Werkstatt im *Pavillon der vier Stege* zum erstenmal seit seiner Ankunft in Qiánlóngs Reich nahezu unbeschwert:

Der Kaiser gab ihnen alle Mittel an die Hand, eine in so vielen Werkstätten Europas vergeblich geträumte mechanische Phantasie Wirklichkeit werden zu lassen. Schon die ersten Versuche mit einer Serie kunstvoll geformter Kolben, die Glasbläser aus der Provinz Ānhuī nach seinen Maßgaben geliefert hatten, bewiesen, daß bereits ein einziges dieser mit Quecksilber gefüllten Gefäße durch die Druckunterschiede innerhalb eines Tages Energie im Überfluß liefern konnte. Dieser Überfluß war in den ersten Konstruktionsskizzen und Berechnungen sogar als

Problem erschienen: Denn wie war zu verhindern, daß eine von dieser beharrlichen Kraft gestraffte Kette, an der ein Messing- oder Goldgewicht des Laufwerks weiter, immer weiter in die Höhe gezogen wurde, am Ende riß?

Merlin, es war Jacob Merlin, der Virtuose in allen Fragen der Mechanik und der kunstvollen Veredelung aller ihrer Teile, der innerhalb von nur einer Woche einen Entlastungsmechanismus erfand, durch den das Aufzugsrad aus der Verzahnung glitt, wenn die Spannung zu groß wurde – und das Rad wieder sachte an die im Leerlauf weiterwispernden Zahnkränze zurückgeführt wurde, wenn das Gewicht im Verfliegen der Zeit und von der Schwerkraft angezogen wieder zu Boden sank: zur Erde sank, aus deren steinigem Dunkel doch alles und immer wieder dem Lauf der Gestirne entgegenwuchs, dem Funkeln der Sterne, dem Licht.

Jacob Merlin. Seit er Cox an Bord der Sirius am Tag des vermeintlichen Piratenüberfalls umarmt hatte, legte er seinem Meister manchmal die Hand auf den Arm, einmal sogar auf die Schulter, wenn er ihm seine Bewunderung oder besondere Zustimmung zeigen wollte. Und Cox, der selbst bei den Vertrauten und privilegierten Vorarbeitern unter den Gold- und Silberschmieden in seinen Manufakturen als Unberührbarer galt, der sich manchmal sogar scheute, einem Gast oder selbst einem Auftraggeber aus der Hocharistokratie die dargebotene Hand zu schütteln, streifte Merlins Hand nicht ab, sondern stand einige Herzschläge lang still. Stand einfach da, bis er die Wärme von Merlins Handfläche noch durch seine Kleider spürte.

Als ob diese lichtdurchflutete Werkstatt in der Mitte eines ausgedehnten Lotosteiches tief im Inneren Chinas der einzig mögliche Ort für die Verwirklichung der Idee wäre, daß das vom Steigen und Fallen des Luftdrucks gedehnte und bewegte Quecksilber ein Rad und das Rad eine Welle und die Welle das Räderwerk einer Uhr betreiben könnte, empfand Cox die Arbeit an der Zeitlosen Uhr leicht, federleicht, fast wie ein Spiel, in dem alles zu gewinnen und nichts zu verlieren war.

Nicht nur Gedanken und Berechnungen zur Konstruktion, auch die unterschiedlichsten Materialien fügten sich aneinander und ineinander, als wäre nichts, nichts weiter geschehen, als daß einfach die *Zeit* gekommen war, die Zeit, in der die Umsetzung eines lange vergeblich gesuchten Prinzips so unaufhaltsam in die Welt drängte wie ein Embryo, ein Kind …, nein, nein, es war schöner, zwingender: Denn anders als die Geburt eines Menschen war die Verwirklichung einer mechanischen Idee in ihrer gesamten Vielfalt begreifbar, kontrollierbar und kein Rätsel, kein Wunder wie ein Kind, das in Wahrheit doch bereits mit seinem ersten Atemzug wieder zu sterben begann.

Diese Uhr dagegen. Diese Uhr hatte nur eine Laufrichtung, und wer die von ihr gemessenen Augenblicke in Stunden- oder Sekundenschläge verwandeln wollte, machte sich schon lange vor seinem Tod auf den Weg in die Ewigkeit.

Übersetzungsgetriebe, Schnecken und Hemmungsräder, ein Federhaus und noch eines, Anker- und Spindelhemmungen und ein nahezu luftdichtes, achteckiges Glasgehäuse zum Schutz gegen den alles zermahlenden Staub, platingefaßte Diamanten und Rubine, an deren Oberflächen sich die zerstörerische Reibung zwischen bewegten Teilen bis zur Vernachlässigbarkeit verringern sollte … Auch wenn sich nicht alle seiner Überlegungen mit Bauteilen verbinden ließen, erschien es Cox doch manchmal, als ob sämtliche aus Holz, Glas, verschiedensten Metallen und Edelsteinen gefertigten Teile sich nicht wie in einem mechanischen Prozeß, sondern wie in einer alchimistischen Küche bewegten, umeinander drehten und am Ende in einem organischen Wirbel miteinander harmonierten, aus dem irgendwann unweigerlich unvergängliche Jugend, der Stein der Weisen – oder die Ewigkeit wie ein von einer übermächtigen und unumkehrbaren Strömung bewegter Flußkiesel hervorkollern mußten.

Im unausgesprochenen Triumph über das Zusammenschießen seiner eigenen Sehnsüchte und Phantasien mit den Träumen des Kaisers von China nahm Cox nicht wahr, daß es um ihn herum, obwohl die Tage immer noch lang und oft sommerlich warm, aber von einer abnehmenden Vielfalt des Vogelgezwitschers erfüllt waren, dunkler und stiller wurde.

Von den Flüsterstimmen des Hofes, die so unmerklich eingesetzt hatten wie die ersten sanften Zugluftströme und Brisen vor einem Unwetter, Stimmen, die selbst Kiang nicht zu hören vermochte, forderten einige bereits die Vertreibung dieser abendländischen Zauberer, ja ihren Tod. Diese verfluchten Langnasen hätten sich doch nur als Juweliere und Goldschmiede getarnt, seien in Wahrheit aber mit magischen Kräften ausgestattete Spione, Feinde des Reiches, die Seele und Herz selbst des von seinem Volk und dem Himmel geliebten Kaisers verwirren konnten.

Auch wenn seine Vertrauensleute bei Hofe sich hüteten, Kiang in bestimmte Gerüchte und Ahnungen einzuweihen, wurde der noch vor Wochen heitere und gesprächige Übersetzer unter dem Druck seiner Ahnungen einsilbiger. Er erhob sich jeden Morgen als erster und gab zwei Eunuchen flüsternd Anweisungen zur Bereitung des Frühstücks oder zu nachfolgenden Aufgaben des Tages, aber beantwortete keine von Merlins oder Cox' besorgten Fragen nach seiner vermeintlich eingetrübten und damit gewiß vorübergehenden Laune.

Erst als Merlin den Bauplan der atmosphärischen, der Zeitlosen Uhr vor ihm ausbreitete, weil er davon ausging, daß Kiang alles, was in der Werkstatt geschah und zur Sprache kam, in die Büros des Geheimdienstes weiterleiten würde und er ihm so auf diese Weise einen Erfolg, eine bedeutende Nachricht verschaffen wollte, war es ausgerechnet Kiang, ihr wortkarger, allgegenwärtiger Schatten, der die englischen Uhrmacher vor dem, was sie im Begriff waren zu erschaffen, mit einer an ihm noch nie gehörten Leidenschaft warnen wollte:

Selbstmord! Es war Selbstmord, eine Uhr für die Ewigkeit zu bauen, eine Uhr, die ihre Stunden aus dem Inneren der Zeit in die Zeitlosigkeit schlug. Wußten die Engländer denn nicht, daß der Herr der zehntausend Jahre nicht nur über die Zeit gebot, sondern die Zeit *war*, ja, die Zeit selbst *war*? Daß also nicht nur Qiánlóngs Lebenslauf, sondern alle Zeit mit ihm begann – und mit ihm endete? Alle Längen-, Flächen- und Raummaße, alle Namen, alle Welterschaffungslegenden, naturwissenschaftlichen und philosophischen Wahrheiten, mit denen die Tatsachen dieser Welt erklärt, gemessen, benannt oder veredelt wurden, mussten nach dem Tod eines Herrn der zehntausend Jahre neu bestimmt, neu definiert, neu erzählt werden. Denn das Ende eines Kaisers von China war das Ende der Welt.

Und eine Uhr, wie die Engländer sie ausgerechnet hier, im Frieden des Sommerpalastes erschaffen wollten, eine Uhr, die diesen Kaiser überragen sollte, sich über seine Tage hinaus drehte, und auch ihn am Ende als bloßen Statisten eines übergeordneten Zeitenlaufs erscheinen ließ, mußte doch wohl mit dem Anspruch verbunden sein, dauerhafter, größer zu sein als er selbst! Dauerhafter als der Herr über die Zeit, der dadurch zu einem Menschen, einem von vielen, schrumpfte. Und alles, worüber er gebot, was er besaß, was ihn erfreute oder was er liebte, verwandelte sich durch diesen Zauber zum wertlosen Treibgut in einem wie durch Silberspäne vorgetäuschten Strom.

Glaubten die englischen Gäste im Ernst, daß der Erhabene oder sein Hof eine solche Erniedrigung, einen solchen Frevel zulassen würden?

Während Joseph Kiang sich in einem wirren Gefühl aus Angst und Empörung ereiferte, betrachtete Cox die vom Wind zerpflückten Lotosblüten vor seinem Fenster. Wirre, den Teichspiegel aus allen Richtungen aufraspelnde Böen trieben Hunderte Blütenblätter in der Farbe von Zyklamen und Schneerosen wie Spielzeugflotten über das eben noch spiegelglatte Wasser und ließen sie an sandigen Uferstellen, vor unüberwindlichen Barrieren aus Pfahlwurzeln und Treibgut stranden.

Dort, wo die Blätter sich häuften, würde ein spielendes Kind nun gewiß das Geschrei der mit ihren Lotosblattbooten gescheiterten Seefahrer hören können, winzige Stimmchen von unrettbar Verlorenen unter knallenden, winzigen Segeln, die sich gegen Strandguträuber zu wehren versuchten: angreifende, schwer gepanzerte Käfer etwa, im Tiefflug heranjagende Libellen und kurzsichtige Zierfischchen, die einen aus dem Regenhimmel herabschwebenden Flugsamen mit einem sorglosen Insekt verwechselten, in einem waghalsigen Sprung danach schnappten und dann in die offenen Mäuler von unbesiegbaren Raubfischen zurückfielen, die dicht unter der Wasseroberfläche lauerten.

Kiang sprach und sprach.

Aber Cox hörte nur die winzigen Stimmchen und die vergeblichen, dünnen Hilfeschreie der mit ihren Lotosblütenschiffen gestrandeten, um ihr Leben kämpfenden Seefahrer, die Abigail hier gewiß gesehen und gehört hätte.

Nun trieb der Sommer doch auf sein Ende zu. Mit dem Einsetzen stürmischer Winde aus Nordost und der Laubfärbung trafen fast täglich Boten aus der Verbotenen Stadt mit Nachrichten ein, die mit einem baldigen Aufbruch und der Ausrufung des Herbstes in Verbindung zu stehen schienen.

Eunuchen machten an einem dieser Tage, einem Regentag, nicht nur in den Wohnräumen, sondern zum erstenmal auch in der Werkstatt Feuer. Aber obwohl es an den Drehbänken stickig und heiß wurde, als nach einem heftigen Schauer doch die Sonne wieder durch die Wolken brach und sich auf der von Blättern leergefegten Teichoberfläche mit blendendem Gleißen spiegelte, begann Cox zu frieren. Der im Wechsel von sonnigen Abschnitten und plötzlichen kalten Schauern hochspringende und wieder fallende Luftdruck dieses Tages hatte in den Kolben der Glasbläser aus Ānhuī eine Bewegung verursacht, die ihn endgültig darin bestärkte, mit dieser Dynamik über den vielleicht einzigen Antrieb für ein Uhrwerk zu verfügen, das, einmal in Gang gesetzt, niemals zum Stillstand kommen würde.

Aber der von seiner alten Traurigkeit umfangene Erfinder bedachte sein Werk in diesen Tagen – zumindest wenn er vor Merlin und Lockwood darüber sprach – kaum noch mit dem vom Kaiser verliehenen Namen – Zeitlose Uhr –, sondern mit einem Spott- oder Kosenamen, mit dem Merlin seinen Meister vergeblich aufzuheitern versucht hatte: *Clox*.

Clox. Gab es eine naheliegendere Verbindung eines nach dem Glockenschlag gebildeten Wortes mit dem Namen des Erbauers dieser einen, einzigen, unvergleichlichen Uhr?

Siebzig Rubine, hatte Merlin als Schätzung genannt, mußten in dieses Werk eingebaut werden und mehr als fünfzig Diamanten und Saphire. Das Gehäuse aus Kronglas, in das Wàn li cháng chéng, die Große Mauer, die Unvorstellbar lange Mauer, dargestellt als milchiger, mit Zinnen und Feuertürmen bewehrter Drache geätzt werden sollte, durfte nichts verhüllen wie andere Uhrgehäuse (die zumeist doch bloß die Plumpheit ihrer Bauweise tarnten), sondern mußte alle Geheimnisse ihrer Konstruktion sichtbar machen, mußte alles *zeigen*:

Die eleganten, mit Quecksilber gefüllten Kolben, die versilberten Kardanaufhängungen, die goldenen Gewichte und Schwingarme, die mit Endlosgirlanden aus Lotos- und Bambusblättern ziselierten Schnäpper und Sperräder aus spinnwebfein gebürstetem Messing …

Und in den Sockel aus nachtschwarzem tibetischen Granit, auf dem die achteckige, mannshohe Säule ruhte, sollten Glasschleifer ein Gedicht gravieren, das der Kaiser an einem kommenden Morgen erst noch schreiben würde – zur Bauzeit dieser Uhr noch nie gesagte, nie gehörte Worte, die sich mit dem ersten Stundenschlag dieses Werkes in Gegenwart und Vergangenheit verwandeln sollten: Poesie der Zukunft.

Die Gravur würde mit Platin ausgegossen werden und so den Eindruck einer Schrift erzeugen, die mit einem in Mondlicht getauchten Kalligraphenpinsel in die Finsternis gesetzt worden war.

Wartungsfrei, ohne Schmiermittel, allein sich selbst

überlassen und durch ihren achtfältigen Glasmantel selbst vor dem erodierenden Schliff des Staubes geschützt, würden die Zahnräder dieser Uhr bis in die fernste Zukunft rotieren und sich durch Äonen weiter und weiter drehen bis in eine Zeit, in der, was eben noch groß, bedeutend und unbesiegbar erschienen war, in seine Urbausteine zerfiel, während das Prinzip dieses Werkes bis an das namenlose Ende von allem – auch der geliebtesten Menschen, aller Geborgenheit, allen Raumes, ja der Zeit selbst seine Gültigkeit und damit auch seine Schönheit bewahrte.

15 **Jĭng gào,**
eine Warnung

Der Allmächtige hatte dem Sommer befohlen, nicht zu enden. Und der Sommer gehorchte: obwohl ein feiner Sprühregen manchmal tagelang nicht aussetzte und das durch tiefziehende Wolken bleiern gewordene Licht selbst den goldenen Dächern Jehols ihren Glanz nahm. Und obwohl jene lange, sieben Pavillons miteinander verbindende Ginkgo-Allee, die nach den Vorstellungen ihrer Planer den gewundenen Weg eines Drachens nachzeichnen sollte, ihr herbstliches Safrangelb bereits zu verlieren begann und andere der gemeinsam mit den Mauern von Jehol emporgewachsenen Bäume schon leere Kronen trugen. Und obwohl das tiefe, an das Nachtdunkel erinnernde Blau des mongolischen Himmels nur noch selten in der Form schmaler Streifen oder zerrinnender Flecken im Zug der Wolken erschien. Die Aquarellisten hatten bereits an drei Tagen Gelegenheit gefunden, mit klammen Fingern von Reifnadeln funkelnden Bambus zu malen. Die Schälchen zum Anrühren der Farben standen dabei über Kerzenflammen, damit das Wasser nicht fror.

Aber trotz vieler Kuriere aus der Verbotenen Stadt gab es keine weiteren Anzeichen, daß der Herr der zehntausend Jahre den Herbst ausrufen lassen würde und in den Ställen, Archiven, Rüstkammern und Uhrensammlungen endlich mit den Vorbereitungen zur Rückkehr in das Herz des Reiches begonnen werden durfte. Auch wenn die Lustgärten kalt im Nebel lagen und die Rosenzüchter frierend vor verblühten Sträuchern kauerten, die nur noch schimmelige Hagebutten schmückten: Es war und es blieb Sommer. Denn der Herr der zehntausend Jahre erlaubte der Zeit nicht, zu vergehen:

Hier in Jehol, in der Sommerresidenz, in der es nur eine einzige Jahreszeit gab, musste das Werk der englischen Meister vollendet werden. Erst dann durfte eine neue Jahreszeit beginnen. Denn in Běijīng, so hatten die Engländer einem der Großsekretäre des Kaisers gesagt, der in Begleitung von mehr als einem Dutzend Beamten in die Werkstatt gekommen war, um einen Zeitplan zu erstellen, in Běijīng müßte mit dem Großteil der Arbeit von vorne begonnen werden – zu ausgewogen, zu fein und so schwierig zu transportieren wie ein Berg, wie ein See oder eine Wolke, hatten sie gesagt, sei das Werk und deshalb hier und jetzt oder erst im Sommer des nächsten Jahres zu vollenden. Oder, auch das sei natürlich eine

Möglichkeit: Sie könnten die Uhr wieder in ihre Bestandteile zerlegen und die Teile zum neuerlichen Zusammenbau in die Verbotene Stadt verfrachten. Aber das entspräche nicht nur einem ungeheuren Zeitverlust, sondern geradezu einem rückwärtsgewandten Lauf der Zeit und einem Neubeginn.

Auch wenn außer den Beamten kaum ein Bewohner Jehols das *Monster* je zu Gesicht bekommen hatte, wußte hier mittlerweile jeder, der danach fragte, daß dieser endlose Sommer allein mit der unter den Händen und Werkzeugen der Engländer wachsenden Maschine zu tun haben mußte, die im Pavillon der vier Stege als Spuk, der von keinem Priester, keinem Bannspruch und Gegenzauber zu beherrschen war, von Tag zu Tag unheimlicher wurde.

Aber weil mit der wachsenden, glitzernden Größe dieser Uhr auch die Freude des Kaisers an ihrem exotischen Laufwerk, ihren Zahnrädern, Ketten und vom Quecksilber schimmernden Glaszylindern weiter zu wachsen schien, wagte der Hof seine Gedanken nicht einmal mehr zu flüstern. Wie leicht konnte über den Bericht eines vermeintlich gleichgesinnten Zuhörers, der noch am selben Tag vor einem Offizier bezeugen konnte, was er eben gehört hatte, der Lebensweg eines Flüsterers in den Untergang führen, die Karriere des Zeugen dagegen hoch hinauf in einen Abglanz imperialen Lichts.

Seit der Geheimdienst die Verdächtigen der Schmierereien an der Mauer des Pavillons der Windstille verhört, dabei zwei von ihnen zu Tode gefoltert und damit jenes Gesetz ungesühnt gebrochen hatte, nach dem alle Gerichtsbarkeit, alle Strafen und Urteile bis zur Rückkehr in die Verbotene Stadt auszusetzen waren, konnte ein in Ungnade gefallener Flüsterer nicht einmal mehr auf einen Aufschub seiner Qualen oder seiner Hinrichtung hoffen. Aus dem Schatten des Kaisers war kein Zeichen gekommen, das zu den neuen Verhältnissen im Widerspruch stand.

Qiánlóng war in einem zwei Tage dauernden Ritual, in dessen Verlauf er mit großem Gefolge drei den Gottheiten einer vom Licht und der Länge der Sommertage erschöpften Natur geweihte Tempel besucht hatte, auch am Pavillon der vier Stege vorübergezogen, hatte die Werkstatt aber nicht betreten, sondern sich von einem auf der Schwelle verharrenden Berichterstatter in einem seltsamen Gesang berichten, ja tatsächlich vor*singen* lassen, was an den Werkbänken zu sehen war und was von den englischen Gästen auf seine, von der Schwelle ins Innere des Pavillons gerufenen Fragen geantwortet wurde.

Der Sommer dauerte, aber es wurde kälter. Viele der für eine von Wärme und Sonnenstunden erfüllte Zeit gebauten Pavillons und Quartiere waren ohne Heizsysteme, und in den Depots fehlte es selbst an

Decken und Fellen. Wer nicht über seiner Arbeit in Schweiß geriet, fror. In den Wohnungen der Mandarine glühten Turmöfen und als aufgerissene Drachenmäuler geschmiedete Kamineinfassungen Nacht für Nacht. Aber dieser verfluchte Sommer nahm kein Ende.

Wie gefangengesetzt von der feindseligen Stimmung, verließen die englischen Gäste ihren Pavillon nur noch, wenn ein dem Auf- oder Untergang jahreszeitlicher Sternbilder gewidmeter Ritus oder ein Festakt zu Ehren einer Flußgottheit ihre Anwesenheit gebot. Seit sie ihr neuestes Werk begonnen hatten, wurden die Engländer auch zu solchen Zeremonien geladen, empfanden dieses Privileg aber als störende Pflicht. Denn in Wahrheit war es die mit einem geradezu traumwandlerischen Tempo voranschreitende Arbeit an ihrem neuesten Werk, das keinen von ihnen losließ.

Als hätte die Freude, ja Begeisterung des Kaisers auch jeden einzelnen von ihnen auf eine andere Art und Weise erfaßt, verbrachten Cox, Merlin und selbst Lockwood schlaflose Nächte in Gedanken an eine Maschine, zu der sie nun – im Gegensatz zu früher verwendeten Spottnamen, im Gegensatz vor allem aber zu den vielen gespenstischen Bezeichnungen, mit denen der Hof das wachsende Ding in ihrer Werkstatt bedachte – nur noch *die Uhr* sagten.

Die Uhr. Hatte die ungeheuerliche Mechanik, die

auf der wie atmenden, vom Gewicht der Luft erzwungenen Bewegung eines flüssigen, tödlichen Metalls beruhte und die mit ihrem endlosen Lauf zumindest eine Ahnung der Ewigkeit beschwören konnte, noch irgendetwas zu tun mit den simplen Rasselbüchsen, die bloß Stunden schlugen, einen Schläfer weckten oder eine Glocke zum Bimmeln brachten?

Der Kaiser hatte an einem frühen Morgen versucht, ein Gedicht über dieses Werk zu Papier zu bringen (dieses Geheimnis sollte Qiánlóng an einem der kommenden Tage vor einem Großsekretär lüften, der seine, die Maschine betreffenden Wünsche auf eine Liste schrieb):

Er hatte also die Hälfte des Morgens mit diesem Schreibversuch vergeudet und schließlich die auf Reispapier gemalte Kalligraphie in einem Glutbecken verbrannt: Die Arbeit der englischen Gäste sollte, durfte unter keinen Umständen gestört werden. Genau das aber konnte geschehen, wenn ein Gedicht – und sei es das Gedicht eines Allmächtigen – eine entstehende Schöpfung mit den falschen, kraftlosen Worten in Sprache verwandeln wollte.

Kiang war im Pavillon der vier Stege immer noch der einzige, der davon überzeugt blieb, daß diese Uhr nicht allein wegen der Giftigkeit ihres zentnerschweren Quecksilberkerns zur Bedrohung für ihre Konstrukteure werden konnte. Die englischen Gäste hatten seiner Warnung nicht geglaubt, sondern sie in der Annahme abgetan, der Übersetzer wolle doch bloß, daß die Arbeit unterbrochen werde, um den Hofstaat (und also auch ihn) endlich in den ersehnten Luxus der Verbotenen Stadt heimkehren zu lassen.

Dabei waren die Tage voll böser Zeichen: Ein tollpatschiger Welpe, das Palasthündchen eines vom Erhabenen zur Dokumentation der Arbeiten in die Werkstatt geschickten Aquarellmalers, war unter Qualen verendet: Das Hündchen war den aus einem geborstenen Glaszylinder davonstiebenden Quecksilberkügelchen (wie in einer unheilvollen Wiederholung jenes beim Bau eines Barometers in der Shoe Lane geschehenen Unglücks) nachgejagt, hatte einige davon verschluckt und bis zu seinem Tod zwei Tage später vor Schmerzen geheult. Der Maler, auch er ein Eunuch, der das Hündchen geliebt hatte wie ein Kind und alles getan hatte, um es zu retten, schob die Schuld an seinem Verlust den englischen Magiern zu: Sie hätten seinen Liebling mit dem Gift ihrer Maschine verseucht.

Auch wenn ein Maler, der das Vertrauen des Allerhöchsten genoß, mächtig genug war, um jedem am Hof zu schaden, schien diesmal der Glanz der Uhr stärker als jede böswillige Nachrede. Aus dem Ersten Sektretariat kam bloß der Befehl, dem Aquarellisten einen neuen Welpen aus demselben Wurf zu schenken (für den ein mandschurischer Landvogt ein Vermögen verlangte, bis ihm gesagt wurde, der Welpe sei für den Hof). Nein, auch hochgiftiges Quecksilber war im Vergleich zur wahren Bedrohung, die vom Räderwerk dieser Uhr ausging, nur die kleinere, viel kleinere Gefahr.

Du bist so schweigsam, fragte Cox am Abend nach einem besonders zufriedenstellenden Tagwerk den Übersetzer, der den ganzen Nachmittag über stumm geblieben war und auch zwei Fragen nach dem chinesischen Namen eines mechanischen Bauteiles bloß mit *weiß nicht, ich weiß es nicht, ich werde nachforschen* beantwortet hatte. Was liegt dir am Herzen?

Cox, der schweigsame Master Cox, von dem seine Gefährten in diesen Tagen manchmal den Eindruck hatten, die Arbeit an dieser Uhr erwecke ihn zu einem neuen Leben, der schweigsame Cox hatte bisher weder einen von ihnen noch Kiang jemals gefragt, was ihnen möglicherweise am Herzen lag.

Als hätte er nur auf diese einen Bann lösende Frage gewartet, sagte Kiang leise, aber ohne zu zögern: Ihr versteht immer noch nicht, was ihr tut. Euer Werk kann euch töten. Ihr wißt nicht, was ihr tut. Es wird euch töten.

Obwohl Kiang fast geflüstert hatte, wurde es an den Werkbänken der Gefährten so still wie nach den

Worten eines Zeremonienmeisters oder Mandarins, der *Stille* befohlen hatte. Und selbst als Kiang zu einer Wiederholung seiner bereits vor Wochen geleierten Warnung vor der Zeitlosen Uhr in einem von keiner Frage unterbrochenen Monolog ansetzte, schien das Summen einer herbstlich müden Fliege, die bereits nach einer Zuflucht vor dem kommenden Frost suchte, lauter als seine beschwörenden Worte:

Die englischen Gäste glaubten immer noch, dem Erhabenen einen großen Wunsch zu erfüllen, und schraubten und schnitten, sägten und schliffen dabei in Wahrheit an ihrem Tod, sagte Kiang. Eine Zeitlose Uhr für den Herrn der zehntausend Jahre wollten sie bauen. Hatten sie immer noch nicht begriffen, warum Qiánlóng mit einer solchen Leidenschaft an Uhren und allen Zeitmessern hing? Wußten sie immer noch nicht, daß der Kaiser in seinem nahezu grenzenlosen Reich der Einzige war, der mit Uhren, mit der Zeit, *spielen* durfte? Wer an eine solche Uhr auch nur dachte, der mußte wissen, daß er sich über den Herrscher erhob, wenn er ein mechanisches Abbild seiner Macht über die Zeit schuf. Aber über den Herrn der zehntausend Jahre durfte sich niemand und nichts erheben, niemals, ausgenommen vielleicht die Sonne, ausgenommen vielleicht die Sterne, aber gewiß kein lebender Mensch.

Wer dabei war, sich in solche Höhen aufzuschwingen, sagte Kiang, würde irgendwann erkennen, daß dort oben, ganz oben, nur Platz für den Einzigen war und jeden anderen nichts erwarten konnte als der Tod. Die Erbauer einer Maschine wie jener, die sich im Pavillon der vier Stege zu wachsender Größe erhob, konnten sich nur auf ein sicheres Ergebnis ihrer Mühen verlassen: daß mit ihrer Vollendung und dem letzten Handgriff auch die eigene letzte Stunde gekommen war. Denn der Herr über China und die Welt mußte mit dem Lauf seiner Zeit allein sein, ganz allein, damit er gemäß einem Auftrag des Himmels seine Macht bis in die Areale der Sterne und allen Lichts ausdehnen konnte. Triumphe dieser Art aber waren und blieben unteilbar.

Kiang war an die achtfältige Glassäule herangetreten, in der das Werk der Zeitlosen Uhr vor aller Zugluft und dem Geraspel des Staubs geborgen sein sollte, schien aber weniger das Räderwerk als vielmehr sein eigenes Spiegelbild zu betrachten.

Was redete der da? Was redete der Übersetzer da? Wer sägte und schraubte an seinem Tod?

Das glaubst du doch selbst nicht, sagte Merlin und warf Kiang wie in einer Reaktion auf einen Scherz ein Zahnrad aus Messing, das er eben aus dem Schraubstock genommen hatte, so unvermittelt zu, daß Kiang in einem Reflex zwar eine Hand danach ausstreckte, das Rad aber nicht fangen konnte und fallen ließ.

Was redete der da?

Hatte Kiang nicht gesehen, daß der Kaiser dreimal, dreimal!, seit in dieser Werkstatt an der Uhr gebaut wurde, Nachschau gehalten hatte, einmal mit großem und festlichem, einmal mit kleinerem und noch kleinerem Gefolge, Nachschau gehalten und sogar Fragen gestellt hatte, Fragen eines Liebhabers, Fragen eines Uhrmachers, die doch er, Kiang, auf seinen Knien übersetzt hatte. Hatte der Übersetzer nicht begriffen, daß der Kaiser den Sommer Woche um Woche, ja um Monate verlängerte, um die Fertigstellung eines noch niemals gebauten mechanischen Wunders abzuwarten und zu befördern?

Daß man dem Kaiser weder in die Augen noch ins Gesicht sehen durfte, während er fragte und sprach, hätte doch eigentlich dazu führen müssen, daß, was immer er sagte, umso klarer im Gedächtnis blieb. Aber Kiang hatte offensichtlich vergessen, was er doch selber voll Ehrfurcht und Bewunderung gesagt hatte: Qiánlóng habe noch niemals eine Frage an einen Handwerker gerichtet und sich noch niemals einem Platz, an dem Arbeit verrichtet wurde, einer Werkstatt, auch nur genähert. Der Werkstatt der englischen Gäste dagegen wieder und wieder!

Was redete der Übersetzer für dummes Zeug.

Ein Herrscher, und wäre er ein Gott, der seine eigenen Pläne nach der Arbeit dreier Uhrmacher aus England ausrichtete und Herz und Kopf seines Reiches für diese Zeit in der Mongolei festsetzte, sollte ausgerechnet die Erbauer eines Wunders, denen er schon bisher so viele Zeichen seiner Dankbarkeit gezeigt hatte, am Ende aus der Zeit verbannen, sollte ihnen Schaden zufügen, sie töten?

Sprach aus Kiang nicht vielmehr die Angst, daß er selber es sein könnte, der überflüssig wurde und damit seine Daseinsberechtigung verlor? Hatte denn der Kaiser nicht schon bei seinem letzten Besuch einen italienischen Kartographen mitgebracht, der in seinem Gefolge aufmerksam zugehört, Kiangs Übersetzung dabei aber mehrmals korrigiert und eine von Cox' Antworten auf einen kaiserlichen Wink selber in die Sprache des Erhabenen übertragen hatte?

Und wer sollte die Uhr schließlich warten, sagte Merlin, wenn seine Erbauer nach getaner Arbeit das Zeitliche segnen mußten? Wer sollte das Ding nach einem langen Transport, nach dem Weg zurück nach Běijīng, nach einem Erdbeben, einem Gewitter mit barometrischen Kapriolen oder bloß einer lächerlichen kleinen Panne neu justieren?

Diese Uhr, unterbrach Cox Merlins zornige Rede, diese Uhr muß niemand warten und niemand justieren. Wir bauen sie so, daß sie keine Menschen mehr braucht. Keinen einzigen. Auch uns nicht.

Auch uns nicht, tatsächlich?, fragte Merlin. Umso besser. Der Allmächtige wird zufrieden sein. Und wir ..., wir legen unsere Schraubendreher, Zangen und Hämmer in die Werkzeugkisten zurück und segeln als reiche Männer in Hängematten auf dem Oberdeck der Sirius nach London. Warum sollte unser Auftraggeber auch nur einen von uns verschwinden lassen? Wo wurde jemals ein Uhrmacher in die Ewigkeit versetzt, weil er seinen Auftrag erfüllt und ein bestelltes Werk vor der Zeit und für alle Zeiten zum Laufen gebracht hat?

Kiang wandte sich von Merlin ab, schloß die Augen und schüttelte den Kopf wie einer, der nicht glauben wollte, daß ein Mensch so ganz und gar unfähig sein konnte zu begreifen, was doch unbezweifelbar und offensichtlich war.

Lockwood, der über einer Messingkette saß, um auf jedes ihrer Glieder in endlos wiederkehrender Folge das Alpha und das Omega des griechischen Alphabets zu ziselieren, schien sich nicht sicher zu sein, ob er eben ein bloßes Wortgeplänkel oder tatsächlich die Warnung vor einer tödlichen Gefahr gehört hatte. Er sah Cox mit offenem Mund fragend an. Aber Cox sagte kein Wort.

Am nächsten Morgen fiel der erste Schnee in großen Flocken und ließ die im Schlamm hinterlassenen Hufspuren von zwei reitenden Boten und ihrem Begleitschutz, die Schriftrollen in versiegelten Lederköchern in die Verbotene Stadt brachten, innerhalb von Minuten unsichtbar werden. Im Pavillon der vier Stege wurde gearbeitet wie an jedem anderen Tag auch. In den Glutbecken schmorten Weihrauchperlen, die von den Kurieren als Geschenk einer arabischen Gesandtschaft aus Běijīng mitgebracht und den Engländern als weiterer Gunstbeweis des Kaisers übergeben worden waren. Zu hören waren nur das Knacken der Glut, das Singen schmorenden Weihrauchs und die gedämpften Geräusche feinmechanischer Arbeit.

Kiang kam an Tagen wie diesem, an denen keine Unterhaltungen mit Lieferanten oder Handwerkern zu führen oder Materiallisten zu übersetzen waren, gar nicht erst in die Werkstatt, sondern wartete in seinen beiden Räumen lesend oder mit Bambusmalereien beschäftigt darauf, daß er gebraucht wurde.

Will der uns einen Schrecken einjagen oder ist er von seinem blöden Gerede tatsächlich überzeugt?, sagte Merlin nach einer langen Stille an seiner Werkbank, auf der das am Vortag Kiang zugeworfene und von ihm fallen gelassene Zahnrad nun in einer Spanschachtel voll ausgemusterter Teile lag. Was redet der? Unsere eigene Uhr soll uns die Stunde schlagen?

Vielleicht hat er ja recht, sagte Cox.

Vielleicht hat er recht? Spinnst du?, fragte Merlin.

Vielleicht, sagte Cox.

In den folgenden Tagen sprach niemand mehr in der Werkstatt über Kiangs Warnung. Weil die Dienste des Übersetzers in diesem Stadium der Arbeit auch weiterhin nicht gebraucht wurden, erschien er nur zur Vorbereitung der Mahlzeiten und verschwand dann in seinen Zimmern oder unternahm stundenlange Spaziergänge in kahlen Gärten und Parks, die, ohne Mauern und Zäune, kaum noch von der Wildnis zu unterscheiden waren. Oder er schritt lesend zwischen den Pavillons und Palästen der Sommerresidenz dahin, von deren Dächern Schmelzwasser tropfte. Schnee war bald nur noch auf den Kuppen der höchsten Hügelketten zu sehen.

Die Mandarine glaubten mit bedrohlicher Deutlichkeit zu sehen, daß die in den vergangenen Wochen weiter angewachsene Zahl der Kuriere, die auf erschöpften Pferden aus der Verbotenen Stadt ankamen und Jehol nach höchstens einer Nacht wieder verließen, zwar nicht den Glanz, wohl aber den Einfluß und die Macht Bĕijīngs in ihren Satteltaschen, Köchern und Ledersäcken trugen, um aus der Sommerresidenz für ungewisse Zeit das Herz des Reiches zu machen.

Alle Urkunden, Briefe, Befehle und Verfügungen trugen als Datum und Ausstellungsort einen Sommertag in Jehol. Gewiß, auch dieser Sommer würde nicht ewig sein. Er durfte, er konnte nicht ewig sein, gewiß. Noch aber schien er ohne Ende. Die Zeit stand still.

16 **Qīng Kè,**
der Augenblick

Die Pavillons und Paläste der Sommerresidenz lagen verschneit und froststarr in der Windstille, als sich der Herr der zehntausend Jahre zu Fuß auf einen Weg machte, wie ihn vor ihm noch kein Herrscher über das Reich der Mitte gegangen war:

Qiánlóng hatte an diesem winterlichen Morgen, an dem die Luft erfüllt war vom Flirren winziger, von einer kalten Sonne in Nadelblitze verwandelter Eiskristalle, ungewöhnlich lange Stunden in seinem an Seidenzöpfen schwebenden Bett verbracht und dabei wortlos jedes ihm vorgelegte Dokument, jedes Gesuch und jede Eingabe abgewiesen: keine Begünstigung. Keine Steuererleichterung. Keine Beförderung, Genehmigung, Belobigung. Und auch keine Begnadigung. Der Tod und alle Ereignisse des Lebens sollten an diesem Tag entweder ihren blinden, von keiner allerhöchsten Entscheidung gelenkten Lauf nehmen oder in ihrem jeweiligen Status verharren.

Der Herr der zehntausend Jahre wollte, nachdem er sein Bett wie ein schwankendes Floß verlassen und dabei zwei Eunuchen zurückgestoßen hatte, die sich ihm auf den halblauten Zuruf eines Kammerherrn wie gewöhnlich als Stützen oder Fußschemel anboten, keinen einzigen Augenblick mehr an Gesuche und Eingaben vergeuden. Und er duldete auch nicht, daß man ihm beim Ankleiden half, und nicht, daß seine Sekretäre, seine Leibwache, Gardisten oder Krieger ihn begleiteten und mit jenem streng geordneten Kordon, dem üblichen undurchdringlichen menschlichen Schutzschild, umgaben, als er den Pavillon verließ.

Nur nach einer seiner Geliebten hatte er geschickt und ihr befohlen, ihn am *Pavillon der Wolkenschrift* zu erwarten: An einem eisigen Tag wie diesem lösten sich von dem mit heißem Flußwasser durchfluteten Becken, das wie ein rauchender, in Jade gefaßter Spiegel vor diesem Pavillon lag, in unablässiger Folge Dampfschwaden in Streifen, Kringeln und Wölkchen, die tatsächlich an verfliegende Schriftzeichen erinnerten und von Astrologen an bestimmten Tagen des Himmelsjahrs entsprechend gedeutet wurden.

Allein. Ganz allein. Der Kaiser hatte seinen Pavillon, den am besten geschützten, sichersten Ort dieser Welt, allein verlassen. Ohne Leibwache, ohne Garde. Natürlich war später und noch an den beiden nächsten Tagen zu sehen, an denen kein Schnee fiel, sondern nur der Anraum die Schneedecke zum Glitzern brachte, wie zertrampelt diese gleißende Decke im

Windschatten der Pavillons war – zertrampelt von den Stiefeln getarnter, gut verborgener Bewaffneter, die aus ihren Verstecken, in die sie von höchsten Offizieren und Beamten kommandiert worden waren, den Weg des Allmächtigen mit ungläubigem Staunen verfolgten:

Der Erhabene allein wie irgendein Spaziergänger, ein Wanderer im Schnee. Wer ihn aus der Ferne so dahinstapfen sah, hätte nichts, nichts von den vielen Augen bemerkt, die seinen Weg aus der Deckung mit äußerster Wachsamkeit verfolgten, nichts von den vielen hinter Büschen und Mauern verborgenen Beschützern, die fröstelnd in ihrem Versteck standen und ängstlich versuchten, unsichtbar zu bleiben. Tatsächlich zu sehen war nur ein in Pelze gehüllter Mann, der allein durch das weite, spurlose Weiß der Höfe den verwehenden Dampfzeichen über dem Pavillon der Wolkenschrift entgegenging.

Im Schlagschatten einer Schirmföhre, die sich auf halbem Weg dorthin erhob und schwer an ihrer Schneelast trug, erwartete ihn eine von Hauchfähnchen umspielte Frau in einem Umhang aus Zobelfellen. Ihr kristallisierender Atem schien wie ein zierliches Abbild oder ein Zitat der Wolkenschrift, die über dem heißen Flußwasser verwehte: Ān. Hier atmete, hier wartete die zarteste und süßeste von allen geliebten, zarten und süßen Frauen des Kaisers.

Auch wenn der Herr der Welt in jenen Morgenstunden, in denen er bei besserer Laune Gedichte schrieb und dabei stets auf der Suche nach dem treffendsten Ausdruck war, blieben doch *zart* und *süß* die beiden Worte, die er am öftesten verwendete, wenn er an diese kindliche Frau dachte, eine Zeile über sie verfaßte oder ihr selbst vor den Augen von Zeugen über die Wangen strich, so behutsam, als müßte er vor jedem seiner Worte, das er an sie richtete, erst prüfen, ob dieses Wesen wirklich und greifbar war und nicht bloß eine überirdische Erscheinung, die unter einem begehrlichen Blick und erst recht jeder Berührung wieder zerfließen, verfliegen mußte: Meine Zarte. Meine Süße. Meine Schöne.

Ān hörte diese und andere verschlissene Kosenamen nicht gern, vergaß aber nie, als Antwort zu lächeln. Der Kaiser hatte sie von der Pflicht des Kniefalls befreit, wenn er sie zu sich befahl. Er hatte ihr sogar erlaubt, den bei Todesstrafe verbotenen Blick in seine Augen zu tun, die von einem an Feldspat erinnernden Grau waren, in dessen Tiefe erst jene meerblauen Einschlüsse sichtbar wurden, die noch von kaum einer anderen Frau des Erhabenen entdeckt worden waren. Und er hatte ihr erlaubt, seine Lippen, die sich in jedem Augenblick zu einem Urteil über das Dasein und die Zukunft nicht nur jedes seiner Untertanen, sondern der ganzen Welt formen konnten, mit der Kuppe ihres Zeigefingers nachzuzeichnen, bis ihn ein lustvoller Schauer zu einem seltsam, ja verrückt klingenden, hohen Kichern brachte.

Ān verehrte und bewunderte diesen Mann, der sie so hoch über alle anderen Frauen des Reiches erhoben hatte. Sie war ihm dankbar und tat niemals aus Furcht, sondern stets aus Dankbarkeit, was immer er von ihr verlangte. Aber sie liebte ihn nicht.

Qiánlóng hatte seine Fußstapfen wie nach einer gespannten Richtschnur in den Schnee getreten und hielt in einiger Entfernung von jenem kleinen Gefolge inne, das Ān zum Treffpunkt begleitet hatte und sich nun vor dem Herrn der Welt in den Schnee warf. Aber er rief ihnen, nein, er sprach ihnen im halblauten Tonfall eines Menschen im Selbstgespräch zu, sie sollten alle verschwinden, wischte sie alle mit einer einzigen beiläufigen Geste aus dem weißen verschneiten Bild: Alle, alle sollten sie verschwinden außer der einen, der Zarten, der Süßen, mit der er einige Herzschläge später scheinbar allein an diesem Wintertag war.

In ihren Fellmänteln kamen die beiden wie zwei Pelztiere durch dieses weite, große Weiß aufeinander zu. Ob sie aneinander rochen, schnoberten, ob sie sich berührten, einander etwas zuflüsterten oder in unverständlichen Tierstimmen Grüße und Kosenamen tauschten, war auch für die vielen, im Geglitzer der Schneekristalle verborgenen Augen und Ohren nicht zu hören, nicht zu sehen.

Lautlos kamen sie einander näher. Und dann wandte sich der Herr der Horizonte im Vorübergehen von seiner vermummten Geliebten ab und trat seine Spur weiter in den unberührten Schnee. Und Ān folgte ihm wie in einem oft und auch im Schnee erprobten Ritual in jenem vorgeschriebenen Abstand von drei Längen ihres Körpers, der in einem *Katalog der Schritte* verzeichnet war und selbst für die Gemahlinnen und Konkubinen des Erhabenen Gesetz blieb. Allein der Kaiser durfte diesen Abstand nach seinem Willen und seiner Lust verringern.

Ob Qiánlóng seiner Liebsten das Ziel ihres gemeinsamen Weges im Vorübergehen genannt hatte, war für keinen Beobachter zu hören, wohl aber war zu sehen, wohin das Paar wollte: zur Zeitlosen Uhr. Sie wollten zum Pavillon der vier Stege. Die Wolkenschrift lag am Weg zum Haus der englischen Gäste. Die unsichtbaren Augen und Ohren folgten den beiden gebannt und sahen aus immer neuen Deckungen, immer neuen Verstecken das unerhörte Schauspiel:

Der Kaiser zu Fuß. Der Kaiser wie ein Bauer auf dem Weg zu seinem verschneiten Feld, begleitet nur von einer Frau, einer Konkubine, der seine Schritte im Schnee ein bißchen zu groß waren und die ihm deshalb manchmal unsicher, stolpernd folgte.

Deckung! Schnell, die Köpfe, die Waffen hinter einer Schneewächte oder einem Mauervorsprung unsichtbar gemacht, hinter einem Baumstamm, Buschwerk: Selbst wenn der Fußgänger innehielt, den Kopf hob und lauschte, wenn ein Schneepolster unter der Morgensonne seinen Halt verlor und raschelnd aus den Zweigen fiel, durfte er nichts von seinen Beschützern ahnen, deren wachsame, kampfbereite Gegenwart in diesem kahlen Weiß nur deswegen zu verbergen war, weil die Aufmerksamkeit des Erhabenen mehr als allem anderen seiner Geliebten galt. Vom Weg durch den tiefen Schnee erhitzt, schlug sie die Fellkapuze zurück, und ihr langes Haar fiel in schwarzen metallisch schimmernden Kaskaden über ihre Schultern.

Gelacht? Hatte sie eben gelacht? Dochdoch, fast alle ängstlich verborgenen Beschützer hatten gehört, wie sie gelacht hatte. Sie war in den Fußstapfen des Kaisers gestolpert, und der hatte sich wie irgendein Sterblicher nach seiner Frau, wie irgendein Mann, irgendein Bauer nach ihr umgedreht, und sie war aus ihrem Fehltritt lachend in seine Arme gefallen.

Von so vielen Blicken verfolgt und doch wie ein einsames Paar in der verschneiten Landschaft zwischen Pavillons und Palästen, stapften die beiden nun dem Haus der englischen Gäste entgegen. Nur eine über den Sommerpalast dahinsegelnde Flußmöwe oder ein rüttelnder Falke, der seine Beute in der Tiefe erspähte, hätte erkennen können, wie das Paar von einem von Versteck zu Versteck huschenden, schleichenden, manchmal sogar kriechenden Gefolge auf jedem Schritt seines Weges begleitet wurde.

Verschwindet, hatte der Kaiser gesagt, verschwindet. Das aber mußte für den mit seinem Leben für die Sicherheit des Allerhöchsten bürgenden Mandarin heißen: Aus meinen Augen! Und der Erhabene konnte sich nun ja nach allen Himmelsrichtungen drehen und würde nirgendwo eine Spur, nirgendwo eine störende Gestalt und in keiner Himmelsrichtung etwas anderes sehen als winterliche Leere, verschneite Architektur, Froststarre.

Und zu hören waren weder Möwen noch ein Falke, sondern nur der gelegentliche, die Stille zerreißende Schrei einer hungrigen Krähe und das Murmeln des heißen Flusses, der seine Ufer selbst im tiefsten Winter grün hielt und dort auch an strengen Frosttagen violette und purpurrote Sumpfblumen zum Blühen brachte.

Im Bild eines einsamen, von einem verborgenen Gefolge begleiteten Paares in einer kahlen Winterlandschaft schien auf malerische Art deutlich zu werden, was in den vergangenen Wochen zu einer rätselhaften und unabweisbaren Tatsache geworden war: Wann und wo immer die Rede auf die Zeitlose Uhr gekommen war – ob von einem besorgten Mandarin als dämonisches Zauberwerk ins Gespräch gebracht oder von den mit der Wartung von Glockenspielen und Automaten betrauten Eunuchen als Wunder beschworen –, stets wollte der Kaiser mit diesem Werk in einer Art Selbstgespräch allein bleiben. Er wollte weder Urteile noch Meinungen oder Expertisen zu einer Mechanik hören, die wie keine andere an seine eigene Existenz rührte, schien diese Maschine doch mehr und mehr zum Zeichen und Symbol seines Daseins zu werden:

Sie stand über den Zeiten der Sterblichen wie der Herr der zehntausend Jahre. Sie schlug ihre Stunden über alle Grenzen des Tages und der Jahre hinaus und brauchte dabei niemanden, der ihren Gang nach der Erschöpfung aller Reserven um weitere Umlaufperioden verlängerte. Und hörte sie irgendwann in einer unfaßbaren Zukunft auf zu schlagen, war nicht das Ende ihrer Lebensdauer erreicht, sondern das Ende der Zeit.

Als wollte Qiánlóng jenen leeren Raum der Ehrfurcht, Verehrung und Angst, der nach den Gesetzen des Hofes seinen Thron, seine Erscheinung und jeden seiner Schritte umgab, auch um das Werk der Engländer erstehen lassen, duldete er bei seinen Besuchen im Pavillon der vier Stege nur eine stetig abnehmende Zahl von Begleitern, bis er schließlich, an diesem Wintertag, dieses Vorrecht nur noch einem einzigen Menschen zugestand: Der Schönen. Der Zarten. Ān.

Dreimal hatte der Kaiser den Pavillon der vier Stege besucht, und als ob jeder einzelne dieser Besuche nicht schon Sensation genug gewesen wäre, richtete der Erhabene auch noch das Wort an die englischen Magier wie an Mitglieder seiner Familie. Er stellte Fragen und ließ zu, daß die Gefragten stehend und nicht vor ihm im Staub liegend und nicht auf den Knien antworteten. Allein sein Antlitz schützte er, indem er auch für die englischen Gäste das Verbot nicht aufhob, dem Himmelssohn in die Augen zu sehen.

Schon beim zweiten dieser Besuche hatte er mit einer seiner achtlosen und doch um nichts in der Welt zu übersehenden Gesten gezeigt, daß er mit diesem Uhrwerk allein sein wollte. Alle, ausnahmslos alle, auch die Erbauer der Maschine, sollten den Raum, in dem diese achteckige, gläserne Säule aufragte, verlassen, bevor er ihn betrat. Die Uhr sollte den Herrn der zehntausend Jahre so allein erwarten wie sonst nur eine seiner Frauen.

Und wie lange noch? Wieviel fehlte noch zu ihrer Vollendung?

Nach dem dritten Besuch war diese Frage, die noch bei keiner der von Cox und seinen Gefährten bei Hof geschaffenen Maschinen gestellt worden war, von einem ganz in Mandarinrot gekleideten Sekretär zusammen mit einem Geschenk des Erhabenen überbracht worden, einer faustgroßen Schnecke aus Rotgold. Nach Kiangs Deutung ein Zeichen für Reichtum und Glück. Denn nur wer den Luxus der Langsamkeit genießen konnte, durfte sich in dem Traum wiegen, das kostbarste aller menschenmöglichen Güter zu *besitzen*: Zeit.

Wieviel also fehlte noch?

Die Engländer sagten: Wenige Arbeitswochen.

Wie viele Wochen? Der Sekretär kam noch am selben Tag wieder mit der Frage nach der Zahl. Durch das offenstehende Haustor war das Keuchen seiner Sänftenträger zu hören. Die Antwort hatte offensichtlich Eile.

Sechs. Vielleicht auch nur fünf, wenn die neuen, miteinander verschmolzenen Glaszylinder für das Quecksilberherz der Uhr wie versprochen geliefert würden. Aber bei der gegenwärtigen Schneelage sei dieses Versprechen möglicherweise nicht zu halten.

Doch. Es war zu halten. Jedes Versprechen, das einem Abgesandten des Kaisers gegeben worden war, sagte der Sekretär, der diesmal darauf bestand, auf eine klare Antwort zu warten, ausnahmslos jedes dieser Versprechen würde selbst dann noch gehalten werden, wenn der Schnee haushoch läge und Hochwasser führende Ströme das Land in ein Meer und Berge in Inseln verwandelten.

Weder Cox noch Merlin oder Lockwood sahen oder ahnten etwas von dem Paar, das an diesem Morgen auf den Pavillon zustapfte: der vierte Besuch des Herrschers über Kontinente und Meere.

Kiang hatte die Frühstückstafel bereits wieder abtragen lassen, und die beiden Hausdiener, die wie jeden Morgen gekocht und in stummer Ergebenheit serviert hatten, waren längst wieder verschwunden. Ein weiterer der kurzen, fieberhaften Arbeitstage schien seinen ungestörten Verlauf zu nehmen. Cox arbeitete nicht gerne im Schein von Lampions und Wachslichtern und erklärte deshalb die Arbeit stets noch vor Sonnenuntergang für beendet. Das Werk stand vor seiner Fertigstellung und war schon jetzt kaum noch von jenem Bild zu unterscheiden, das Cox als Planzeichnung neben einen mit chinesischen Schriftzeichen bemalten Tuschepapierbogen an die Ostwand der Werkstatt geheftet hatte.

Die vorangegangenen Besuche des Kaisers waren stets von einem Boten des Großsekretariats angekündigt – und dann mit Herzklopfen erwartet worden. Aber nun saßen die englischen Gäste schweigend über ihre Arbeit gebeugt – die Glaszylinder mußten neu gefaßt werden –, als ein eisiger Strom Zugluft aus dem Korridor anzeigte, daß die Tür geöffnet oder von einem Windstoß aufgedrückt worden war. Der vergoldete Drachenkopf, der vor jedem Besuch an das Haustor schlug, war unbewegt geblieben. Die Zugluft fegte einige Blätter von Cox' Zeichentisch, und Kiang lief mit einem halblauten Ausruf zur Tür, als er so plötzlich verstummte, daß die englischen Gäste die Köpfe hoben.

Nur Cox konnte von seinem Stuhl die Schwelle der Tür zwischen Korridor und Werkstatt überblicken, sah aber dort nur Kiangs Füße: als wäre der Übersetzer in seiner Hast, die Tür zu schließen oder einen ungebetenen Gast von einer Störung der Arbeit abzuhalten, der Länge nach hingeschlagen. Der Rest seines Körpers zeigte wohl gegen das Haustor, lag aber unsichtbar im Dämmerlicht des Korridors.

Seit Kiang die Warnung zum zweiten Mal ausgesprochen hatte, daß der Erbauer einer Zeitlosen Uhr sich wie ein Frevler über den Herrn der zehntausend Jahre erhob und mit der Vollendung seines Werkes auch sein eigenes Ende erreichen würde, hatten Cox und seine Gefährten nicht mehr über diese Drohung gesprochen. Merlin machte sich zwar gelegentlich lustig über die Eifersucht der Höflinge, die im Pavillon der vier Stege mehr zu ahnen als tatsächlich zu spüren oder zu erleben war, sah aber schlimmstenfalls die Gefahr einer leicht zu entkräftenden üblen Nachrede.

Aber ein Angriff auf die Gäste des Kaisers innerhalb der Mauern der Sommerresidenz? Ein solches Verbrechen, hatte Merlin gesagt, müßte doch zahllose Mitglieder des Hofstaates fürchten lassen, im

Lauf der geheimdienstlichen Ermittlungen unter der Folter zu sterben – wenn nach den Gesetzen des Sommers nicht hier in Jehol, dann irgendwann in den Kerkern von Bĕijīng.

Cox, obwohl auch er Kiangs Warnung scheinbar vergessen hatte, blieb insgeheim aber und mit jedem weiteren Arbeitstag, der sie der Vollendung ihres Werkes näherbrachte, unerschütterlicher davon überzeugt, daß der Übersetzer recht hatte: Der Kaiser wollte doch schon jetzt lieber allein sein mit seiner Uhr. Und was konnte ein Herr über die Zeit oder irgendein Auftraggeber nach einem Werk wie diesem von einem Automatenbauer noch wollen?

Diese gläserne Säule war alles, was die Kunst der Uhrmacher jetzt und gewiß noch bis tief in die Zukunft zustande bringen konnte, alles, wovon Cox und seinesgleichen ihr Leben lang geträumt hatten und wovon an anderen Orten dieser Welt, die vom Triumph in Jehol nichts wußten, immer noch geträumt wurde: Perpetuum mobile. Wenn jemals ein mechanisches Werk erdacht und gebaut worden war, das diesen Namen verdiente, dann diese Säule, die seit dem letzten Besuch des Kaisers und auf einen Wink von ihm in einem Nebenraum der Werkstatt wie ein Altar schimmerte.

Selbst wenn die Physiker Englands und Chinas zusammengenommen den Einwand erheben konnten, diese Säule enthalte doch kein in sich geschlossenes

System, das, einmal in Bewegung versetzt, allein aus eigener Kraft weiter und weiter lief, sondern sei vom Steigen und Fallen des Luftdrucks abhängig wie von einem aufgezogenen Gewicht und verdiene damit den Namen eines Traumes nicht, mußten sie doch so gut wie Cox wissen, daß vollkommen geschlossene Systeme in dieser Welt nicht existieren konnten und deswegen für menschliche Hände so unerreichbar blieben wie der Thron eines Gottes.

Aber diese Uhr, die jede Stunde des Lebens und Todes ihrer Erbauer und ihrer Nachkommen bis in die fernste Zukunft ohne jedes weitere menschliche Zutun messen und anzeigen konnte, war allen bisher erträumten mechanischen Wundern so nahe wie noch kein Menschenwerk zuvor. Und verglichen mit der verfliegenden Dauer organischen Lebens war *ihre* Dauerhaftigkeit näher an einer Vorstellung von Ewigkeit als alle Helden und Heiligen, die heute angebetet und morgen vom Sockel gestoßen, mit Spitzhacken zertrümmert wurden oder in einem Feuerball verglühten.

Aber selbst wenn diese Uhr sein Leben bedrohte und schließlich forderte, wollte und mußte Cox sie vollenden, ohne mit seinen Gefährten noch einmal über die Gefahr zu sprechen. Er hatte seine Ahnungen in den vergangenen Wochen stets damit zu besänftigen versucht, daß, wenn tatsächlich Gefahr bestand, sie nur ihn allein betraf, nicht Merlin, nicht

Lockwood. Schließlich konnte doch auch nach den Ansichten eines Spitzels keiner von ihnen fähig erscheinen, eine Uhr wie diese zu bauen – und würde deshalb einen Herrn über die Zeit in seinem alleinigen Besitzanspruch auch nicht stören. Aber für ihn waren die beiden unverzichtbar; ohne sie war der Traum ihres Meisters nicht zu erfüllen. Wozu seine Gehilfen also mit Vorahnungen beunruhigen, an deren Berechtigung sie ohnedies nicht glaubten?

Die Uhr. *Seine* Uhr: Das Werk mußte um alles in der Welt vollendet werden. Nicht allein, weil mit ihr etwas lange bloß Erträumtes endlich Wirklichkeit wurde, und auch nicht, weil dies dem Willen des Kaisers von China entsprach, sondern weil zu den vielen Sehnsüchten, die diese Säule mit ihrem Erbauer verband, in Jehol, wo die Zeit langsamer geworden war und immer noch stillstand, eine weitere, größere Hoffnung gekommen war:

Während er im Pavillon der vier Stege mit seinen Gefährten die letzten Schritte gegen das Ziel tat, würde am anderen Ende der Welt, in einem getäfelten Zimmer an der Londoner Shoe Lane, seine geliebte, von Abigails Tod zum Verstummen gebrachte Faye wieder zur Sprache, wieder zu sich, wieder zu ihm zurückfinden. Wie in einem synchron gekoppelten Mechanismus würde ihr jede Feder, jede im Pavillon der vier Stege gedrehte Schraube eine Silbe, dann ein Wort, dann einen Satz zurückbringen, den sie zuerst flüsternd, dann so klar und vernehmlich aussprach wie jeden der unzähligen Kosenamen, mit denen sie ihn vor unendlich langer und niemals vergessener Zeit bedacht hatte.

Über das Räderwerk und vor allem über die von namenlosen Glasbläsern aus Ānhuī geschaffenen Zylinder dieser Uhr, deren vom Quecksilber der größten Ströme Chinas genährter Metallspiegel sich im Verlauf eines Tages unmerklich hob und senkte wie ein von den Unruhen der Liebe erfaßtes Herz, glaubte Alister Cox mit seiner fernen Frau in Verbindung zu stehen. Ja, er begann, wenn er sich lauschend, begeistert den Geräuschen mechanischer Probeläufe hingab, über dem Flüstern des Räderwerks zu hören, wie Faye ihr Schweigen brach, hörte ihre Stimme so deutlich, daß er schon zu einer Antwort ansetzte, wenn sie etwas fragte, und zu einer eiligen Frage, wenn er nicht wollte, daß sie wieder verstummte. Merlin und Lockwood sahen manchmal erstaunt von ihren Drehbänken auf: Der Meister sprach mit sich selbst.

Cox hatte sich von seinem Stuhl erhoben und ging gegen den Strom kalter Zugluft zur Tür, um nach dem offensichtlich gestürzten Kiang zu sehen, dessen Füße immer noch reglos auf der Schwelle lagen. Der Anblick des Kaisers traf ihn wie ein Schlag und zwang ihn auf die Knie:

Schneeklumpen an den bestickten Stiefeln, Schneekristalle auf dem mit Perlen besetzten Mantel aus dem Fell eines Schneeleoparden und auf einer Mütze aus gleichem Fell, trat Qiánlóng wortlos über die Schwelle. Daß seine Geliebte ihm ein, zwei Atemzüge später folgte, sah Cox schon nicht mehr. Er hatte den Kopf gesenkt und die Augen geschlossen, um sich keines verbotenen Anblicks schuldig zu machen.

Auch Merlin und Lockwood waren auf die Knie und tiefer gesunken, drückten ihre Stirn gegen den Boden und spürten einmal mehr die Feilspäne ihrer Tagesarbeit. Denn auch wenn ihnen bei vorangegangenen Besuchen des Himmelssohnes zur Empörung seiner Begleiter gestattet worden war, sich zu erheben und seine Fragen stehend zu beantworten – und selbst wenn er sie am Ufer des heißen Flusses wie Gefährten behandelt hatte –, galt diese und alle Gnade doch immer nur für den Augenblick. Was gestern noch beneidetes, empörendes Privileg gewesen war, konnte heute ein verhängnisvoller, lebensbedrohlicher Fehler sein. In der Begegnung mit dem Herrn der Welt gab es keine Vorgeschichte, auf die man sich berufen durfte.

Cox hörte jetzt die dunkle, leise Stimme des Kaisers und nach einigen Herzschlägen der Stille Kiang: Ihr sollt euch erheben. Es gibt nichts, wovor ihr euch fürchten müßt.

Cox erhob sich zögernd, mit gesenktem Kopf und

immer noch geschlossenen Augen. Er wußte nicht, ob Merlin und Lockwood es ihm gleichtaten, und sah auch nicht, wer auf ihn zukam, als Kiang aus der Ferne des Korridors nach einem weiteren Wort des Kaisers mit zitternder Stimme und offensichtlich immer noch im eisigen Korridor liegend sagte: Meister Cox, Ihr sollt die Augen öffnen. Der Himmelssohn will Eure Augen sehen.

Noch bevor Cox verstand, ob dies nun bedeutete, daß er den Kopf gesenkt halten und bloß die Augen öffnen sollte, oder ob der Kaiser tatsächlich befohlen hatte, daß der englische Gast ihn ansah, roch er einen wunderbar aromatischen Duft, ein Parfüm, das ihm noch von keiner Begleiterin selbst seiner reichsten Auftraggeber zugefächelt worden war. Ein Aroma, das in ihm das Bild eines Gartens aufsteigen ließ, in dem eine sanfte Brise Blütendüfte miteinander vermengte und in ein geruch- und farbloses Ödland hinaustrug.

Die geschlossenen Augen erlaubten ihm selbst in der Anwesenheit des Kaisers zumindest noch für einige Atemzüge allein mit sich zu sein, und so hörte er auch das aus diesem vielfältigen Aroma entspringende, glucksende Rinnsal, einen Bach, der sich durch den Garten wand. Und dann sah er Abigail. Abigail hockte am seichten Wasser, warf Holzspäne in die Wellen und verwandelte sie so in Schiffe, in Fische, Zwerge in Not, wer weiß. Sie spielte. Und neben ihr saß Faye.

Cox war so betört von dem ihn umfangenden Duft, daß er selbst gegen den Willen des Herrn der Welt bleiben wollte, wo er war. Für immer bleiben im Schutz seiner geschlossenen Augen, hinter einem vom eigenen Blut durchpulsten Vorhang, hinter dem alles denkbar und träumbar wurde, ohne vom Anblick der Wirklichkeit widerlegt zu werden.

Und plötzlich berührten seidige Hände seine Augenbrauen, so behutsam, als müßten erst ihre Linien nachgezeichnet und ihr Schwung geprüft werden, bevor diese Hände sich leiten ließen vom Schwung der Brauen und über seine Schläfen herabsanken und duftende Fingerkuppen über seine geschlossenen Lider strichen, so wie man über das Antlitz von Toten streicht, um ihnen die Augen zu schließen.

Aber diese Hände ..., diese Hände wollten ihn aus seinem Dunkel zurückholen, zurück ins Leben. Diese Hände, diese Finger sollten ihm gemäß dem Willen des Kaisers die Augen öffnen. Kaum hatten sie seine Lider auch nur berührt, sanft wie ein Kuß, gehorchte Cox – und schlug endlich die Augen auf. Und sah vor sich nicht den Kaiser, sondern das strahlende Gesicht Āns, der unberührbarsten, verbotensten Frau des Reiches. Nicht nur ihre Hand, selbst den Saum ihrer Kleider zu berühren, war verboten und verboten erst recht alle Gedanken, zu denen ihre Schönheit einen Bewunderer verführen konnte. Wenn Ān bei zeremoniellen Empfängen an der Seite des Allerhöchsten gemeinsam mit einigen seiner Frauen und Konkubinen erschien, mußten sich Gedanken- und Mienenleser in jedes Ān zugewandte Gesicht vertiefen. Was sie lasen, konnte einen geheimen Verehrer der Schönen, der Zarten sein Amt kosten und ihn in ein Verlies oder auf das Schafott bringen.

Ān hatte ihre Arme sinken lassen, stand aber immer noch so dicht vor Cox, daß er in ihrem Anblick und ihrem Duft gefangen blieb, während Qiánlóng Kiang bedeutet hatte, er und die beiden anderen Engländer sollten sich erheben und ihm in den Nebenraum vorangehen, in dem ihn die Säule erwartete. Dort sollten einige Fragen beantwortet werden. Der Kaiser trat hinter Ān und legte seine Hände wie in einem Kinderspiel über ihre Augen, oder als wollte er Cox von jenem Bann befreien, in den er durch ihren Anblick geraten war.

Aber Cox war weit weg. Er sah nun auch mit offenen Augen seinen Garten. Nur daß darin nun auch Ān gemeinsam mit Faye und Abigail am Wasser saß. Die eine so ersehnt, so geliebt und so unerreichbar wie die andere. Und dann ergriff etwas Besitz von ihm, eine Erschütterung, von der er vielleicht eine Ahnung erfahren hatte, als Abigail geboren worden war oder als er zum erstenmal in Fayes Armen lag. Er empfand, daß dieser eine Augenblick im Angesicht des Kaisers und seiner Geliebten keiner Zeit mehr angehörte, sondern ohne Anfang und ohne Ende war, um vieles kürzer als das Aufleuchten eines Meteoriten und doch von der Überfülle der Ewigkeit: von keiner Uhr zu messen, scheinbar ohne Ausdehnung wie ein Jahrmilliarden entfernter, glimmender Punkt am Firmament.

Vielleicht stand ein solches Licht jedem Menschen zu, war aber niemals und von niemandem festzuhalten, sondern irrte über Köpfen und Herzen dahin, hielt für einen unmeßbaren Augenblick inne, irrte weiter. Und wer darauf hoffte, daß dieses Glimmen, dieses Leuchten für immer verbunden bliebe mit einer Geliebten, einem Liebsten, folgte in Wahrheit nur einem labyrinthischen Weg. Und was er am Ende fand, war Asche.

Aber war nicht jeder, der für einen zauberischen Augenblick von einem solchen Funken beschienen wurde, für einen Pulsschlag der Ewigkeit mit einem anderen Menschen wie für immer verbunden? Verbunden und erfüllt von der Gewißheit, daß alles, was in einem menschlichen Leben den Namen der Liebe verdiente, in Erfüllung gegangen war. Alles, dachte Cox, alles.

Und plötzlich empfand er die Überfülle dieses Augenblicks als den Inbegriff der Zeit und darin wie in Bernstein eingeschlossen die Gegenwart seiner stummen und toten Liebsten zugleich mit seiner Sehnsucht nach dieser unberührbaren, unerreichbaren Frau, die vor ihm im Winterlicht stand und lächelte. Und was ihn jetzt ergriff, war stärker als jedes Gesetz, stärker als alle Furcht vor einem Herrscher und selbst die Angst vor dem Tod.

Also sank er unter den Augen der Geliebten jenes Mannes, der den Anspruch erhob, Herr über Himmel und Erde zu sein, ein zweites Mal auf die Knie und merkte nicht, daß er weinte.

17 **Dú Gū Qíu Bài,**
der Unbesiegbare

Konnte eine unstillbare, überwältigende Sehnsucht ..., konnten Tränen den Oberbefehlshaber über eine Armee von fünfhunderttausend Mann, einhundertfünfzigtausend Reitern und siebenhundert Kriegsschiffen in die Flucht schlagen?

Als Cox, immer noch auf den Knien, die Augen aufschlug, sah er nur noch seine besorgten Gefährten vor sich und in respektvollem Abstand Joseph Kiang. Auch für den Übersetzer waren Tränen offensichtlich etwas, vor dem man sich hüten mußte wie vor flüssigem Eisen. Der Kaiser war verschwunden, und an seine Geliebte erinnerte nur noch ein ätherischer Rest jenes Duftes, der Cox durch Zeiten und Räume und tief in seine Sehnsüchte und Erinnerungen entführt hatte.

Nichts?, Cox habe tatsächlich nichts mitbekommen von dem, was vor seinen Augen geschehen war? Der Kaiser hatte sich wortlos abgewandt, sagte Merlin, und war hinaus in den Schnee, ohne auch nur einen weiteren Blick auf die Säule in der Kammer zu werfen. Und er hatte auch keine seiner angekündigten Fragen gestellt. Die Schöne im Pelz wollte, als sie ihm wortlos folgte, sogar das Haustor hinter sich schließen wie ein artiges Mädchen, aber der Wind habe in der Zwischenzeit ein paar Hände voll Schnee über die Schwelle geweht. Also ließ sie es sein, um ihren Gebieter nicht zu verlieren, und war in der Spur des Allmächtigen verschwunden.

In den ersten Wochen nach diesem Besuch, es waren Wochen eines milden Tauwetters, in denen von den Höhenzügen Schmelzwasserbäche zu Tal rauschten, die mit ihrer Kälte die Temperatur des heißen Flusses senkten und alle Dampf- und Wolkenschriften schrumpfen ließen, kam kein weiteres Zeichen aus dem innersten Kreis der Macht. Es kamen keine Mandarine, keine Sekretäre, auch keine Nachrichten mit dem kaiserlichen Siegel oder einer jener langen Fragebögen zur Zeitlosen Uhr, die stets auf Knien auszufüllen gewesen waren.

Qiánlóng schien auch für seine vom Hof gehaßten und beneideten Gäste aus England wieder in jene unerreichbaren Fernen zu entschwinden, in denen er auch für den Rest seiner Untertanen oft nur zu vermuten, aber niemals sichtbar war wie eine Gottheit, an die man glauben konnte, für deren Existenz aber allein die Pracht von Tempeln und Palästen und gnadenlose Priester bürgten.

Cox hatte mittlerweile keinen Zweifel mehr, daß Kiangs Prophezeiungen in Erfüllung gehen würden, sobald der letzte Handgriff an der Uhr getan war. Sein Auftraggeber würde ihn und vielleicht auch seine Gefährten aus der Welt schaffen, weil neben diesem Werk kein Platz für Sterbliche war. Aber er schwieg: Kein Wort darüber zu Merlin und Lockwood, die nicht verstanden, warum der Meister nach so vielen Monaten der gedrängten, auf Zeitgewinn bedachten Arbeit nun hier eine überflüssige Verbesserung anbringen und dort ein neues Ornament einsetzen wollte.

Verzierungen! Wozu diese Verzögerung? Die Uhr war doch fertig. Oder so gut wie fertig. Daß der Erhabene nach seinem letzten Besuch, nach dem Kniefall des Meisters vor der Hofdame im Pelz nicht mehr erschien, hieß doch wohl, daß er sich längst davon überzeugt hatte, daß sein Wunsch zu seiner Zufriedenheit in Erfüllung ging und daß er nun bloß auf die Nachricht von der Fertigstellung wartete. Und ausgerechnet jetzt begann Alister Cox zu trödeln.

Penelope, sagte Merlin beim Frühstück an einem dieser Tage zu Cox, erinnerst du dich an Penelope?

Cox und Merlin hatten im Auftrag der Erbin einer schottischen Textilmanufaktur aus Edinburgh, es war im ersten Jahr ihrer gemeinsamen Arbeit gewesen, eine große, zentnerschwere Tischuhr als das versilberte Modell eines Webstuhls gebaut. Sie hatten den

Automaten nach Penelope getauft, der unbeirrbaren Prinzessin aus Sparta und treuen Frau des untreuen Irrfahrers Odysseus. Penelope hatte an einem Totentuch für ihren Schwiegervater Laertes gewebt und gewebt, um sich die Freier vom Leib zu halten, die sie in den Jahren, in denen ihr Mann in Troja und weiteren Fernen im Blut watete, bedrängten, wer von ihnen dem verschollenen Helden auf den Thron von Ithaka – und in das Bett seiner Frau folgen durfte.

Zeit, hatte Penelope gesagt, sie brauche Zeit. Erst wenn dieses Totentuch fertig sei, werde sie ihre Entscheidung treffen. Heimlich und Nacht für Nacht hatte sie ihre Tagesarbeit aber wieder aufgelöst, um Zeit zu gewinnen, nein: um sie stillstehen zu lassen – bis eine Magd, die später dafür gehängt wurde, sie verriet.

Der Automat in Edinburgh hatte zum Ticken seiner Hemmung und in einem gleichmäßigen Rucken einen Webteppich aus Kupfer-, Gold- und Silberfäden aus seinem Inneren geschoben, einen schimmernden Kelim, der zu jedem Vollmond fertig war, dann aber vom Webstuhl wieder Reihe für Reihe verschluckt, aufgelöst wurde und bis zum nächsten Neumond vollständig verschwand. Und die automatische Webarbeit von neuem begann.

Willst du dir ein Beispiel an unserer Penelope nehmen?, fragte Merlin noch einmal. Cox hatte, während er eine in nahezu durchsichtigem Porzellan servierte Bambussprossensuppe kalt werden ließ, darauf bestanden, als Lagersteine verwendete Rubine aus dem malaiischen Archipel durch Diamanten aus dem Reich der Khmer zu ersetzen. Und er hatte eine Reihe von Zahnrädern aufgezählt, von denen er nicht überzeugt war, daß sie auch nur die ersten zwei der kommenden Jahrhunderte überdauern würden, und überlegte, sie gegen Legierungen auszutauschen, deren Härte und Elastizität der von Damaszenerstahl entsprach.

Der Kaiser würde gewiß Verständnis haben, auch wenn dadurch die Arbeitszeit noch ein Stück weiter in die Zukunft gedehnt werden mußte. Hatte er sich denn nicht mit eigenen Augen davon überzeugt, daß die Vollendung des Werks durch nichts mehr aufzuhalten und allein eine Frage einer nicht genau bestimmbaren, jedenfalls aber nur noch kurzen Zeit war? Der Weg zum Ziel führte immerhin durch niemals betretene Gebiete der Mechanik.

Aber mit welchen Argumenten auch immer: Wie die von ihren Freiern bedrängte Königin von Ithaka konnte Cox die Zeit weder anhalten noch das Ende der Arbeit ins Ungefähre oder gar Unendliche verschleppen. Und, wer weiß, vielleicht spielte nun ja Kiang die Rolle der verräterischen Magd und hinterbrachte dem Geheimdienst die ohnedies nicht zu leugnende Tatsache, daß der englische Meister die Vollendung seines eigenen Werkes sabotierte.

Jehol galt sowohl in militärischen als auch in diplomatischen Kreisen bereits als die neue Hauptstadt des Reiches, als in den ersten Frühlingstagen überraschend ein Abgesandter des Kaisers im Pavillon der vier Stege erschien, vor dem nun endlich Gründe für die Verschleppung der Arbeit aufgezählt – und von Kiang zu Papier gebracht werden mußten:

Unruhige, disharmonische Probeläufe hätten die Notwendigkeit ergeben, diktierte Cox unter den erstaunten Blicken seiner Gefährten, unerwartet anfällige durch dauerhaftere Materialien zu ersetzen. Auch Glaszylinder waren auszutauschen, um so die Quecksilberoberfläche zu vergrößern. Und schließlich waren Verschleißteile von einer Härte herzustellen, deren Lebensdauer den Herrn der zehntausend Jahre bis tief, tief in die Zukunft erfreuen würde. Aber da ein solches Werk noch nie zuvor gebaut worden war, seien dabei auch noch nie gemachte Erfahrungen zu berücksichtigen gewesen und gelegentlich sogar Irrwege zu gehen. Denn auch wenn die Zeitlose Uhr in diesen Tagen bereits funktionierte wie auf den Konstruktionsplänen vorgezeichnet, war von ihren Erbauern doch auch Vorsorge zu treffen für eine Zukunft, so fern, daß nur ein Unsterblicher sie erleben durfte.

Aber nun, das zeigte der Besuch des Abgesandten, war es genug. Nun mußte es genug sein. Vom Kaiser kam kein weiteres Zeichen, und Cox' Gefährten zweifelten bei Tisch und an den Drehbänken schon daran, ob denn alles, woran sie sich erinnerten, tatsächlich geschehen war: die Besuche des Allerhöchsten, die vielen Beweise seiner Gunst, sein Erscheinen an einem Wintermorgen, an dem er, nur von einer Frau begleitet, das Haustor einer Werkstatt vielleicht sogar mit eigenen Händen aufgestoßen hatte …, ein Kaiser, der seine eigenen Hände gebrauchte!

War das Wirklichkeit gewesen? Oder waren es vor Eifersucht bittere, haßerfüllte Würdenträger des Hofes, die ein böses Spiel mit ihnen getrieben und sie hatten glauben lassen, sie stünden dem Herrn der zehntausend Jahre gegenüber, dem Entrückten, dem Unerreichbaren, während in Wahrheit nur ein Schauspieler oder ein verkleideter Beamter zu ihnen gesprochen und ihnen Fragen gestellt hatte?

Ein Schauspieler? Was für eine Vorstellung. Niemand würde es wagen, sagte Kiang, niemand im gesamten von China beherrschten Erdkreis würde es jemals wagen, den Himmelssohn nachzuäffen, nicht einmal in einem Selbstgespräch, allein und irgendwo im Verborgenen, nicht einmal allein und weit draußen auf dem Meer oder allein und weit draußen in der Wüste … Nein, niemand konnte auch nur daran denken, eine solche Rolle bloß zu *spielen*. Was geschehen war, war geschehen. Nun aber …, nun aber forderte gewiß kein Schauspieler, sondern der Kaiser selbst die Einlösung eines Versprechens. Er hatte seine Geduld über Zeiten und Jahreszeiten hinaus gedehnt und dafür den Sommer, ja den Zeitlauf selbst angehalten. Aber nun bewiesen die Zeichen, daß auch dieser Sommer mit seinen Herbstfarben, seiner Froststarre und seinen Schneestürmen zu Ende gehen würde:

Aus Yúnnán war ein Zug von zweiundfünfzig Elefanten eingetroffen, denen die Lasten des Rückzugs aus der stillstehenden Zeit aufgebürdet werden sollten. In den geheimsten Kreisen um den Kaiser hatten sich offensichtlich jene Berater durchgesetzt, die eine Fertigstellung des Monsters im Pavillon der vier Stege von der Dauer des Aufenthalts und der Gefangenschaft des Hofes in Jehol loslösen wollten.

Sollten die englischen Magier doch in der Mongolei zurückbleiben, während der Kaiser unbehelligt von empörenden Lieferfristen seiner Wege ging! Diese verfluchte Uhr mochte entweder unvollendet von einem Elefanten mitgetragen werden oder in Jehol verrotten oder endlich in Gang kommen – sie durfte und sie würde das höfische Leben nicht länger behindern. Und dann die Elefanten: Hatten die Generäle dem Kaiser damit nicht ein neues, auf den Schlachtfeldern seines Willens noch nie gesehenes, ungeheuerliches Spielzeug verschafft? Auf dem Weg nach Běijīng konnte sich erweisen, ob diese Riesen, wie von ihren Mahouts versprochen, mühelos einzuordnen waren in die kaiserlichen Schlachtreihen und den Heerscharen des Herrn der Horizonte eine neue, furchteinflößende, stampfende, unbesiegbare Erscheinung verliehen.

Der Hof würde also auf dem Rücken dieser Elefanten und Tausender Pferde und Trampeltiere, in Sänften und einer endlosen Karawane von Kutschen, Planwagen und Lastgefährten nach Běijīng zurückkehren und die Verbotene Stadt wieder in ihre Rechte einsetzen, die so lange, viel zu lange, brachgelegen hatten. Die Zeit mußte und die Zeit würde ihren Lauf nehmen.

Perpetuum mobile: Ohne je ein Wort davon auszusprechen, begann Cox, sich in diesen Tagen zu fragen, ob er für die Verwirklichung einer jahrhundertealten Sehnsucht, der Verwirklichung seiner! Träume, am Ende tatsächlich bereit sein würde, die Heimkehr nach England, sein Leben und das seiner Gefährten aufs Spiel zu setzen. Konnte er, mußte er für ein Werk, das als einziges von allem, was er jemals zu einem guten Ende gebracht hatte, den Namen eines *Lebenswerkes* verdiente, den Tod in Kauf nehmen?

Die Tage waren länger geworden. In den Parks lagen nur noch verstreute Schneeinseln, und durch die dünnen Dampfschwaden, die vom Flußufer aufstiegen, drangen unablässig die heiseren Schreie von Eisvögeln, die sich gegen die erwachte Konkurrenz von Flußamseln empörten, als Cox nach einer schlaflosen

Nacht seinen Gefährten jenen rettenden Gedanken vortrug, der ihn von der Frage nach dem Preis seiner Träume befreite.

Es war die einfachste Lösung eines Problems, das weder Merlin noch Lockwood je als Gefahr empfunden hatten. Trotzdem gefiel ihnen, was der Meister vorschlug:

A: Ein Drehknauf aus Bergkristall zur Öffnung der achteckigen Säule.
B: Ein geschliffener Bleiglaskegel zur Blockade oder Freigabe des Quecksilberflusses.
C: Eine Linearwelle aus vergoldetem Osmium.
D: Eine Gewindespindel aus feuerverzinktem Damaszenerstahl.
E: Ein Stellring aus Platin.

Diese fünf ergänzenden Bauteile, auf Seide in eine Schatulle aus Schlangenholz gebettet, sagte Cox, sollten dem Kaiser zusammen mit einer von Kiang kalligraphisch gefaßten Anleitung und der Nachricht von der Vollendung des großen Werkes übergeben werden.

Erst mit diesen fünf Schlüsselstücken, an den richtigen Stellen eingesetzt, konnte die Uhr in Gang gesetzt werden. Und niemand anderer als der Herr der Welt, nun selber ein Uhrmacher, nun selber ein Maschinist, konnte so als der Vollender des Wunders gelten. Und die paar Mechaniker aus England, die ihm dabei zur Hand gegangen waren, durften unbehelligt und in Frieden heimkehren.

Heimkehren?, fragte Merlin, sollte es für uns hier nichts weiter zu tun geben?

Was bleibt uns nach einem Werk wie diesem noch zu tun?, sagte Cox.

Eine Sonnenuhr, sagte Lockwood, eine Sanduhr. Oder eine Wasseruhr?

Es war das erste Mal in ihrer Zeit am Kaiserhof, daß die englischen Gäste, nachdem Merlin zu kichern begonnen hatte, in Gelächter ausbrachen. Eine Wasseruhr! Warum nicht gleich eine Dampfuhr zur Bestimmung der idealen Beschaffenheit weicher Frühstückseier?

Kiang verstand nicht, was an diesem Gespräch zum Lachen sein sollte, und lächelte daher auch nicht. Cox hatte ihn am Vortag gebeten, zu prüfen, ob sich jenes Gerücht bestätigen ließ, das mit dem Zug der Elefanten nach Jehol gekommen war: Ein in einen Taifun geratenes Schiff der Holländischen Ostindienkompanie sei in den Hafen von Qínhuángdăo geschleppt worden und sollte dort in den nächsten Wochen mit Blei beschlagen und überholt werden, bevor es mit seiner Fracht aus Porzellan, Tee und Seide mit Kurs auf Rotterdam wieder in See stach.

Ein Schiff!

Die Sirius, mit der sie vor einer Ewigkeit in dieses

Reich gesegelt waren, kreuzte noch in wer weiß welchen Meeren und konnte von wer weiß welchen Stürmen und Bohrwürmern daran gehindert werden, drei Uhrmacher nach Hause zu schaffen. Und: Qínhuángdăo war leichter und schneller zu erreichen als Háng zhōu.

Orion, unterbrach Kiang das Gelächter, das Schiff sei die Orion und bereits zum dritten Mal in Qínhuángdăo. Der Kapitän spreche Mandarin und galt als ein Freund des Landes.

Und wir?, sagte Merlin, sind wir keine Freunde des Landes?

Aber Kiang wollte auch über diese Frage nicht lächeln: Nein, wer den Kaiser mit einem nutzlosen Spielzeug in seinen Bann schlagen und ihn mit einer giftigen Quecksilbersäule verzaubern wollte, war kein Freund dieses Landes.

Meister Alister Cox und seine Gefährten sollten nie erfahren, was Qiánlóng zu jener kostbaren Schatulle aus Schlangenholz gesagt hatte, die ihm kaum vier Wochen später aus dem Pavillon der vier Stege samt einer nicht besonders gelungenen Kalligraphie überbracht worden war, auf der in fünf Absätzen zu lesen stand, wie diese Teile aus ihrem Seidenbett zu heben und wohin sie gesetzt werden sollten, damit die Zeitlose Uhr ihren Gang aufnehmen und zu einem Denkmal des kaiserlichen Lebens werden konnte.

Niemand anderer als der Herr über die Zeit, hieß es in der versiegelten Anleitung, dürfe ein Werk wie dieses in Bewegung setzen. Denn das Leben, dem diese Maschine bis ans Erlöschen der Sterne den Takt schlagen sollte, sei nicht das Leben eines Sterblichen, sondern das eines Gottes.

Selbst die erbittertsten Intriganten waren besänftigt, als sie einige Tage nach der Überbringung dieser Post auf Umwegen erfuhren, daß der Erhabene mit der gläsernen Säule zufrieden war und vorhabe, die englischen Gäste zu einem holländischen Schiffswrack eskortieren zu lassen, das in den Docks von Qínhuángdăo mit Blei beschlagen und neuen Masten ausgestattet werden sollte, um nach dem Abendland zu segeln. Tot oder lebendig: Wichtig war doch allein, daß diese verfluchten Schamanen aus dem Reich der Mitte verschwanden. Um ihr Werk und alles, was von ihnen zurückblieb, wieder vom Angesicht der Welt zu tilgen, fanden sich gewiß noch genug Gelegenheiten.

Und so zogen an einem strahlenden Frühsommertag drei Engländer auf dem Rücken schöner Pferde, beschützt von sechs bewaffneten Reitern (die nichts von den in Seidenschärpen eingenähten Diamanten wußten, mit denen die Reisenden von einem Schatzmeister entlohnt worden waren, der seine Wut nur schwer verbergen konnte), aus der Stadt und dem Südchinesischen Meer entgegen.

Cox hatte die Konstruktionszeichnungen seiner Uhr und alles Werkzeug gemeinsam mit den auf Reispapierlisten verzeichneten Resten des kostbaren Baumaterials in verschlossenen Truhen zurückgelassen und auch seinen Gefährten empfohlen, mit leichtem Gepäck zu reisen. Mehr als ein Pfund von im Rosenschliff sprühenden Diamanten für jeden von ihnen waren Ausrüstung genug für einen Weg, der, mit solchen Steinen gepflastert, tief in die Zukunft führen konnte.

Während er sein Pferd über schneefreies, blühendes Land trotten ließ, flüsterte Cox manchmal Worte und Sätze vor sich hin, mit denen Faye ihn empfangen würde: Faye würde sprechen. Sie würde seinen Namen sagen und ihm zurufen, ja, zu*rufen*, wie sehr sie ihn liebte. Das Werk mit dem Quecksilberherz hatte ihr die Sprache vom anderen Ende der Welt in die Shoe Lane zurückgebracht, jeder Schlag der Hemmung, jede Umdrehung eines Zahnrads ein Wort zurück in ihr Zimmer, in dem nun geöffnete Vorhänge im frischen Wind schlugen.

Joseph Kiang, der die Gäste des Kaisers auf ihrem langen Weg zu den Docks von Qínhuángdăo ein letztes Mal begleiten sollte, ließ sich gelegentlich zurückfallen, um das verrückte Selbstgespräch des Meisters nicht hören zu müssen. Alister Cox sprach von Liebe. Er kicherte. Lachte.

Jehol war schon lange hinter sanften Höhenzügen verschwunden, über die eine Herde weißer Wolken dahinjagte. Die Stadt war im Aufbruch. Obwohl der Sommer kam, rüstete sich der Hof zur Rückkehr in das wahre Herz des Reiches, so, als hätte die Zeit ihre Richtung umgekehrt und strömte nun, wie ein vor seiner Auflösung und Mündung ins Meer scheuender Fluß, in ein verheißungsvolles Quellgebiet zurück.

Am vierten Tag nach der Abreise der englischen Gäste, einem stürmischen, dem Jadekaiser Yù Huáng Dà Dì, Herrscher über alle Götter, geweihten Tag, war der Pavillon der vier Stege von einem dreifachen Kordon aus Gardisten umstellt, einem Wald aus Lanzen, schimmernden, zu den Wolken zeigenden Nadeln, bereit, selbst den Himmel abzuwehren.

Der Herr der zehntausend Jahre wollte im Inneren des Pavillons allein sein mit jenem rätselhaften Ding, Spielzeug oder Monster, das die englischen Magier aus dem Universum in die Welt gesetzt hatten. Die Morgensonne fiel in breiten Bahnen durch die Fenster und brachte die achteckige Säule zum Strahlen, als bestünde sie nicht aus Metall, aus Glas und Quecksilber, sondern aus purem Licht.

Qiánlóng hatte den Stuhl des Meisters Alister Cox an das blendende Ding gerückt, hatte die Schlangenholzschatulle mit den fünf Schlüsselstücken geöffnet und betrachtete die zierlichen Dinge, mit denen dieses Werk in Gang zu setzen war. Er sah sein Spiegelbild auf dem polierten, schwarzen Granitsockel, in den ein Gedicht, das er in irgendeiner Morgenstunde noch schreiben würde, eingemeißelt und mit Platin ausgegossen werden sollte. Aber vielleicht …, vielleicht blieb dieser tibetische Stein besser für immer unbeschrieben, schwarz, glänzend, leer: nur eine Erinnerung an alles, was jemals möglich war. Und möglich blieb.

Auch die unbeholfene Kalligraphie, die dieser Übersetzer gepinselt hatte, fünf Anleitungen zur Herrschaft über die Maschine, brauchte Qiánlóng nicht mehr: Die war in den Stunden vor Sonnenaufgang, nachdem er sie wieder und wieder gelesen hatte, in einer Jadeschale verbrannt. Er würde jeden der fünf Schritte, solange er denken und sich erinnern konnte, als ungeteiltes Geheimnis in seinem Gedächtnis bewahren.

Aber wenn er nun dieses weiter und weiter und weiter schlagende Werk in Gang setzte, wurde der Lauf der Zeit dann nicht unbezweifelbar, für alle Geborenen und noch die Ungeborenen fernster Epochen ablesbar von einem Fächer aus Skalen – und unwiderruflich? Und konnte ein Herr über zehntausend Jahre dann noch allein nach seinem Willen über die Zeit verfügen – oder driftete er in ihrem Fluß wie irgendeiner seiner namenlosen Untertanen dahin?

Als der Kaiser den Bleiglaskegel aus seinem Seidenbett nahm, mit dem er gemäß der letzten der fünf Anleitungen den Quecksilberfluß zwischen den Zylindern der Uhr in Bewegung setzen oder zum Stillstand bringen konnte, war es plötzlich, als ob noch eine andere Hinterlassenschaft des englischen Meisters von ihm Besitz ergriff, ein kalter Hauch, der von den leeren Drehbänken kam und über ihn hinwegstrich.

Und so hielt Qiánlóng, der Herr der Horizonte, der Unbesiegbare, fröstelnd inne und legte den Glaskegel dann behutsam in die seidene Kuhle zurück.

Zuletzt

Auch wenn allein das Wort *Roman* auf dem Umschlag dieses Buches eine solche Nachbemerkung überflüssig machen müßte, sei vorsichtshalber doch gesagt:

Der historische Uhrmacher und Automatenkonstrukteur, dessen phantastische Werke nicht nur in europäischen Palastmuseen, sondern auch in den Pavillons der Verbotenen Stadt in Běijīng zu sehen sind und mir dort den Takt ins Innere meiner Geschichte geschlagen haben, hieß James Cox und nicht, wie im Roman, Alister Cox.

James Cox war nie in China. Er hat keine Uhren nach den Ideen eines chinesischen Kaisers gebaut, und er hatte auch keine Frau namens Faye und keine Tochter namens Abigail.

Mit seinem historischen Gefährten und Kompagnon Joseph Merlin (nicht: Jacob, wie im Roman) war James Cox weder befreundet, noch war er jemals gemeinsam mit ihm auf Reisen. Die einzige der von mir beschriebenen Uhren, an der die beiden tatsächlich gemeinsam gebaut haben, war die nach barometrischen Prinzipien konstruierte atmosphärische *Perpetual Motion.* Ein Werk, das dem unerfüllbaren Traum der Mechanik von einem Perpetuum mobile so nahe wie kein anderes kam. Alle anderen Uhrenmodelle in dieser Geschichte sind erfunden.

Wie ihre von mir zur Sprache gebrachten Nachfahren haben wohl auch die Menschen, die meinen Gestalten als Vorbilder dienten, geliebt, gelitten und haben um ihre Liebsten gebangt oder getrauert. Aber was sie empfunden und was sie gedacht haben, wonach sie sich gesehnt und wovor sie sich möglicherweise gefürchtet haben, konnte ich nur vermuten oder erfinden, niemals behaupten.

Der Auftraggeber von Cox und Merlin, der historische, im Jahr 1711 geborene und 1799 verstorbene chinesische Kaiser, der den Äranamen *Qiánlóng* trug (was etwa mit *Überirdische Fülle* übersetzt werden könnte), hieß mit seinem Geburtsnamen *Àixīnjuéluó Hónglì* und wurde bis zu seiner Thronbesteigung als *Prinz Băo* verehrt.

Qiánlóng war der vierte Kaiser der Qīng-Dynastie und der einzige Herrscher über China, der nach Jahrzehnten an der Macht freiwillig auf seinen Thron verzichtet hat. Er hatte einundvierzig Ehefrauen und mehr als dreitausend Konkubinen, nach den überlieferten Listen war unter ihnen aber keine mit Namen Ān. Qiánlóng sammelte Kunstwerke und Uhren im Übermaß, aber er hat nie mit einem englischen Uhrmacher gesprochen.

Uhrmacher und Automatenbauer unserer Tage könnten einwenden, daß mechanische Konstruktionen wie die von mir beschriebenen selbst von vier begnadeten, von einem Kaiser geförderten Handwerkern niemals in der ihnen von mir zur Verfügung gestellten Zeit hätten erdacht und gebaut werden können. Das ist richtig.

Aber die Gestalten dieses Romans, unter ihnen Alister Cox, seine geliebte stumme Frau Faye und seine Tochter Abigail, seine Gefährten Jacob Merlin, Aram Lockwood und der unglückliche Balder Bradshaw, ja selbst der Übersetzer Joseph Kiang (der den Namen eines meiner chinesischen Wiener Freunde trägt), die mädchenhafte Konkubine Ān und Qiánlóng, der allmächtige Kaiser von China und *Herr der zehntausend Jahre*, sind keine Gestalten unserer Tage.

Ich bedanke mich bei meinen Freunden Roy Fox, Joseph Kiang, Manfred Wakolbinger und Zhang Ye: bei Roy für seine Londoner Recherche zum Leben von James Cox, bei Joseph für seine Führung durch den

Pavillon der Uhren in der Verbotenen Stadt, bei Manfred für seine Fragen und Ratschläge unterwegs zu einem guten Ende meiner Geschichte und bei Ye für seine Begleitung in die Gelben Berge von Huáng Shān. Auf der Reise in diese Berge hat ein Gespräch begonnen, das am Ende zur Erfindung eines Landes führte. Auch dieses Land teilt seinen Namen mit der Wirklichkeit: China.

Wien, im Januar 2016

CR

Christoph Ransmayr
Bericht am Feuer
Gespräche, E-Mails und Telefonate zum Werk von Christoph Ransmayr
Herausgegeben von Insa Wilke
320 Seiten. Broschur

Das Geheimnis des Erzählens –
Zum Werk von Christoph Ransmayr.

Christoph Ransmayr erzählt in einem langen Gespräch von den Wegen seines Schreibens. Ins Innere seiner Geschichten folgen ihm drei seiner Übersetzer und zwei Wissenschaftler, die mit der Herausgeberin Insa Wilke über sein Werk gesprochen haben. Sie erzählen davon, welche eigenen Vorstellungswelten sich auf den imaginären Reisen geöffnet haben. So entsteht in den mündlichen und schriftlichen Korrespondenzen ein Buch über die Rätselhaftigkeit der Materie und die Erkundung der Welt im Schreiben, gewidmet einem der bedeutendsten Künstler der Gegenwartsliteratur. Eine Einladung, sich auf den Weg zu machen ins Unbekannte.

»Schreiben gleicht manchmal dem Weg
in die Wildnis: Da wie dort öffnen sich scheinbar
grenzenlose, menschenleere Räume, in denen es aber
nur wenige gangbare Wege gibt.«
Christoph Ransmayr